A MORTE COMO PENA

A MORTE COMO PENA
Ensaio sobre a violência legal

Italo Mereu

Tradução
CRISTINA SARTESCHI

Revisão da tradução
SILVANA COBUCCI LEITE

Martins Fontes
São Paulo 2005

Esta obra foi publicada originalmente em italiano com o título
LA MORTE COME PENA, por Donzelli Editore, Roma.
Copyright © 1982 Italo Mereu.
Copyright © 2000 Donzelli Editore.
Esta edição em língua portuguesa foi realizada por
intermediação da Agência Literária Eulama.
Copyright © 2005, Livraria Martins Fontes Editora Ltda.,
São Paulo, para a presente edição.

1ª edição
junho de 2005

Tradução
CRISTINA SARTESCHI

Revisão da tradução
Silvana Cobucci Leite
Acompanhamento editorial
Luzia Aparecida dos Santos
Revisões gráficas
Marise Simões Leal
Maria Regina Ribeiro Machado
Dinarte Zorzanelli da Silva
Produção gráfica
Geraldo Alves
Paginação
Moacir Katsumi Matsusaki

Dados Internacionais de Catalogação na Publicação (CIP)
(Câmara Brasileira do Livro, SP, Brasil)

Mereu, Italo
    A morte como pena : ensaio sobre a violência legal / Italo Mereu ; tradução Cristina Sarteschi ; revisão da tradução Silvana Cobucci Leite. – São Paulo : Martins Fontes, 2005. – (Justiça e direito)

    Título original: La morte come pena.
    Bibliografia.
    ISBN 85-336-2156-6

    1. Pena de morte – Itália – História 2. Pena de morte – Europa – História I. Título. II. Série.

05-4061   CDU-343.25

Índices para catálogo sistemático:
1. Pena de morte : Direito penal   343.25

Todos os direitos desta edição para o Brasil reservados à
Livraria Martins Fontes Editora Ltda.
*Rua Conselheiro Ramalho, 330 01325-000 São Paulo SP Brasil
Tel. (11) 3241.3677 Fax (11) 3101.1042
e-mail: info@martinsfontes.com.br http://www.martinsfontes.com.br*

Índice

Introdução à primeira edição IX
A tortura da esperança – Prefácio à segunda edição XIII

I. O modelo medieval 3
   1. Por que o modelo medieval? 3
   2. Mas qual Idade Média? 6
   3. A Idade Média "barroca" e o preço do sangue ... 9
   4. A Igreja católica e a legitimação da morte como pena 14
   5. A legislação de Justiniano e dos juristas sobre a pena de morte 24
   6. Tomás de Aquino, ideólogo "laico" da pena de morte 27
   7. A pessoa e o patíbulo 32
   8. A vitalidade do modelo e a obra dos juristas ... 34

II. O "triunfo da morte" legal no *ancien régime* 37
   1. A efetividade penal no século XVI 37
   2. Por que Florença? – O exemplo dos Medici 39
   3. O "triunfo da morte" 41
   4. Razão de Estado e violência legal 46
   5. A "consolidação" do século XVII 51
   6. A evolução do século XVIII: da fogueira à guilhotina 53
   7. O grão-duque austríaco contra a pena de morte ... 55

8. Áustria e França: confronto de duas mentalidades sobre a pena de morte........................... 57

III. Os intelectuais e a pena de morte do século XVI ao século XVIII... 63
1. Introdução.. 63
2. O utopismo de Thomas More e a pena de morte 66
3. *Utopia* como "obra aberta".......................... 73
4. A polêmica protestante: Castellion contra Calvino... 75
5. Alfonso de Castro e os teólogos quinhentistas 81
6. A "maquiagem" jusnaturalista...................... 85
7. Alciato e os juristas "cultos"......................... 86
8. Os eruditos e a pena de morte...................... 89
9. Pascal e a violência legal............................. 95
10. A morte na arte... 98
11. O Iluminismo e Beccaria, entre história e mito 100
12. O "constitucionalismo" de Giuseppe Compagnoni e a pena de morte................................ 115
13. Compagnoni e o "direito à vida"................... 117

IV. O século XIX italiano e a afirmação legislativa do "direito à vida".. 125
1. A restauração napoleônica........................... 125
2. Do "estilo império" ao "neogótico"................ 131
3. O estilo "sardo-gótico"................................ 135
4. O código de 1859 e o "contratempo" toscano. 139
5. A proposta "subversiva" de Carlo Cattaneo.... 144
6. A "revolta dos acadêmicos" e o *Jornal pela abolição da pena de morte*.................................. 148
7. A recusa governamental à unificação penal na "memorável" sessão parlamentar de 1865....... 153
8. O projeto abolicionista de 1868.................... 161
9. *Intermezzo* ministerial (exceto os professores).. 164
10. O restabelecimento "moderado" da pena de morte no projeto Vigliani........................... 167
11. A afirmação do "direito à vida", do projeto Mancini ao Código Zanardelli............................ 174

12. O motivo de uma vitória.................................... 179

V. O sobe-e-desce contemporâneo 187
   1. O retorno de sua sombra.................................... 187
   2. Rocco e seu irmão 190
   3. Os felizes anos 30 e o novo código penal......... 196
   4. O vento da liberdade... 200
   5. A calmaria depois da tempestade 200

Introdução à primeira edição

Como todos os livros de história, este também é um ensaio "faccioso", ou seja, metodologicamente orientado, como evidencia o seu título. Mas o autor, em vez de dissimular a sua "facciosidade" com uma aparente documentação asséptica e neutra, mostra desde o início os pontos de partida, consciente de sua subjetividade. Pois o historiador – como todos os homens que vivem em certa época e em determinado ambiente – também tem suas próprias convicções (morais, políticas e culturais), que acabam por orientar a pesquisa. Isso significa que o ponto de vista a partir do qual se observa o problema condiciona tudo. Em nosso caso, isso significa que não contaremos a história da *pena de morte*, mas observaremos a *morte como pena*. E não se trata de um jogo de palavras. Aceitar o primeiro pressuposto significa considerar indiscutível a bestialidade humana, expressa no provérbio: "o homem é o lobo do homem" (*homo homini lupus*), e aceitar o assassinato "judiciário" de uma pessoa como um fato "natural" e óbvio, que sempre existiu, e cuja evolução é narrada pela história desde os antigos egípcios ou dos assírio-babilônios até nossos dias.

Aceitar o segundo ponto de vista significa constatar, antes de tudo, que nem sempre se empregou a morte como pena, mesmo entre povos que depois a adotaram, identificando como, quando e por que um meio tão brutal e indecente foi utilizado pelo legislador, exaltado por intelectuais, aplaudido pelo povo; em poucas palavras, foi sancionado, apresentado e sentido como instrumento idôneo – adequado à civilização e à religiosidade de um povo –, que se pode empregar sem ser acusado de assassinato. Desse modo, o problema não consiste mais em constatar a ferocidade humana, mas em procurar entender por que o *instinto homicida* foi sublimado em *instituto jurídico*, e como e quando um momento impulsivo e incontrolável do agir humano se transformou em ação legal, racionalmente calculada e predeterminada, regulada por normas precisas e sancionada com uma sentença. Em outras palavras, como a violência deixou de ser "ilegal" para se tornar "legal", com todas as bênçãos da legitimidade chamada "força". Violência (força) e direito, portanto[1]. Ideologicamente são conceitos opostos. A violência consiste em obrigar uma pessoa a se comportar de acordo com nossa vontade recorrendo à força (brutal ou dissimulada); o direito é a "técnica da coexistência" (Abbagnano) empregada para o bem comum.

Na efetividade – entendida como o modo real em que as leis se institucionalizam – o problema muda. E a violência, se usada por quem detém o poder, muda de aspecto e se transforma em direito; e o que era antes ilegal torna-se lícito. A história da *morte como pena* constitui a prova mais evidente dessa transformação. É, porém, uma prova que não podemos examinar historicamente se não conseguimos objetivá-la, ou seja, vê-la desvinculada de nós, estranha como um grande mamute que nos propomos descrever e submeter a investigação. Isso é muito mais difícil do que parece, porque hoje – talvez mais do que no passado – estamos rodeados de violência, vivemos no meio dela, somos condicionados por ela. Desde a violência "infantil" e ao mesmo tempo tradicional (*histórica*) dos grupos subversivos, que matam os *diferentes* porque são os *inimigos*, à violência sacrifical – que

---

1. Cesare Donati, "Violenza (e forza)", in Cesare Donati (org.), *Dizionario critico del diritto*, Milão, Savelli Editori, 1980, pp. 406-9. Cf. também o anexo com que se conclui o *Dizionario*, que pode ser considerado testamento espiritual desse desencantado mas lúcido jurista, morto repentinamente em maio de 1981.

nos toca intimamente – como a dos irlandeses que se deixam morrer na prisão por um ideal, até a violência, enfim, onicompreensiva, onipresente, totalizante, representada pelo *dragão atômico* que as "potências" possuem, e em cujo "equilíbrio" se baseiam para fazer sua política, condicionando a vida de todos. Uma análise sobre a violência legal é, portanto, uma análise existencialmente difícil de realizar, porque facilmente podemos ser levados a nos alinhar a favor ou contra ela, renunciando assim a examiná-la como "objeto", como "instrumento técnico" e "meio de atuação". (Espero que o leitor, consciente desse risco, fique alerta.)

A tortura da esperança
Prefácio à segunda edição

1. Sobre a utilidade da história, se a história tem sentido[1]

Este livro nasceu de uma longa discussão que tive com Umberto Eco sobre a pena de morte e a morte como pena, na década de 80 do século passado. Eco escreveu um breve apanhado daquele debate para a quarta capa da primeira edição deste livro, de 1982, em que dizia:

> Tem-se debatido longamente sobre a pena de morte, e a polêmica reavivou-se recentemente em nosso país. De modo geral, acreditamos conhecer bem os termos da discussão, os prós e os contras. Mas a surpresa que este livro reserva ao leitor é antes de tudo de *ordem histórica*. Constatamos, ao lê-lo, que tínhamos idéias imprecisas sobre quem (e quando) defendeu ou repudiou a pena de morte, surpreendemo-nos ao descobrir que Beccaria, no final das contas, *não foi um adversário* tão intransigente como acreditávamos e como a tradição nos ensinou a crer; que o antigo *direito germânico* era bem mais brando e conciliador que o *direito medieval católico*; que os mais brilhantes e fervorosos adversários da pena de morte foram, juntamente com utopistas como Thomas More, al-

---

1. *Sull'utilità della storia* (Sobre a utilidade da história) é o título de um livro de Piero Bevilacqua (Roma, Donzelli, 1998). *Se la storia ha un senso* (Se a história tem um sentido) é o título de um livro de Remo Bodei (Bergamo, 1997).

guns pensadores italianos do século XIX *injustamente esquecidos*; que, por fim, o debate sobre a pena de morte atravessou as vicissitudes do nosso *Risorgimento* e da unidade nacional. Mas, sobretudo, este livro põe em cena um *drama secular*, um jogo (minuciosamente documentado) de *vileza* e *servilismo* perpetrado pelos grandes mestres do direito, de batalhas apaixonadas e generosas, de falsificações, de retornos fatais de modelos medievais (o *processo inquisitório*) que ainda dominam o direito moderno. Ao ler este ensaio, finalmente compreendemos o *porquê do Código Rocco*. É uma obra útil para o jurista, indispensável para o historiador, preciosa para todos os que responsavelmente enfrentam o problema dos delitos e das penas.

2. Do *homo homini lupus* ao *homo homini frater*

Assim se pensava no final do milênio. Mas, hoje, como nos situamos diante da *morte como pena*, ou seja, da transformação de um evento trágico natural em medida penitencial? Que relação existe entre grau de civilização e emprego judiciário da morte, como se a sociedade fosse a senhora absoluta da vida de cada um? É possível continuar a usar o direito penal como "técnica do terror"? Ou não seria o caso de se começar a estudar seriamente diferentes modalidades de emprego da pena como técnica da coexistência social?

Basta apresentar a questão nesses termos para constatarmos que não é mais possível tratar esse tema à antiga maneira "escolástica" do "bem comum" – orgânico, supraindividual, coletivo, especial – a que todos devem submeter-se e ao qual tudo é permitido (até mesmo privar alguém da própria vida). Compreendemos imediatamente que o bem individual, com tudo o que o conceito comporta, adquiriu um novo valor e uma dimensão que jamais tivera antes, pois tudo está disposto e organizado precisamente a favor do indivíduo. O lema não é mais "o homem é o lobo do homem" (*homo homini lupus*), mas sim *homo homini frater* (o homem é irmão do homem). Porque é justamente a favor e em benefício do *frater* – ou seja, de cada indivíduo considerado "irmão", semelhante – que a sociedade tem empregado todos os esforços da ciência e concentrado suas atenções, impondo-se ao antigo modo fatalista ou providencial característico das culturas tradicionais. O indivíduo em primeiro plano, portanto. Mas isso não comporta uma posição polêmica contra o "social" e o coletivo; ao contrário, implica a sua aceitação. O que ocorreu em junho de 2000 nos Estados Unidos coloca o problema em termos peremptórios.

3. Entre genoma e pena de morte

Referimo-nos a dois fatos contemporâneos e representativos da situação contraditória em que atualmente se vive nos Estados Unidos (e talvez no mundo inteiro): o primeiro é o assassinato legal de Gary Graham, eliminado com uma injeção legalmente assassina, depois de ter sido torturado – com todas as bênçãos da legalidade formal – durante os vários anos de espera; o segundo é o anúncio triunfal, feito pelo presidente Bill Clinton em pessoa, da descoberta do genoma humano, ou seja, do mapa biológico individual, com a seqüência dos vários genes de cada organismo, que permitirá o diagnóstico preventivo de doenças hoje incuráveis.

Aparentemente não há nenhuma relação entre os dois fatos, enquanto o contraste entre eles é evidente. No primeiro caso, o Estado põe à disposição da sociedade os meios (injeção de cianureto) e o pessoal autorizado a cumprir a "operação"; no segundo, o Estado anuncia – através de seu presidente – uma importante descoberta científica. No primeiro, o Estado apresenta-se com suas antigas vestes de "justiceiro-carrasco"; no segundo, mostra-se com as roupas futuristas do defensor da saúde individual e coletiva, cuja tutela levou-o a investir recursos na pesquisa científica. São duas posições opostas que o Estado é obrigado a assumir pela primeira vez. A vida e a morte estão, portanto, nas suas mãos, confiadas à sua arbitrariedade e intervenção. Entretanto, o "bem comum", de fator para justificar a morte – como dizia Santo Tomás – desloca o seu interesse, tornando-se o elemento mais importante para obrigar o Estado a gastar o dinheiro da coletividade. E tudo isso não por mágica inspiração, mas por cálculo de oportunidade. Assim, a vida e a morte são colocadas uma diante da outra, dispostas de tal maneira que a ferocidade a que se recorre em certos governos dos Estados Unidos não pode deixar de evidenciar as razões triunfantes da solução cujo objetivo é a vida.

Tais considerações explicam a solenidade e a importância com que a notícia foi dada pelo presidente dos Estados Unidos da América, um dos mais qualificados representantes do poder mundial. Bill Clinton afirmou que estamos próximos de compreender a linguagem com que Deus criou a vida. Ora, deixando de lado o tom profético e religioso de Clinton – de Londres, Tony Blair, com quem estava conectado via televisão, disse mais laicamente: "Estamos assistindo a uma revolução da ciência médica mais importante que a descoberta dos antibióticos" –, há num anúncio tão solene a certeza de que uma descoberta como essa realmente representa um passo à frente para toda a humanidade. Clinton, ao intervir pessoalmente, quis evidenciar isso. A intervenção posterior de dois cientistas (liderando grupos opostos de pesquisa, Craig Venter e Francis Collins, um para a pesquisa pública e o outro para a pesquisa privada) trouxe outros elementos de esclarecimento, sem grande ênfase, mas com a diligência pontual de quem faz um relatório de uma tarefa cumprida. Foi um momento solene e humilde ao mesmo tempo. Solene, porque eles explicaram como se chegou à descoberta e quais eram as prováveis conseqüências para a vida humana; humilde, por terem explicitado para a platéia mundial, com uma linguagem compreensível a todos, como haviam sido investidos esses recursos econômicos e quais eram os resultados acessíveis a todos.

4. A tortura da esperança

Ora, como a nação que, pela descoberta do genoma, poderia ser considerada a primeira a defender a concepção da vida como "técnica da esperança", pode defender ao mesmo tempo a velha técnica da violência legal? Não só isso. Como pode ela ter também inventado o método – na efetividade jurídica mais civilmente pérfido de matar um homem, ou seja, fazendo com que viva anos a fio "com o mais cruel dos inimigos: a incerteza", na lúcida definição de Cesare Beccaria? Condena-se uma pessoa à pena de morte, encerrando-a nas celas de prisões construídas para "manter" vivos os condenados à morte; o prisioneiro pode entrar com recursos, processos, apelações, exames, instâncias, pedidos de indulto etc., mas quando, muitas vezes depois de muitos anos – até mesmo vinte –, todas as possibilidades se esgotam, então chega a "hora H" e só resta a execução da pena. É a aplicação ironicamente trágica do aforismo latino *summus ius, summa iniuria*: o supremo direito é a suprema injustiça.

Tudo isso tem um só nome: *tortura*. Denominei-a "tortura da esperança", ou seja, um mecanismo perverso e sádico que o legislador instituiu, aproveitando as últimas esperanças que a legalidade oferece. Esse é o tipo mais perverso de tortura jamais inventado.

É como uma *demi vierge*. Apresenta-se sob as cândidas vestes de uma legalidade absoluta, através da qual o Estado oferece a vocês todas as possibilidades e o tempo necessário aos recursos considerados indispensáveis ou úteis para suspender a sentença. O mesmo Estado que condenou vocês à morte – muitas vezes baseado em provas incertas e indícios discutíveis, e que mais tarde os assassinará – parece quase disposto a diferir, a reconsiderar, a tentar examinar mais atentamente os fatos e os depoimentos. Denominei-a "tortura da esperança" porque é a forma mais lancinante que o direito podia inventar para fazer um condenado à morte sofrer por muitos anos. É um legalismo que nada tem a invejar ao dos campos de concentração e das câmaras de gás. Aqui, porém, a tortura é mais longa e escondida, ou melhor, mascarada.

As formas precedentes de tortura são abertas, manifestas, declaradas. Ficamos chocados ao ler nas sentenças do século XVIII que o condenado à morte deve ser fustigado pelos verdugos durante o trajeto que o conduz ao patíbulo ou que os lábios dos hereges são costurados para que não falem nem blasfemem, mas conseguimos compreender tanta ferocidade. Aqui, ao contrário, a ferocidade é mascarada, a ponto de ninguém a chamar com o seu nome. Chamam-na de recurso, e o condenado tortura-se por si só. Dirão que é uma prova de grande legalidade. E essa é a trágica mentira. Mas é precisamente essa mentira trágica que torna a pena de morte, assim como é hoje nos Estados Unidos, a mais feroz que pode existir. Porque, de um lado, obriga você a apresentar recurso e, portanto, a adiar a execução da pena, e de outro o obrigaria a enviar à morte um condenado sem outra possibilidade, porque, se é preciso punir, então que se puna, sem discutir sua sentença por dezenas de anos. É uma prova da estupidez do legalismo típico da câmara de gás, em que tudo é perfeitamente respeitado e tudo acaba tragicamente, sem que jamais se queira admiti-lo.

5. A hipocrisia e a morte como pena

Essa forma de tortura aplicada atualmente é a mais impiedosa jamais inventada. É o provisório unido e ajustado ao certo; é a esperança que vive junto com a morte, ou melhor, é a morte que sorri para a vida, certa de aniquilá-la. É a prova cabal de como o homem sabe ser cruel mesmo usando os instrumentos de liberação e de justiça (como os recursos criados para a sua salvação). E o número de indivíduos assassinados nos Estados Unidos está aí para provar. Desde a atroz execução de Allen Davis, um homem de 180 quilos, assassinado com uma descarga de 2.300 volts, em 8 de julho de 1990, depois de 17 anos de espera, até a execução de

Gary Graham, que coincidiu com a descoberta do genoma, por um homicídio cometido quando era ainda menor de idade, depois de uma espera de 19 anos, a lista dos condenados assassinados é longa, mas inútil. Continua-se a matar o homem, embora se despendam bilhões de dólares para que viva melhor e por mais tempo. É uma farsa que continua hipocritamente. É, aliás, o triunfo da hipocrisia, internacional e nacional, da ONU, do Estado e de todos os partidos e organizações que lutam pela abolição dessa pena "antiga". Todos se declaram favoráveis à abolição, ou pelo menos à moratória, mas na realidade tudo continua como sempre. É a posição assumida pela Igreja católica. Enquanto seu Pontífice, papa Woytila, prega a abolição total, o Catecismo, no que se refere à pena, dispõe: "Preservar o bem comum da sociedade exige que o agressor seja posto na condição de não provocar danos. Por isso, o ensinamento tradicional da Igreja reconheceu como fundamentado o direito e o dever da legítima autoridade pública de infligir penas proporcionais à gravidade dos delitos, sem excluir, em casos de extrema gravidade, a pena de morte" (art. 2.266).

Depois de uma declaração desse tipo, parece-me realmente inútil dirigir-se ao governador da Virgínia – que, por ironia da história, foi a primeira (1776) a declarar que o Estado não pode tirar a vida de um cidadão – para pedir a graça para o condenado.

Gostaria de concluir perguntando ao Papa: mas por que o senhor, além de pregar contra a pena de morte infligida por outros, não declara primeiro a sua abolição no Catecismo católico, de modo que realize aquele programa positivista – mas profundamente cristão no plano ideológico – de que falava Pietro Ellero (1833-1933) em meados do século XIX: "Não basta diminuir as sanções e as execuções capitais; mesmo que se devesse justiçar um só culpado na face da terra, ainda assim continuaria a ser uma grande derrota para a humanidade"?

Agosto de 2000

A MORTE COMO PENA

para minha filha Francesca Giulia

I. O modelo medieval

1. Por que o modelo medieval?

Pode-se dizer que a Idade Média é a época mais fértil no campo do direito processual penal. É o *tempo da fundação e da renovação, e todas as suas idéias fundamentais permaneceram inalteradas desde então*[1]. Se na cosmologia passamos do modelo ptolemaico ao modelo copernicano e ao da relatividade; se na psicologia – que parecia inabalável – do sistema aristotélico chegamos ao sistema psicanalítico; se nos transportes passamos do emprego de animais aos meios supersônicos; se inventamos a luz elétrica para a iluminação e, nas comunicações, passamos dos tambores primitivos aos satélites, no campo penal e processual, ao contrário, ainda aplicamos conceitos formulados na Idade Média. Esforçamo-nos para parecer gigantes, mas ainda caminhamos sobre seus ombros. Humanismo e renascimento, jusnaturalismo e iluminismo, Revolução Francesa e romantismo, liberalismo, socialismo e comunismo – no âmbito da efetividade penal – só trouxeram mudanças de fachada e transformações insignificantes. A relação *culpa-poena* permanece idêntica à concebida pelos Padres da Igreja e pelos teólogos

---

1. I. Mereu, *Storia dell'intolleranza in Europa. Sospettare e punire. Il sospetto e l'Inquisizione romana nell'epoca di Galileo*, Milão, Mondadori, 1979, pp. 9-12, 122-50, 446 ss., 471 ss.

da escolástica (sobretudo por Santo Tomás), retomada e adotada prontamente pelos juristas laicos do *direito comum*. A punição como vingança – denominada de modo menos explícito – continua a ser o ponto de apoio de todo sistema repressivo. Todos os "institutos" (como são chamadas desde o século XVI as estruturas jurídicas fundamentais) do direito penal – desde o conceito de dolo ao conceito de culpa, culpabilidade, preterintenção, à capacidade penal, ao conceito de delito, aos elementos acidentais do delito etc. – ainda são concebidos sob a perspectiva "ptolemaica". Os axiomas: *nullum delictum sine lege, nullum delictum sine culpa* – apresentados como os fundamentos do direito penal moderno – exprimem dois princípios ideologicamente sempre repetidos por todos os teólogos e juristas da Idade Média.

No campo do direito processual penal, então, a luta continua a ser entre o sistema acusatório romanista (que sempre se afirma preferir) e o sistema inquisitório medieval (que de fato se prefere sempre). E isso também só é explicado quando se pensa na vitalidade do "modelo medieval". Aplicando-se o primeiro sistema – adotado desde a Idade Média na Inglaterra (temos que admitir que nesse campo os verdadeiros continuadores do direito romano "republicano" são os ingleses e não os italianos) –, quem acusa deve provar; e existe a pena de talião para o acusador calunioso. O juiz está acima das partes. O processo se desenrola rapidamente e caracteriza-se por ser oral e público. Não existem segredos. O juiz ouve acusador e acusado, ouve os advogados e, com base nas provas apresentadas, decide. O sistema inquisitório, ao contrário, fundamenta-se inteiramente na *inversão do ônus da prova*. O magistrado pode prendê-lo por uma suspeita, e cabe a você o ônus de demonstrar sua inocência para voltar à liberdade. Além disso, a parte instrutória é secreta e escrita; e pode estender-se por anos de espera na prisão. Ora, esse modelo nada mais é que a atualização (às vezes piorada) do antigo processo inquisitório, inventado pela Igreja para debelar a *perversidade herética*, e logo aceito e incorporado, com as devidas variações, pelo mundo secular; e desde então, não obstante todos os propósitos, promessas, ordens do dia, comissões, projetos de lei e várias adaptações, nunca mais modificado. Quem tentou escrever a história "dogmática" do procedimento penal teve que reconhecê-lo, e assumiu a estrutura medieval como fundamental. Porque tudo deriva dali. O "poder discricionário" do juiz que, dependendo da suspeita que alimenta, pode mandar prender ou soltar o réu, nada mais é que a repetição do análogo poder dos inquisidores: com as mesmas fórmulas, "cautelas" e arbítrios. Quando lemos que um réu, depois de meses ou anos de prisão "preventiva", foi solto pelo juiz instrutor por "absoluta falta de provas", não devemos nos admirar. É o sistema processual contemporâneo que, ainda hoje, funciona como no modelo medieval, baseando-se inteiramente no arbítrio do juiz. E, ainda hoje, o juiz simplesmente aplica a lei. As chamadas reformas não servem para nada. São como panos quentes no tratamento de um tumor maligno. Mesmo a última proposta citada, ou seja, submeter o ministério público ao controle de uma autoridade central, para limitar seu poder discricionário ao iniciar uma ação penal, não passa de uma repetição do que fizera a Inquisição romana ao prescrever que para proceder contra determinadas pessoas especialmente qualificadas era necessário antes informar Roma e aguardar sua autorização (o "oráculo", como era chamado)[2].

Seja qual for a perspectiva em que se estude, seja qual for o método de análise, o resultado é sempre o mesmo: com diversas justificações, com diferentes classes sociais beneficiadas pelo emprego de tais instrumentos penais, com um *blablablá* ideologicamente justificante e articulado, na realidade ainda permanecemos na antiga estrutura "ptolemaica". No campo do direito penal e processual, a "revolução copernicana" ainda não aconteceu. Copérnico, para o direito penal, ainda está para nascer.

---

2. Cf. *ibid.*, pp. 216 ss.

2. Mas qual Idade Média?

Afirmar que as estruturas fundamentais do direito penal e processual moderno da Europa continental (do Leste e do Oeste) baseiam-se no modelo medieval e que, mesmo para estudar a pena de morte, é dali que precisamos partir, constitui uma expressão meramente provocatória se não esclarecemos de qual "tipo" de Idade Média estamos tratando, visto que existem muitos tipos diferentes e conflitantes, pois o "modelo" do Renascimento é diferente do "modelo" do Iluminismo, o "modelo" dos românticos diferencia-se do "modelo" dos positivistas, e o dos católicos não corresponde ao dos historiadores, liberais ou marxistas etc. Além disso, não se repetiu tantas vezes, a ponto de se tornar um lugar-comum, que depois da Revolução Francesa tudo muda, principalmente no que se refere ao direito penal e processual, e começa uma nova era?

São questões que já tratei[3] em outras ocasiões e que resumo brevemente:

1) No que se refere à Idade Média, é impossível, no atual momento, escrever uma história da ideologia e da efetividade penal. A fonte de onde a maioria dos historiadores do direito retirou – e ainda retira – o material para suas reconstruções jurídicas é constituída pelos textos medievais publicados na época da contra-reforma jurídica (católica e protestante) e em seguida "adotada", apresentada e usada como nascente autêntica e genuína. A *Glosa*, que todos citam como *Glosa de Acúrsio*, é uma miscelânea dos escritos dos mais diversos juristas, reunida na segunda metade do século XVI, e desde então sempre apresentada como obra medieval. Mas basta folhear os índices, ver os sumários, ler os comentários à margem para se perceber que foi compilada pelos juristas do século XVI apenas em função do uso a

---

3. Cf. I. Mereu, *Storia del diritto penale nel '500. Studi e ricerche*, Nápoles, Morano, 1964, pp. 15-95, e *id.*, *Culpa = Colpevolezza. Introduzione alla polemica sulla colpevolezza fra giuristi del diritto comune*, Bolonha, Patron, 1972, pp. 52-6 e 129-34.

que se destinava; e ao lado das glosas de Acúrsio, há as glosas de Bartolo, de Baldo, de Saliceto etc., ou seja, glosas de juristas que não são glosadores. Continuar a apresentá-la – e a citá-la – como a *Glosa da Idade Média* é somente uma deslavada mentira, digna de tanto crédito quanto a "doação de Constantino". Pode-se dizer o mesmo de todas as outras "fontes" da literatura jurídica medieval. As obras de Bartolo, de Baldo, de Jason de Maine, de Alberico de Rosciate, de Giovanni D'Andrea, de Luca da Penne, de Nicolò Tedeschi etc. existem somente nas edições dos séculos XVI e XVII. São todas obras escolhidas, organizadas e impressas naquela época; com os índices analíticos e as *additiones* feitas pelos juristas do século XVI, para o uso a que eram destinadas então.

Sem dúvida foi uma grande obra de "compilação", de "reestruturação" e de "adaptação" realizada entre o final da Idade Média e o início da época moderna, que os juristas "orgânicos" (ou "coletivos", como também foram chamados) da segunda metade do século XVI fizeram, e contribuiu – mais do que parece – para a contra-reforma penal. A "Idade Média barroca" que eles nos apresentam recupera o *passado mais remoto* (a legislação de Justiniano e os Padres da Igreja), acolhe apenas parcialmente o *passado remoto* (a legislação e a doutrina do final da Idade Média) e faz de tudo para esconder o *passado recente* (Lorenzo Valla e o humanismo jurídico). Não por acaso, a obra mais importante de reconstrução jurídica, o *Tractatus universi juris* – a primeira grande enciclopédia jurídica, impressa em Veneza desde 1582, em 25 volumes *in folio*, sob a direção de dois famosos "mestres" de Pádua, Menochio e Panciroli – foi publicada "Duce et Auspice Gregorio XIII Pontefice Massimo". Mas essa é uma obra, como todas as outras similares da época, de que só se compreendem as intenções com que foi publicada – e os motivos de se escolherem certos autores, descartando-se outros – quando se considera o acordo substancial que existe entre a política repressiva dos reis católicos e dos príncipes protestantes. Corrobora-se então, e permanecerá inalterada, a maneira "medieval" comum como as classes dirigentes européias entendiam a repressão penal. Cada uma, por razões opostas, persegue os próprios "hereges", mas ambas se servem da legislação medieval, que constitui assim o ponto de encontro do mesmo modo de sentir. Os católicos enviam para a fogueira os protestantes, e estes queimam os "papistas", servindo-se das mesmas leis, e citando os mesmos autores. E será uma colaboração que não conhecerá interrupções. Ao contrário, ela se tornará cada vez mais íntima e secreta. Benedict Carpzov (1595-1666) – protestante, juiz bastante severo, pois parece ter pronunciado mais de vinte mil sentenças de condenação à morte, professor universitário e conselheiro do príncipe (também naquela época era essa a carreira de um jurista famoso) –, na sua *Practica nova imperialis saxonica rerum criminalium* (1635), cita muitas vezes, além do parecer da *Glosa* e de Bartolo, o do espanhol Diego Covarrubias (1512-1577), bispo, também ele professor universitário e consultor (do Concílio de Trento), chamado, depois de sua morte, o "Bartolo espanhol". E será uma afinidade científica que perdurará no tempo, pois Cesare Beccaria (1738-1794) poderá denunciá-la ainda em 1764 no proêmio à obra *Dos delitos e das penas*, unindo os *católicos* (Claro e Farinacci) e os *protestantes* (Carpzov) num mesmo juízo de condenação.

Ora, sem dúvida essa Idade Média "barroca" é interessante e ainda hoje se espera que alguém a estude; mas que ainda se continue a falar de Idade Média jurídica, citando as "fontes" publicadas no século XVI, é um equívoco histórico que só pode ser explicado pelo desinteresse substancial dos historiadores por esse período.

2) Quanto à segunda contra-reforma penal e processual ocorrida depois da Revolução Francesa[4], por enquanto

---

4. O sintagma "contra-reforma penal e processual" é usado no sentido de quem aparentemente quer modificar certos institutos jurídicos, mas efetivamente continua a empregá-los com nomes diferentes (por exemplo, crime de lesa-majestade = delitos contra a segurança do Estado; suspeita = indício; arbítrio do juiz = poder discricionário do juiz; procurador fiscal = ministério público etc.).

basta-nos saber que, no que se refere ao direito penal, os Códigos de Napoleão constituem uma simples repetição e, em muitos casos, uma piora do velho *direito comum* medieval; e, no que se refere ao direito processual, eles apenas corroboram o sistema inquisitório medieval, com variantes de importância secundária, destinadas a *épater le bourgeois*. Portanto, a reforma católica e protestante retoma e adota todo o direito penal e processual da Idade Média; Napoleão reestrutura, dispõe em artigos e enverniza o direito do *ancien régime*; o século XIX "romântico" completa a obra de restauração, e assim a "Idade Média barroca" impõe-se definitivamente, dominando até os dias de hoje.

3. A Idade Média "barroca" e o preço do sangue

Ao considerar tudo o que dissemos até aqui, constatamos que a progressiva afirmação da morte como pena corresponde exatamente à estrutura "barroca" que os historiadores dão à Idade Média (com algumas conseqüências não previstas).

Antonio Pertile (1810-1895) – o historiador italiano que, no final do século XIX, escreveu a única história completa do direito italiano, à qual ainda hoje, por falta de outras fontes, todos devem recorrer[5] –, relativamente a esse instituto, reduz a Idade Média a pouco mais de dois séculos. Exclui toda a alta Idade Média, porque naquele período estaria em uso o *preço do sangue* – ou seja, o valor em dinheiro que o assassino devia pagar à família da vítima para evitar sua vingança – descrito da seguinte maneira[6]:

> A *pena comum para o homicídio*, como tivemos ocasião de acenar repetidas vezes, era antigamente o preço do sangue do morto, cuja soma era algumas vezes aumentada, até tripli-

---

5. A. Pertile, *Storia del diritto italiano dalla caduta dell'impero romano alla codificazione*, 2ª ed., Turim, Utet, 1882, 6 vols. (utilizaremos exclusivamente o vol. V, dedicado à história do direito penal).
6. Pertile, *Storia del diritto italiano*, cit., pp. 570 ss.

cada, de acordo com a classe a que este pertencia, ou podia ser também uma quantia fixa, independentemente da classe social do morto. Isso *acontecia se o delito tivesse sido cometido num lugar especialmente protegido ou merecedor de respeito como o campo, a igreja, ou mesmo a casa do morto, o palácio real, ou contra quem estivesse indo ou voltando de lá.* Acontecia o mesmo nos casos em que se tentasse esconder o cadáver [...]. Tal circunstância acarretava o aumento da pena, na medida em que se tentara dificultar a descoberta do crime e, portanto, a cobrança do preço do sangue. Mas as leis dos lombardos em breve conduziram a um grande progresso em tal matéria; assim Liutprando, conservando a pena do preço do sangue para o assassinato involuntário e para os crimes cometidos por indivíduos com problemas mentais, passou a punir o homicídio com o confisco de todos os bens [...]. Os capitulares (de Carlos Magno, n.d.R.) baniram o confisco, mas acrescentaram ao preço do sangue o exílio [...].

Embora "a pena pecuniária aumentasse pouco a pouco, todos reclamavam que era insuficiente". E eis o remédio:

> E foi por isso e por influência do *direito romano* e da *Sagrada Escritura* que aos poucos a pena de morte foi substituindo as outras penas por homicídio.

Tem início o período da *civilização da morte como pena*. Segundo Pertile, o primeiro a adotá-la foi Henrique II que, em 1054, a prevê para o venefício e "para qualquer outro motivo fútil". Frederico I e II a estenderam a todos os casos de homicídio. O princípio "insinuou-se pouco a pouco" – como continua Pertile – na legislação comunal, até substituir todas as compensações "de maneira absoluta".

Pertile fornece-nos a justificação "ideológica" dessa mudança, transcrevendo (como nota) o trecho de uma ordem de Galeazzo Visconti ao podestade de Varese:

> Tendo compreendido que, em muitas terras sujeitas ao nosso domínio, há alguns estatutos, os quais impõem a quem comete homicídio somente penas pecuniárias, ou corporais, que podem ser evitadas ou redimidas por dinheiro, e

O MODELO MEDIEVAL

que, devido à debilidade de tal pena, os ricos e poderosos e muitos outros mais não têm medo de derramar sangue e de cometer homicídios; e, porém, não querendo suportar que em nosso Estado alguém seja assassinado por dinheiro, ordenamos que no futuro, em todas as nossas terras, seja inviolavelmente observado o Estatuto de Milão (1351) que trata disso [...]. Se alguém cometer um homicídio, que seja *decapitado*; e, em tal caso, que lhe sejam confiscados os bens, os quais caibam à comuna de Milão, respeitando-se, contudo, a razão dos credores [...].[7]

Se quisermos conhecer a *evolução* desse instituto, eis como é descrita:

A pena de morte, *outrora rara entre os povos germânicos, tornou-se depois demasiado freqüente, abusando-se de sua aplicação*; tendo-se começado a estender o uso de tal pena, não conseguiu conter as Nações no triste declive *nem mesmo a obra da Igreja, a qual, acatando a palavra divina, queria que não se matasse o criminoso, mas que este, arrependido e reabilitado, fosse mantido em meio à sociedade. E o abuso continuou a aumentar*, com o tempo e com a influência do *direito romano* e dos *jurisconsultos* formados na sua escola; de que dão fé os *Estatutos e as suas freqüentes reformas*. Nem a erva daninha é debelada com tanta rapidez; *se é famigerada pelo próprio rigor a Carolíngia*, venceu-a em barbárie o decreto criminal dos países austríacos de 1657; e ainda no final do século passado o código de *Maria Teresa infligia a pena de morte à maioria dos crimes*. Nem *fizeram muito melhor as constituições* de 1770 e as modenenses de 1771, as quais ameaçavam aplicar tal pena até mesmo aos casos de furtos não graves, ao falso testemunho, aos libelos famosos. *Por serem tão freqüentes as execuções capitais, mantinham-se as forcas continuamente erigidas.*[8]

Citei trechos inteiros do texto de Pertile não somente para explicar o que era o preço do sangue, mas também para submeter ao leitor algumas considerações, em relação aos

---

7. *Ibid.*, p. 576 (nota 37).
8. *Ibid.*, pp. 260 ss.

pontos evidenciados. A primeira é sobre a data de início daquela que chamei a *civilização da morte como pena*. É um fato que durante todo o período medieval "germânico" ou "bárbaro" – como também o denominam os historiadores –, ou seja, na "profunda e obscura alta Idade Média", a pena de morte, para o homicídio, *não existe*. Em seu lugar, há o preço do sangue, seguido pelo confisco dos bens ou pelo exílio. Como não existe no texto dos primeiros estatutos comunais, onde se falará de *compensação* (o equivalente de preço do sangue). Para encontrar a morte como pena é preciso remontar às *Costitutiones Regni Sicili* (1231), compiladas "formalmente" por ordem de Frederico II, mas efetivamente preparadas pela chancelaria pontifícia e impostas a Frederico II pelo papa Honório III[9]. Por outro lado, todos os estatutos do século XIII citados por Pertile remontam ao século XVII, quando a pena de morte é comum a todos os estatutos. Isso significa que, ao menos durante cinco séculos, a morte como pena não é empregada; ou, se o é, não tem ainda a difusão ou o caráter oficial que terá em seguida quando, com a adoção do direito justiniano, será comum a todos os povos da Europa.

Isso significa que a época tradicionalmente indicada como "bárbara" ("meios medievais" é uma expressão comum para indicar maneiras particularmente cruéis) não deve ser entendida como o período da alta Idade Média (o período dos lombardos, dos francos etc.), mas como a baixa Idade Média (o período de Frederico II, de Dante etc.). Significa, por fim, que é exatamente na baixa Idade Média que ocorre aquela transformação que faz com que o direito penal deixe de ser *técnica de compensação* para se transformar em *técnica da coação*, com a pena de morte em primeiro lugar, seguida por todas as outras penas de mutilação e desfiguração. Temos, assim, uma inversão – desse ponto de vista – das posições historiográficas tradicionais, que se torna ainda mais

---

9. G. De Vergottini, *Studi sulla legislazione imperiale di Federico II in Italia*, Milão, Giuffré, 1952, pp. 72 ss., 85 ss.

nítida se consideramos a importância assumida pelo preço do sangue (na Itália, a compensação) como instrumento de civilização jurídica, quando de meio "particular" – usado para evitar as vinganças do clã – torna-se direito público, sendo previsto pelo legislador (com um cálculo minucioso do preço da compensação em relação ao delito cometido) para delitos não apenas patrimoniais (como o *fredo*, a ser pago ao fisco, ou o *banno*, a ser pago ao soberano para se reaver a paz perdida por não ter obedecido a uma ordem dada por ele). E é um instituto que tem mais importância que a que lhe atribuem os historiadores, quando se considera que predominou na Europa durante muitos séculos e que só é possível explicar sua origem e sua longa duração reconhecendo nele uma primeira aplicação jurídica do preceito cristão "não matarás". De fato, partindo do pressuposto de que cada vida tem um *preço* que varia em função da pessoa ofendida – mais alto, se se trata de um nobre, mais modesto, se se trata de um lido (ou escravo semilivre) ou de um servo, e do tipo de ofensa provocada (homicídio, furto, extorsão) –, poderá ser um modo pouco "romântico" de legislar, não terá sequer o fascínio primitivo da "vingança do sangue", será um estilo mais de contador que de herói, mas é o único meio que permite reconhecer que a vida humana é um valor, que não pode ser destruído nem mesmo pelo legislador.

O fato de esse instituto ter sido adotado por muitos séculos e de ser preciso superar muitas dificuldades – como diz Pertile – antes de se conseguir impor *a morte como pena* como seu substituto, é uma confirmação de quanto e de que tipo de esforço – político e intelectual – exigiu a introdução de um meio – a pena de morte – que os "bárbaros" haviam descartado, porque (como diz um deles): "Não se deve condenar levianamente um homem à morte, destruindo assim a obra e a imagem de Deus, cujo resgate foi pago com o sacrifício de Cristo."[10]

---

10. Cf. J. J. Thonissen, *Etudes sur l'histoire du droit criminel de France. La peine capital dans la législation merovingienne*, Bruxelas, F. Hayer, 1878, p. 34.

4. A Igreja católica e a legitimação da morte como pena

Devemos examinar também o que Pertile diz sobre a posição que a Igreja católica teria assumido sobre a pena de morte. Ele afirma (no primeiro trecho citado) que, por influência do direito romano e das Sagradas Escrituras, "o sistema do preço do sangue foi substituído pela pena de morte" (logo, também a Sagrada Escritura teria sido um dos "instrumentos" usados para a introdução dessa pena); e nos diz (no segundo trecho) que o "triste declive da pena de morte prevaleceu à obra da Igreja", a qual, "acatando a divina palavra", quer que o criminoso não seja assassinado, mas que, "punido e reabilitado", seja restituído à sociedade (portanto, a Igreja teria sido contrária ao uso de tal pena). São afirmações que se contradizem. E a contradição nasce da distinção entre ideologia e efetividade, que Pertile não faz, e que para a Igreja católica – como para qualquer instituição histórica – é sempre necessário fazer, porque muitas vezes se dissociam e entram em contraste. Como nesse caso.

Do ponto de vista ideológico, a Igreja não foi – e nunca poderia ter sido – a favor da pena de morte. Desde o mandamento divino "não matarás", ao preceito "não desejo a morte do pecador mas que se converta e viva", à máxima evangélica: "não faças aos outros o que não queres que seja feito a ti", à caridade cristã que impõe amar os inimigos e fazer o bem a todos os que nos odeiam, é uma sucessão de prescrições, de preceitos e de exortações a não matar. Além disso, a morte é, para a Igreja, além da passagem à verdadeira vida (a vida eterna), sobretudo o momento no qual cada crente se apresenta diante do juízo de Deus, "senhor da vida e da morte" (Ecl 11,14). E é um juízo que não pode ser antecipado pelos homens. Admitir a pena de morte significa tomar o lugar de Deus, e antecipar um juízo de condenação que não se sabe se será confirmado. Há também a parábola do pastor que abandona o rebanho e vai em busca da ovelha perdida, que tem um significado bem transparente sobre o valor da pessoa humana e sobre a importância

O MODELO MEDIEVAL

que Cristo atribui a ela. Santo Tomás percebe essas implicações e escreve[11]:

> Um homem pode ser considerado sob dois aspectos: em si mesmo e em relação aos outros. Considerado em si mesmo *nenhum homem pode ser morto licitamente*: porque em cada ser humano, mesmo se pecador, devemos amar a natureza, que foi criada por Deus, e que é destruída com o homicídio.

E é precisamente pelo "respeito" formal desse preceito que a Igreja, mesmo quando condenava os hereges à morte, nunca o fazia em seu próprio nome. Expulsava-os do ambiente eclesiástico e delegava o "rito" da morte à "corte secular"[12].

Não se fala de pena de morte. Ao contrário – com conveniente hipocrisia –, a pena de morte é censurada (preservando-se o direito de iniciar uma ação penal por *suspeita de heresia* contra quem não executasse a sentença). Da mesma forma, é sempre por esse "respeito" que os clérigos não podem matar os malfeitores. Explica Santo Tomás[13]:

> Não é permitido aos clérigos matar, por dois motivos. Primeiro, porque são encarregados do serviço do altar em que é representada a paixão de Cristo crucificado, o qual, como diz São Pedro, "surrado, não revidava" […].
> A segunda razão deve-se ao fato de os clérigos serem encarregados do ministério da *nova lei em que não são prescritas penas de morte ou mutilações corporais*. Por isso, para que eles sejam "ministros idôneos da nova Aliança", devem abster-se dessas coisas.

---

11. Tomás de Aquino, *Suma teológica*, II^a-II^{ae}, q. 64, a. 6, r. (as passagens da *Suma teológica* serão sempre citadas na tradução italiana feita pelos padres dominicanos com base na edição leonina, Florença, Salani, 1966, XIV).

12. E. Masini, *Sacro Arsenale ovvero Prattica dell'officio della Santa Inquisizione nuovamente corretto e ampliato*, Bolonha, MDCLXV, oitava parte, *Forma della sentenza contro il Reo rilasso, ma impenitente* (ao fim).

13. Tomás de Aquino, *Suma teológica*, II^a-II^{ae}, q. 64, a. 4, r.

E é pelo respeito – sempre formal – a esse preceito que os prelados da Igreja, "mesmo aceitando o ofício de princípios seculares, não pronunciam por si mesmos sentenças capitais, mas dão tal incumbência a outros".

Do ponto de vista da efetividade, as coisas mudam radicalmente. Depois do Édito de Milão (313), o comportamento da Igreja se transforma. Se antes se baseava completamente na pregação do amor e da caridade, agora é o *princípio de intolerância* que se afirma e predomina. Escreve Biondi:

> A religião anunciada por Cristo não é uma das tantas que podem muito bem coexistir, mas é a verdadeira, a única; portanto, qualquer outra não só é loucura e erro, mas representa um perigo social. Professar uma outra religião, ou professar a própria religião cristã de modo diferente da religião católica e apostólica é por si só um mal social. Surge assim a necessidade da defesa da fé ortodoxa, concebida como defesa tanto dos indivíduos quanto da sociedade como um todo.[14]

É em harmonia com tais princípios de *intolerância programática* que a Igreja "constantiniana" elaborará a solução das suas relações com o poder imperial e legitimará o uso da violência legal, desde que usada em seu favor. O grande teólogo do *fim que justifica os meios* será Santo Agostinho. Não devemos considerar a violência em si mesma – escreve ele[15] – mas o fim pelo qual essa violência é usada. Certamente não podemos forçar um indivíduo a se tornar bom. Mas é inegável que muitos, que antes eram hereges, foram obrigados pelas leis imperiais a ingressar na unidade da Igreja. É a teoria do *consenso ou repressão* que está sendo elaborada nesse período, tomando como exemplo precisamente a vitória contra a heresia donatista, que tanto pertur-

---

14. B. Biondi, *Il diritto romano* cristiano, Milão, Giuffré, 1952, I, pp. 254 ss.
15. Aurelius Augustinus, "Dilectissimo patri Vincentio", in Migne, *Patrologia latina*, 33, Epist. 93, cc. 321-342. As citações subseqüentes também se referem a esse texto.

bara e continuava a perturbar a "igreja dos bispos", uma vitória obtida com o emprego das leis imperiais. Ele faz a sua "autocrítica", escrevendo:

> Mesmo se antes eu pensava de modo diferente, tive que me convencer da utilidade da violência. Antes eu acreditava que não se devesse forçar ninguém a retornar à unidade da Igreja; acreditava que se devesse retrucar, através da discussão, e vencer através da razão, porque de outra maneira teríamos conosco falsos católicos em vez de nos defrontar com hereges declarados. Mas esse meu modo de pensar foi abalado não tanto pelos raciocínios, mas pelos exemplos que me foram apresentados. Um exemplo é o caso da minha cidade que antes era donatista e que agora, ao contrário, por temor das leis imperiais, foi conduzida à unidade da Igreja. Aliás, hoje ela tem tanto ódio do partido donatista que ninguém diria que algum dia ele tenha sido vitorioso por lá.

Essa experiência de *apostolado armado* permite-lhe reconhecer a força de persuasão e o poder de agregação que as leis repressivas podem ter.

Uma conseqüência desse elogio da violência é a exaltação das perseguições até então apresentadas sempre como obras do *maligno*. Nem sempre as perseguições são injustas – diz Santo Agostinho –, mas muitas vezes são obra de justiça. Se ser perseguido fosse sempre um mérito, Jesus teria dito simplesmente "felizes os que são perseguidos", e não teria acrescentado "pela justiça" (At 9,3-7). Do mesmo modo, se perseguir fosse sempre um pecado, nos livros santos não estaria escrito: "perseguirei quem em segredo calunia o próximo". Pode ocorrer, portanto, "que seja injusto quem persegue, e que, vice-versa, quem é perseguido esteja errado". Não se passou nem sequer um século desde o Édito de Milão, e a Igreja católica apostólica romana, pelos lábios de um de seus Padres, começa a deixar claro quais são suas idéias apostólicas.

Será exatamente em relação a esses princípios de apostolado "legal" que Santo Agostinho formulará sua teoria sobre a pena de morte. Aqui também ele faz primeiro sua autocrítica (*retractatio*). Se num primeiro momento ele afirmara que matar um homem era usurpar um poder que pertence somente a Deus, "o único senhor da vida", e dissera não desejar que a terrível severidade das leis servisse mais para destruir que para corrigir os culpados de modo que os salvasse da condenação eterna, agora, o Agostinho do *consenso ou repressão* enfoca o problema de modo diferente e admite tranqüilamente a pena de morte[16].

É com o problema do *ius gladii* (o *direito de espada*, como será denominado o poder de condenar à morte) que aqui nos deparamos, cujo exercício comporta uma série de soluções práticas e doutrinárias opostas entre si. Admitir esse direito significa reconhecer ao poder imperial um poder exclusivo que a Igreja não pode ter se não quer entrar em choque com os princípios evangélicos; negá-lo, ou pior ainda, combatê-lo, significa privar-se de um instrumento muito eficaz de proselitismo. Não existe um consenso entre os Padres da Igreja. Alguns – como São Jerônimo e São Cipriano – não hesitam em defender o uso dessa pena; outros são absolutamente contrários, a ponto de um historiador do século XIX ter escrito um livro, afirmando (com base nos adeptos desta segunda tendência) que a Igreja sempre foi contrária ao uso da pena de morte[17]. É incontestável, contudo, que até 1199 – como veremos – a Igreja nunca assumiu posições oficiais a esse respeito, ao menos no Ocidente. Por outro lado, a política repressiva baseada na aplicação do preço do sangue e da compensação só pode ser explicada pela posição contrária à pena de morte por parte de muitas comunidades eclesiais tanto católicas quanto arianas (numerosas, estas últimas, principalmente entre os povos "bárbaros"). No Oriente, ao contrário, toda a política baseada no reconhecimento paritário dos dois poderes – o espiritual e o imperial – permitia que a Igreja fingisse ignorar o que os

---

16. Aurelius Augustinus, "De libero arbitrio", in Migne, *Patrologia latina*, 32, c. 427.

17. Hetzel, *Die Todesstrafe in ihrer Kulturgeschtlichen Entwicklung*, Berlim, 1870, pp. 95 ss. (citado por Pertile, *Storia del diritto italiano*, cit., p. 261).

imperadores haviam estabelecido acerca do emprego dessa pena (ver abaixo).

Só quando as coisas mudarem radicalmente é que a Igreja decidirá estabelecer uma política penal própria contra os hereges, servindo-se de leis próprias e de uma polícia "especial" (a Inquisição), criada para tal fim, com Alexandre III (1181), Lúcio III (1185), Inocêncio III (1216) e todos os outros pontífices do período clássico do direito medieval[18]. É nesse momento que tem início e será plenamente levada a termo a profunda revolução jurídica no campo do direito penal e processual que, com a legitimação da suspeita, com a criação do sistema inquisitório e com todos os corretivos criados pelas leis de Justiniano – sendo a pena de morte a primeira delas –, transformará toda a legislação penal e processual da Europa, com efeitos que duram até hoje. E é exatamente nesse período que a Igreja toma posição a favor da morte como pena, infligida pelo poder secular, com a decretal de Inocêncio III, *Vergentis in senium*, dirigida às autoridades e ao povo de Viterbo[19] e depois incluída nas *Decretais* de Gregório IX:

> Uma vez que [...] os réus de lesa-majestade, *condenados à morte de acordo com as legítimas sanções penais da lei civil*, têm os seus bens confiscados, deixando-se a seus filhos, por misericórdia, somente a vida, com mais razão os que, errando na fé do Senhor, ofendem Jesus Cristo, filho de Deus, devem ser separados do nosso Chefe que é Cristo com a sanção eclesiástica e com a perda dos bens temporais, pois não é mais grave ofender a majestade divina do que a terrena?[20]

A autoridade pontifícia – num discurso que oficialmente visa demonstrar as boas razões da censura eclesiástica e do confisco dos bens – reconhece, quase de passagem, a legalidade da pena de morte infligida pelo poder secular em

---

18. Sobre a "nova" política penal da Igreja católica, cf. Mereu, *Storia dell'intolleranza*, cit., pp. 122 ss.
19. Inocêncio III, "Clero, consulibus et populo viterbensis", in Migne, *Patrologia latina*, 214, c. 537 ss.
20. c. 10, X, V, 7.

caso de crime de lesa-majestade humana (e, portanto, caem por terra todas as discussões e os pareceres discordantes de ordem teológica, suscitados pela aplicação desse instrumento); ao mesmo tempo, faz-se uma *analogia* entre o crime de lesa-majestade humana e lesa-majestade divina. Ora, a novidade, do ponto de vista "técnico", é precisamente o uso que Inocêncio III – retomando uma tradição que remonta aos Padres da Igreja, especialmente a Santo Agostinho – faz do instrumento analógico, que lhe permite resolver com elegância filistéia um problema de legalidade formal, aparentemente sem ter de renegar nada do que o Evangelho afirma contra a pena de morte. É uma maneira lúcida e astuta de enfrentar o problema, e é também – dado o objetivo que o pontífice se propõe atingir – a única possível sem se comprometer. A partir desse momento, a analogia e a alegoria serão muito usadas, em âmbito teológico e jurídico. A analogia consiste na relação de semelhança ou de pretensa identidade entre duas situações diferentes. É a aproximação de formas distantes e diferentes umas das outras, com uma comparação que as aproxima e as identifica, permitindo, de tal forma, uma distorção lógica com uma aparente racionalidade, sem exigir especulações abstratas. E é a mais sugestiva e a mais satisfatória, porque exige apenas "bom senso", o que não significa o senso bom, ou seja, racionalmente correto. O Sol que surge e que se põe é utilizado como exemplo analógico da vida humana. Só que o Sol nem surge, nem se põe. É a Terra que gira ao redor dele. Mas a força da analogia é a observação sensorial, imediata e verificável, elevada a categoria indiscutível. Mais do que uma forma filosófica (ou seja, racional), é uma forma retórica (ou seja, de convencimento). Também Santo Tomás, para justificar a morte do herege, recorrerá à analogia, tomando o exemplo do falsário:

> De fato, é bem mais grave corromper a fé, na qual reside a vida das almas, do que falsificar o dinheiro, que serve para prover a vida temporal[21].

---

21. Tomás de Aquino, *Suma teológica*, II^a-II^{ae}, q. 11, a. 3, r.

Além da analogia, há a alegoria: "verdade escondida sob bela mentira", como a definia Dante (*Convívio*, II, 2), e que servirá para construir a distinção entre *violência justa* (a violência usada pela Igreja) e *violência injusta* (a violência dos hereges). No *Cântico dos Cânticos*, por exemplo, está escrito (2,15): "Prendei para nós as raposas, as pequenas raposas que estragam as vinhas, porque nossa vinha está em flor." Mas o que está por trás dessa "bela mentira" das pequenas raposas? Naturalmente a imagem dos hereges que, como as raposas, invadem a vinha do Senhor, arruinando-a. Todos – Padres, pontífices, teólogos – concordam com essa explicação. Mas há na Bíblia um outro episódio sobre as raposas que é igualado a este último. É aquele em que Sansão, para prejudicar os filisteus, apanha um certo número de raposas, amarra-as todas juntas pelo rabo, colocando no meio delas uma tocha acesa, e depois as solta no campo dos filisteus para que o incendeiem. Como diz Inocêncio III na *Vergentis in senium* – essa também é a imagem dos hereges na vinha de Cristo. Há também a parábola do banquete (Lc 14,21-23) em que se narra que alguns convidados são forçados a entrar. Aqui também na expressão *"compelir a entrar"* – que se tornará a chave ideológica da violência legal e de todas as conversões compulsórias – é evidente, como diz Santo Agostinho, a alegoria da Igreja que, tornando-se mais respeitável, obriga os homens a participar do banquete, mesmo contra a vontade destes, "mas, depois de terem entrado, alimentam-se espontaneamente". Há, enfim, esta passagem de São Jerônimo – citado por Santo Tomás – que, além de ser uma fusão perfeita entre analogia e alegoria, é uma declaração programática muito explícita de violência (legal e ilegal):

> A carne apodrecida deve ser cortada e a ovelha doente deve ser afastada do rebanho, para que não arda, não se corrompa, não apodreça e não morra tudo: casa, propriedade, corpo e rebanho. Ário, em Alexandria, era uma centelha: mas porque não foi sufocado imediatamente, suas chamas devastaram o mundo inteiro.[22]

---

22. *Ibid.*

Assim todo o ensinamento do Evangelho é invertido e manipulado. Também quando São Paulo afirma: *oportet et haereses esse* (1Cor 11,18-19) é interpretado de modo que concorde com essa interpretação contrária aos heréticos e aos infiéis[23]. O uso da violência "justa" é agora sancionado:

> Eia, soldados de Cristo! Eia, valorosos cavaleiros da milícia cristã [...]! Apressai-vos a abolir, como Deus vos revelará, a perfídia herética, atacando os seus sequazes com maior segurança que os sarracenos, porque são piores que eles.

É a mensagem com que Inocêncio III – nas cartas de 10 de março de 1208 – "invocava formalmente a cruzada" (ou seja, antes de tudo guerra e massacres em massa)[24]. E tal mensagem se alinha perfeitamente com a cruzada contra os albigenses e com tudo o que ele dissera sobre a oportunidade de matar os hereges, isto é, os não-ortodoxos, os não-conformistas, os diferentes.

Na época de Inocêncio III, os primeiros a se opor à legalização do homicídio judiciário serão os hereges cátaros e valdenses[25]. O que haviam afirmado esses "cristãos da oposição" sobre a pena de morte? Simplesmente que o preceito divino de não matar não podia ser violado jamais. É um mandamento que não admite exceções; a Igreja não pode ir contra o que Deus proíbe. Todas as passagens do Evangelho e do Antigo Testamento são citadas e confrontadas para demonstrar a ilegitimidade de tal pena. Esta – dizem eles – não é cristã, porque vai contra nosso próximo e contra a caridade. A autoridade, para manter a ordem e para punir os culpados, deve recorrer a outros meios. E essa atitude – pensando bem – é menos revolucionária do que parece. É a

---

23. H. Grundmann, *"Oportet et haereses esse. Das Problem der Ketzerei im Spiegel der mittelalterlichen Bibelexegese"*, in *Archiv für Kulturgeschichte,* XLV, 1963, pp. 129-64 (trad. it. de Luciano Tosti in Ovidio Capitani (org.), *Medioevo ereticale,* Bolonha, Il Mulino, 1977, pp. 41 ss.).

24. Giovanni Miccoli, "La storia religiosa", in *Storia d'Italia*, I, Turim, Einaudi, 1974, p. 699.

25. F. Tocco, *L'eresia nel Medioevo,* Florença, 1884, pp. 88 ss.

posição assumida há séculos pelo legislador secular (na Europa) quando, em suas leis, preferiu adotar o preço do sangue e a compensação. Mas o novo modelo de pena que a Igreja quer impor está em perfeita consonância com toda a política em favor do braço secular, que ela está reestruturando. Explica-se assim por que, no texto da fórmula de abjuração que Inocêncio III mandará preparar para os valdenses, afirma-se sobre a pena de morte:

> No que se refere ao poder temporal, afirmamos que poderá, sem cometer pecado mortal, condenar à morte, desde que, ao proferir a sentença, proceda não por ódio mas com juízo; não de modo irrefletido, mas com prudência.[26]

Com essa fórmula, em que não se discute se a *pena de morte* é admissível do ponto de vista cristão, mas se declara que *ela pode ser infligida* pelo poder secular, o ensinamento do Evangelho é ignorado, sem que se admita abertamente. Não se discutirá sobre o *se* mas sobre o *como*; e uma questão de princípio será reduzida a um problema de formas legais. E terão início as discussões acadêmicas. Santo Tomás afirmará que é verdade que o Senhor diz "não matarás jamais", porém acrescenta também que quem se encoleriza com o próprio irmão é passível de condenação: "Com isso dá a entender que é proibido matar por raiva, mas não é proibido matar por zelo da justiça."[27]

Depois de Inocêncio III, todos os pontífices irão simplesmente seguir esse "modelo". Por isso, quando Paulo III, com a bula *Licet ab initio* (1542), fundar a nova Inquisição romana, deixará inalterada toda a legislação medieval e autorizará os cardeais-inquisidores "a invocar a ajuda do poder secular"; e Gregório XIII, com a bula *Pro munere pastorali* (1582), poderá aprovar todo o direito canônico da Idade Média, que não perderá seu valor nem mesmo após a publi-

---

26. J. Longere, *Alain de Lille – Liber poenitentialis*, t. I, Louvain, Nauwelaerts, 1965, pp. 24 ss.
27. Tomás de Aquino, *Summa contra Gentiles*, livro III, cap. 146.

cação do *Codex iuris canonici* (1927). A ab-rogação da pena de morte nos territórios sob a jurisdição política da Igreja – hoje, o Estado do Vaticano –, por sua vez, só ocorrerá com Paulo VI, em 1969[28].

5. A legislação de Justiniano e dos juristas sobre a pena de morte

Por fim, temos que examinar o que Pertile afirma sobre a influência determinante que teriam exercido nesse aspecto "o direito romano e os juristas formados em sua escola" (ver acima). Pertile repete aqui a identificação entre direito justiniano e direito romano, feita na Idade Média pelos glosadores, consagrada no século XIX por Friedrich Karl von Savigny (1779-1861), em sua *História do direito romano na Idade Média* (1815-1831), que desde então se tornou uma espécie de "dogma" sobre o qual não se discute. Sem entrar nos detalhes dessa "contenda", pode-se dizer que a equivalência *direito de Justiniano = direito romano* é um grande "mito" que – embora tenha servido aos juristas e aos historiadores como instrumento útil para apresentar determinadas idéias políticas e religiosas – pouco tem em comum com a certeza histórica. O *Digesto* não é senão uma obra legislativa que o imperador católico Justiniano (482-565) mandou compilar para dar uma estrutura legislativa unitária a todo o império bizantino. Promulgado na Itália a pedido do papa Vigílio – em 14 de agosto de 554, juntamente com a *Pragmatica sanctio pro petitione Vigilii* –, permaneceu desconhecido durante toda a alta Idade Média. Encontrado em Amalfi pelos pisanos durante o saque de 1135, irá constituir a parte central do ensino do direito somente no final do século XIII. Sem dúvida, trata-se de uma grande obra do legislador católico, se não a primeira, certamente a que teve maior influência no direito da Europa ocidental; mas não pode ser

---

28. Cf. o texto, traduzido em italiano, da *Licet ab initio* in Mereu, *Storia dell'intolleranza*, cit., pp. 100-4.

identificado com o *direito romano*, como demonstra Biondo Biondi – historiador romanista da Universidade Católica de Milão –, que o classificou como uma legislação "romano-cristã"[29]. De fato, foi uma obra encomendada por Justiniano – compilada pela comissão de juristas criada para tal fim (sob a coordenação de Triboniano), seguindo suas idéias políticas e religiosas, bem como os critérios por ele indicados – para legitimar, também no plano legislativo, a nova realidade "católica" que o império é chamado a assumir. Jesus Cristo é denominado "o senhor de todos" (*dominus omnium*), considera-se a Igreja a "grande mãe" (*mater omnium*), declara-se que todo o poder imperial provém de Deus (*omnis potestas a Deo*), e o imperador tem a missão de ajudar a Igreja a divulgar e a defender o novo verbo. A constituição *Tanta*, com que se publica o *Digesto,* como a precedente (a *Imperatoriam*) usada para as *Institutiones,* ou a *Cordi,* com que se promulga o *Codex,* começam todas com a fórmula: *In nomine Domini Dei nostri Ihesu Christi,* e em muitas constituições afirma-se que foram concebidas para a glória de Deus onipotente (*In Dei omnipotentis gloriam*).

Evidentemente uma obra legislativa que parte dessas premissas não pode ser identificada com o direito romano a não ser por hipérbole (considere-se que o grego, nesse período, se torna a nova língua de Bizâncio, substituindo o latim). Ao contrário, tudo é feito em função e em defesa da difusão do catolicismo, que passa a ser identificado (a partir desse momento) com o cristianismo. O Estado torna-se o "braço secular" da Igreja. Segue suas diretrizes e se atém a suas ordens[30]. *De Summa trinitate et de fide catholica et ut nemo de ea contendere audeat* (C., 1, 1, 5) diz o primeiro título do Código, repetindo a fórmula do Credo niceno. Todo o direito penal é organizado em vista principalmente da defesa da fé. Nasce – do ponto de vista penal – a figura do herege (um novo delito, que os romanos não conheciam):

---

29. Biondi, *Il diritto romano cristiano,* cit. I, pp. 42 ss.
30. *Ibid.,* pp. 203 ss.

São chamados hereges e devem submeter-se às sanções para eles previstas aqueles que foram surpreendidos ao se afastarem (*detecti fuerunt deviare*) da linha da religião católica (C., 1, 7, 3).

Configura-se o delito de *heresia*, que é imediatamente declarado um crime público (*publicum crimen*) porque o que se faz contra a religião divina é uma injúria contra todos (*quod in religionem divinam comittitur in omnium fertur iniuriam*); e é equiparado ao delito de lesa-majestade. A pena de morte volta a ser uma punição predominante. Também aqui o critério é dado por Justiniano: "Corrige com força, para que o suplício de poucos salve os demais" (*Nov.*, 17, 5); e ainda: "Pune severamente para prevenir todos os outros com o suplício imediato de poucos" (*Nov.*, 30, 11). Os livros 47 e 48 do *Digesto* (os chamados *libri terribiles*) serão compilados segundo tal perspectiva. Mas tudo isso nada tem a ver com o direito romano (ou tem a ver apenas com o direito romano do principado e do império; enquanto no direito romano republicano a pena de morte não era aplicada em Roma, como começará a esclarecer numa glosa do seu *De verborum significatione* (1548) o italiano Andrea Alciato (ou Alciati, 1492-1550) – professor de direito em Avignon, Bruges, Pavia, Bolonha e Ferrara, humanista e filólogo de renome, cujas obras (*Opera*, 1582) constituirão uma das bases sobre a qual depois se desenvolverá a escola jurídica chamada "humanista" ou "culta" (ver abaixo).

Quanto à influência que os juristas teriam tido ao propugnar a aplicação da pena de morte (ver Pertile), também aqui deve-se dizer que se trata de uma mentira deslavada, apresentada como verdade autêntica e comprovada. O jurista "funcionário" – que aliás é o único que conta – nada mais faz senão se adaptar à vontade de quem detém o poder. Torna-se o seu dublê. Nunca é "livre", porque – como já haviam compreendido os escritores de *arcana imperii*, no século XVII – o *direito é política*, e não é possível ter um comportamento diferente daquele que o poder ordena e deseja. O "criminalista" nunca toma iniciativas. É como o "servo-freio". Precisa do impulso do cilindro-mestre (ou de quem realmente dirige) para entrar em funcionamento. Ao ler nos manuais da Inquisição todo o processo judiciário (detenção preventiva, prisão e tortura) a que são submetidos os suspeitos de heresia, ou, nos manuais laicos, as formas mais duras de tortura reservadas aos suspeitos de crime de lesa-majestade, deve-se ter em mente que são as formas, modalidades e tempos estabelecidos, sancionados e aprovados pelo poder político. O "técnico do direito" (juiz, advogado, escrivão e carrasco) nunca é criativo. Não pode sê-lo. Ou só pode sê-lo em função do poder ou na direção que o poder lhe indica. Portanto, se o direito de Justiniano passa a ser o direito romano por antonomásia a partir do fim do ano 1100, aproximadamente, é porque a Igreja e o Império – as duas potências políticas do momento – concordam perfeitamente em introduzir essa legislação "bizantina" que protege tão bem os direitos do trono e os do altar, precisamente através da morte como pena. Só o interesse político em preservá-la pode justificar por que, mesmo depois da reforma protestante e católica, essa legislação – com todas as "melhorias" trazidas pela glosa medieval – continuará sempre a ser considerada sagrada e intocável. O mesmo motivo serve para explicar também as razões – ideologicamente diferentes, mas com efeitos práticos idênticos – pelas quais esse instrumento ainda hoje permanece o mesmo. Quanto aos malabarismos retóricos e ideológicos necessários para justificar esse tipo de pena – como qualquer outra iniciativa do poder –, eles não competem ao jurista. São próprios do ideólogo político, do filósofo, do escritor (hoje), assim como na Idade Média cabiam ao teólogo. E é por isso que o maior teólogo da pena de morte na Idade Média será precisamente o "doutor angélico", Santo Tomás de Aquino.

6. Tomás de Aquino, ideólogo "laico" da pena de morte

Se Inocêncio III, com a *Vergentis in senium*, legitimara o emprego da pena de morte por parte do poder secular, será

Santo Tomás (1225-1274) quem fornecerá as razões científicas – ou melhor, racionais – da sua aplicabilidade. O "achado" é genial e consiste num sintagma simples e claro: o *bem comum*. Para proteger e salvar o bem comum, o príncipe pode matar os súditos culpados e também os inocentes: e o homicídio deixa de ser ilícito para se tornar lícito, ou seja, transforma-se em *homicídio legal*. Assim tudo se torna mais fácil: supera-se o mandamento divino de não matar; põem-se de lado as implicações teológicas; separam-se as responsabilidades da Igreja das responsabilidades laicas; e, por fim, atribui-se ao poder secular uma justificação ideológica autônoma que poderá sobrepujar qualquer objeção e dificuldade, com o respaldo dos "motivos superiores". Volta-se a usar a máxima de Cícero (*De Legibus*, III, 3): "A salvação (ou o bem) do povo seja lei suprema" (*Salus populi suprema lex esto*). É um lema que revela imediatamente a genialidade de quem o formulou.

Dizer "bem comum" é dizer tudo e nada. É recorrer a motivos supra-individuais, sem ter que indicá-los ou especificá-los. É um modo sugestivo, por sua aparente objetividade, e porque os fins supra-individuais invocados habilmente mascaram o fim anticristão, tornando-o irreconhecível. Possui, por sua vez, uma força dialética ainda capaz de convencer. Além disso, não é um conceito metafísico, difícil de compreender. O bem comum é o bem de todos: dos pobres e dos ricos, dos jovens e dos idosos, dos que têm saúde e dos doentes. Escreve Santo Tomás:

> O bem comum vale mais do que o bem de um único indivíduo. Por conseguinte, esse bem particular deverá ser sacrificado para a salvação do bem comum. Logo, se a vida de certos criminosos compromete o bem comum, ou seja, a ordem na sociedade humana, eles poderão ser mortos. [e faz-se imediatamente uma analogia, n.d.R.] E, assim como o médico, com os seus tratamentos, visa à saúde, que consiste no justo equilíbrio dos diversos humores entre si, da mesma forma o Príncipe, com a sua ação, esforça-se para alcançar a paz, mantendo a ordem entre os cidadãos. Ora, se a infecção ameaça o corpo todo, o médico corta legítima e beneficamente a parte

doente; do mesmo modo, o Príncipe, justamente e sem cometer pecado, manda matar os criminosos, por temer que a paz social seja perturbada.[31]

Com esse lema afortunado, o valor individual da pessoa, o fato de o homem – para o cristão – ser uma criatura de Deus, passa a segundo plano, torna-se secundário e sem importância. A parábola da ovelha desgarrada deixa de ter significado. O rebanho conta mais que cada quadrúpede. Não é mais uma questão de *caridade*, mas de *utilidade*. E se fulano é prejudicial ao "bem comum", é oportuno eliminá-lo, mesmo se não é culpado. A utilidade adquire assim uma nova dimensão e passa a equivaler a *socialidade*; e é a premissa geral de um silogismo que se concluirá somente com a demonstração da licitude da pena de morte. Com base nesse enfoque será construída toda a teoria do *homicídio legal*. Não por acaso, na demonstração de Santo Tomás a licitude da matança de animais e a do homem encontram-se unidas. As razões, válidas no primeiro caso, servem para justificar também o segundo. Nesse sentido, seu "utilitarismo" não se presta a nenhum tipo de objeção. Na questão dedicada ao homicídio, Santo Tomás se pergunta antes se é ilícito matar qualquer ser vivo e, de modo pouco franciscano, responde:

> Ninguém peca porque se serve de um ser para o fim pelo qual foi criado. Ora, na hierarquia dos seres vivos, os menos perfeitos foram feitos para os mais perfeitos; de mais a mais, também na ordem genética se parte do menos perfeito ao mais perfeito. Portanto, se o homem se serve das plantas para dar aos animais e dos animais para dar aos homens, não há nada de ilícito, como o próprio filósofo demonstra. E o mais necessário dos serviços é exatamente aquele de dar as plantas como alimento aos animais e os animais ao homem: o que é impossível sem destruir a vida.[32]

---

31. Tomás de Aquino, *Summa contra gentiles*, livro III, cap. 146.
32. Tomás de Aquino, *Suma teológica*, II^a-II^{ae}, q. 64, a. 1, r, todas as passagens seguintes encontram-se na mesma questão.

E eis como, no artigo seguinte, ele continua o seu raciocínio utilitarista:

> Com base no que dissemos, é lícito matar os animais, na medida em que por natureza estão destinados a ser úteis ao homem, como as coisas menos perfeitas estão destinadas às mais perfeitas. Ora, qualquer uma das partes está destinada ao todo. Eis por que, *se a saúde do corpo inteiro exige*, é louvável e salutar recorrer ao corte de um membro pútrido e gangrenoso. Logo, cada indivíduo está para a sua comunidade toda como a parte está para o todo. Portanto, se um homem com os seus pecados é perigoso e desagregador para a coletividade, *é louvável e salutar suprimi-lo, para a conservação do bem comum*. De fato, como diz São Paulo, um pouco de fermento pode corromper todo o trigo.

É preciso somente esclarecer a comparação do homem com o animal, para melhor especificar o raciocínio. Santo Tomás, ao falar da licitude de matar os animais, acrescentara que estes não têm vida racional para governar-se, sendo, portanto, governados por outros. Também o homem, abandonando a ordem da razão, perde a dignidade humana e torna-se idêntico aos animais, e por isso pode ser morto:

> Embora matar um homem que respeita a própria dignidade é algo essencialmente pecaminoso, matar um homem que peca pode ser um bem, *como matar um animal*. De fato, um homem mau, como insiste em afirmar o filósofo, é pior e mais nocivo que um animal.

Mas a analogia animal-homem continua no terceiro artigo para demonstrar a necessidade do processo penal antes de condenar um réu:

> Um animal distingue-se do homem por natureza. E, portanto, não é preciso nenhum juízo antes de matá-lo, se é selvagem. Se é um animal doméstico, porém, há necessidade de um juízo, não pelo animal em si mesmo, mas pelo prejuízo provocado ao seu dono. O homem culpado, no entanto,

não se distingue dos homens honestos. Por conseguinte, é necessário que haja um *processo para se decidir se é digno de ser morto para o bem da sociedade*.

Mas a titularidade da ação penal, ou seja, a autoridade de dizer quem, como, quando e por que um homem deve ser morto, cabe exclusivamente ao príncipe:

> Como demonstramos, *é lícito matar* um malfeitor pois *a sua morte destina-se à salvação de toda a coletividade*. A ordem de matá-lo, porém, cabe somente a quem está encarregado da segurança coletiva; como cabe ao médico, encarregado de cuidar do organismo todo, proceder ao corte de um membro pútrido.

A autoridade humana sai dessa demonstração regenerada e fortalecida. O príncipe torna-se *"vigário de Deus"* (*vicem Dei*)[33]. É o titular ao qual cabe o antigo direito de vida e de morte; é o único que pode decidir, porque é o grande cirurgião capaz de, sozinho, diagnosticar as partes cancerosas e eliminá-las cirurgicamente. Assim, a proibição divina de não matar é posta de lado e substituída pelo arbítrio incontrolável do príncipe.

Mas se a titularidade do *ius gladii* cabe ao chefe do Estado, segue-se daí imediatamente a irresponsabilidade dos executores. "Como nota Dionísio de Halicarnasso" – escreve Santo Tomás[34] –, "o verdadeiro responsável por uma ação é aquele sob cuja autoridade a ação é realizada." Se a *auctoritas* é sua, também é sua a responsabilidade. Quem executa limita-se a obedecer, é um instrumento passivo. Eis por que Santo Agostinho diz: "Não mata quem deve prestar

---

33. É um conceito que será retomado também pelo "laico" e "tolerante" Jean Bodin (ver abaixo), que escreverá: "Na terra não há nada maior que os príncipes soberanos, que estão abaixo somente de Deus, que os nomeou como seus lugares-tenentes [...]. Quem despreza o seu príncipe soberano, despreza Deus, do qual esse é a imagem" (J. Bodin, *I sei libri dello Stato*, trad. it. de Margherita Isnardi Parente, Utet, livro I, cap. X, p. 477).

34. Tomás de Aquino, *Suma teológica*, II²-II^ae, q. 64, a. 3, r.

serviço a quem comanda, como a espada nas mãos de quem a usa." Declara-se abertamente, assim, a irresponsabilidade e a independência total do juiz e do carrasco com a justificação da obediência devida por eles. A ação deles não é livre, mas necessária, sem possibilidade de alternativas e escolhas. E recorre imediatamente a um exemplo para dar um sentido concreto ao seu raciocínio:

> Por isso os que mataram parentes e amigos por ordem de Deus não devem ser considerados os autores do fato, mas sim aqueles de quem respeitam a autoridade, assim como [e eis a analogia, n.d.R.] o soldado que mata um inimigo pela autoridade do príncipe, ou o carrasco que mata o malfeitor pela autoridade do juiz.

Assim também a figura do carrasco é nobilitada. Torna-se, ou melhor, passa a ser reconhecida pelo que efetivamente é: "um ministro de justiça". Alguém que obedece às ordens da autoridade. Que não discute, mas executa e cala. O carrasco, portanto, simplesmente executa a sentença do juiz; o juiz, por sua vez, simplesmente aplica o que determina a lei desejada pelo príncipe; este, por sua vez, é responsável, por mandato divino, pela salvação do bem comum, que sempre deve prevalecer, e diante do qual tudo se torna secundário. Com uma série de passagens lógicas, tudo se torna perfeitamente conseqüente, necessário, indiscutível. A violência é dissimulada com a lógica e com as formas legais. Perde o caráter selvagem e feroz que a anima, tornando-se atividade dialética, racionalizante, atenta, precisa, geométrica e ritual, antes de chegar à conclusão final. É um dos exemplos do que chamei de legalismo e racionalismo de câmara de gás.

7. A pessoa e o patíbulo

Mas a pessoa, a quem se infligiu a condenação à morte, deverá aceitá-la ou poderá fazer algo para tentar se salvar e evitar o patíbulo? A resposta dada pelo "doutor angélico" é previsível, peremptória e "mortífera", principalmente se consideramos que foi escrita para esclarecer o que se diz no livro dos Provérbios (24, 11): "Livra os que são conduzidos à morte; salva os que estão sendo arrastados ao suplício." Tais palavras da Bíblia têm um significado explícito e não se prestam a modificações, a mal-entendidos ou a interpretações novas ou diferentes. Aqui a dialética de Santo Tomás entra em crise. Responde dogmaticamente a uma afirmação, rejeitando o provérbio:

> As palavras do Sábio não querem exortar a livrar alguém da morte contra a ordem da justiça. Por isso alguém não deve livrar nem a si próprio da morte, resistindo à ordem da justiça.

E não é mais profunda a solução que propõe ao distinguir entre uma condenação à morte dada "injustamente" e uma condenação justa. Contra a primeira – teoricamente – é possível reagir; contra aquela dada "justamente" qualquer reação é ilegítima, pois é um tipo de guerra contra a sociedade. Mas a linha divisória é colocada entre aqueles dois advérbios – justamente (*iuste*) e injustamente (*iniuste*) – como se um condenado à pena capital – mesmo pelo apego instintivo à vida, que, como até Santo Tomás admite, todo ser humano possui – estivesse em condições pessoais de distinguir, naquela situação, o justo do injusto. Mas o intelectualmente vergonhoso é que, ao falar da morte injusta, contra a qual é permitido reagir, declara que, se se trata de evitar um escândalo, capaz de suscitar uma grave perturbação, então não é lícito reagir nem mesmo à condenação injusta. Ou seja, para evitar um escândalo tudo é permitido[35]. Aqui evidentemente a "razão de Estado" ou de Religião se sobrepõe a qualquer outro valor, e por isso só resta ao condenado oferecer o próprio pescoço e "não opor resistência ao carrasco".

---

35. *Ibid.*, II^a^-II^ae^, q. 69, a. 4.

8. A vitalidade do modelo e a obra dos juristas

Com a adoção na Europa do direito justiniano, que prevê a morte como pena e a utiliza como um dos meios mais eficazes para prevenir e reprimir os delitos, com a legitimação dessa pena por parte da Igreja e com a justificação ideológica fornecida por Santo Tomás, começa uma *nova era*.

O direito penal se transforma. De "técnica da composição" (como fora na alta Idade Média), torna-se "técnica da coação", ou seja, um dos instrumentos jurídicos mais maleáveis e mais eficazes para levar avante aquela *política da intolerância* que se pode resumir na alternativa: ou *consenso* ou *repressão*. Será adotada – num primeiro momento – em defesa do trono e do altar e, em seguida, será usada para defender a revolução burguesa, a restauração, as unidades nacionais e, por fim, as ditaduras proletárias. E poderá ser usada sem outras modificações além das de detalhes, porque terá sempre como justificativa aquele *bem comum* dos quais todos – católicos e protestantes, reacionários e revolucionários, monarquistas ou republicanos, liberais ou comunistas – se servirão sem receio. Será esse o grande trunfo que todos os grupos dominantes usarão sem medo para justificar todo tipo de repressão. Para todos, com o *bem comum* identificado com a *utilidade social* – também chamado *bem coletivo, interesse geral* ou *interesses superiores*, ou disfarçado sob o nome de *pátria, nação, povo, comunidade*, ou *revolução* (burguesa ou proletária) –, a utilidade passará a ser a categoria basilar do direito penal; e todos olharão o delito através desse "binóculo" que permite não só justificar o uso indiscriminado da morte como pena, mas continuar a se servir dos velhos instrumentos medievais, que ainda hoje vigoram, sem sentir a necessidade de modificá-los, porque em seu "dogmatismo" são perfeitos. E como o grande mérito dessa *revolução* deve ser atribuído não só à intervenção determinante da Igreja, à contribuição de Santo Tomás e de todos os outros teólogos e canonistas, mas também à obra de aplicação e de exegese, empreendida pelos juristas laicos (professores de direito e juristas "práticos", principalmente italianos), a eles se dará aqui o reconhecimento que merecem. Foram eles – junto com os injustamente esquecidos "mestres" inquisidores[36] – os "técnicos" que construíram o *direito penal comum europeu* baseado na morte como pena, e é justo que se dê a sua obra o destaque que merece. Citaremos aqui somente três italianos, mas sei muito bem o quanto essa escolha é subjetiva.

O primeiro é Tibério Deciani (1509-1582), de Udine – um dos mais importantes "reorganizadores" do direito penal "barroco", professor da Universidade de Pádua por quase quarenta anos, famoso conselheiro de príncipes e senhores importantes, autor do *Tractatus criminalis utramque continens centuriam* (1593) que será, para os penalistas do *ancien régime*, o manual "erudito" (como é hoje o livro de Bettiol)[37], ao qual se recorre quando se desejam obter, além das disposições de lei, as justificações ideológicas que as fundamentam.

O segundo criminalista é Júlio Claro (1525-1575), membro do Supremo Conselho da Itália, primeiro em Milão e depois regente em Madri – com o *Liber quintus* das suas *Receptae sententiae*, 1570 (que serão reimpressas com acréscimos, comentários, notas e atualizações até o final do século XVIII), o qual será sempre muito apreciado pela "modernidade" das soluções jurisprudenciais que indica.

O terceiro, por fim, é Próspero Farinacius (1544-1618) – advogado famoso (foi o defensor de Beatrice Cenci), conselheiro do Sacro Conselho durante o pontificado de Clemente VIII e procurador-geral fiscal no pontificado de Paulo V – o qual, com a sua *Praxis et theorica criminalis* (publicada desde 1588 e não completada), deixou-nos um dos documentos mais interessantes para compreender como se fazia justiça naquela época.

---

36. Sobre a importância dessa "fonte" histórica, ver Mereu, *Storia dell'intolleranza*, cit., pp. 22-30.

37. G. Bettiol, *Diritto penale, Parte generale*, Pádua, Cedam, 1978.

Outros juristas – como Carpzov (ver acima) e Muyart de Vouglans – advogado do parlamento de Paris desde 1741, um dos mais célebres penalistas do *ancien régime*, autor (entre outras obras) de uma famosa crítica negativa ao livro de Beccaria – serão citados de vez em quando para demonstrar como as idéias dos juristas italianos ainda são fundamentais. Por essa mesma razão, ao analisar a documentação sobre a efetividade, consideraremos sobretudo o que se fez na Itália, especialmente em Florença, tanto sob o domínio dos Medici quanto dos Lorena.

II. O "triunfo da morte" legal *no* ancien régime

1. A efetividade penal no século XVI

Talvez em nenhum outro período histórico seja tão evidente o contraste entre a efetividade penal, isto é, o modo concreto de exercer a justiça punitiva, e a imagem que os intelectuais nos deixaram desse período. Para alguns, é fácil definir a efetividade penal: carnificina. Alciato escreveu numa glosa ao seu *De verborum significatione*: "Hoje nas penas há tão-somente carnificina" (*Hodie in poenis mera carneficina est*). E outro jurista, Mario Salamoni degli Alberteschi – que entre 1498 e 1499 também foi capitão do povo em Florença – no seu livro *De principatu*[1], publicado depois de 1548 – repetia os mesmos conceitos, empregando as mesmas palavras:

> Horroriza-se o espírito quando volta à nossa mente aquela carnificina que todos os dias temos como espetáculo, de homens esmagados com longos suplícios e com os corpos mortalmente torturados por tenazes incandescentes.

E essas descrições coincidem com o que nos dizem da justiça de sua época e Maquiavel, que preso por suspeita de ser um dos participantes da conspiração contra os Médici,

---

1. M. Salamoni degli Alberteschi, *De principatu...* recognovit Mario D'Addio, Milão, Giuffré, 1956, p. 48.

foi libertado "depois de seis estrapadas", assim como Menochio e Boccalini (ver mais adiante).

Ao lado desta, há a imagem oleográfica e estereotipada do século XVI como o século do "renascimento" que se seguiu ao declínio medieval, o século da nova era de ouro, que os intelectuais já começam a "louvar" e que mais tarde encontraria seus bardos e menestréis entre os historiadores de hoje. Nos *Douze livres de la vicessitude ou varieté des choses de l'Univers* (1576), aqui transcrito na bela tradução do século XVI de Hercole Cato, Louis Le Roy, sintetizando um sentimento comum, escrevia sobre essa época:

> Nosso século atual pode ser comparado aos mais doutos tempos, que jamais existiram [...]. As letras antigas foram recuperadas no antigo ensinamento por obra dos humanistas [...]. E tivemos viajantes e peregrinos ilustres: timoneiros, navegantes e conquistadores de novos países [...]. Além da recuperação quase completa das coisas antigas, a invenção de muitas coisas novas [...]. Entre elas, a tipografia merece o primeiro lugar por sua excelência [...]. Eu daria de bom grado o terceiro lugar à artilharia e à arte das bombardas, que substituíram todos os instrumentos militares antigos.[2]

Não sei qual dessas duas imagens do Renascimento (a desumana ou a "celestial") corresponde mais à verdade; aliás, não sei nem mesmo se ambas poderiam ser consideradas correspondentes à realidade se tivesse de aplicá-las ao nosso tempo.

É verdade, contudo, que se tomamos a *Descrição dos criminosos condenados à morte em Florença desde 1328 até o presente ano, com seus nomes e sobrenomes, e seus crimes*[3] – de

---

2. L. Regio, *La vicessitudine o mutabile varietà delle cose dell'Universo...* traduzida pelo Senhor Cavaleiro Hercole Cato, Veneza, Aldo, 1584, pp. 150 ss.

3. *Descrizione dei delinquenti stati condannati a morte a Firenze cominciando dal 1328 fino al presente anno, con i nomi e i cognomi de' medesimi, con i loro delitti*, Florença, 1801 (em nosso texto a citação de cada sentença é seguida de um número entre parênteses que se refere não à página do volume, e sim ao número progressivo com que são elencadas as sentenças).

modo que disponhamos de um texto que, antes que nos percamos em discussões, nos informe como ocorreram os fatos –, tudo o que Alciato e Salamoni degli Alberteschi dizem sobre a "carnificina" penal se confirma literalmente.

2. Por que Florença? – O exemplo dos Medici

Entre as inúmeras obras sobre os "justiçados", preferimos escolher essa *Descrição* porque, como "fonte" histórica, tem o mérito de estar repleta de informações e dados, enumerados num estilo burocrático, mas preciso (essa é uma de suas qualidades), na qual se pode perceber imediatamente a novidade que representa um determinado vocábulo inédito.

Escolhemos Florença por três razões: 1) porque Florença – capital do Grão-ducado de Toscana – será a primeira na Europa que, sob o governo do grão-duque austríaco Leopoldo de Lorena (1747-1792), abolirá a morte como pena; 2) porque nos parece interessante divulgar como eram as coisas anteriormente; 3) porque isso nos ajudará a compreender finalmente o que é preciso entender quando os historiadores – antigos e contemporâneos – falam do governo "paternal" e "iluminado" dos Medici.

Então, podemos começar com um breve panorama dos delitos que (hoje) consideramos "menores":

> "No início de setembro (1530), Girolamo dal Ponte a Rignano e Domenico Costantino del Perugino foram os primeiros a ser *enforcados* no lugar onde se costuma fazer isso hoje; foram justiçados por *ter roubado* muitas igrejas e por ter arrombado muitas lojas, por ter escalado os muros dessa cidade de Florença durante a noite, com contrabando" (55) [...]. "Em 23 de abril de 1531, Andrea di Giuliano de Florença, tecelão de roupas luxuosas, foi levado na *carroça* e foi *estrangulado* e *queimado* no Canto dos Moinhos por ter *roubado* na quinta-feira santa, em São Basílio, um *cálice* do cibório daquela igreja *onde havia uma hóstia* consagrada do dia anterior" (65) [...]. "Em 28 de junho de 1547, Francesco di Dome-

nico di ser Gabriello Leroni foi *enforcado* no Mercado Novo por *fraude de livros e escrituras*" (90) [...]. "Em 24 de outubro de 1551, Antonio di Giovanni Bandani foi *enforcado* em lugar público e depois *queimado* por ter cometido alguns delitos de *sodomia*" (94) [Para averiguar e julgar esse crime, existia, então, em Florença e em Lucca, uma seção "especial" (a Seção da Honestidade), que geralmente condenava à fogueira apenas em casos de reincidência].

Do século XVI passamos ao século XVII:

"Em 24 de julho de 1601, Benedetto di Gioseppe Pei, boticário florentino, foi *enforcado e queimado* depois de ter cometido um *ato de obscenidade* na igreja de São Lourenço na sexta-feira santa, e o supracitado tinha 54 anos (117) [...]." "Em 15 de maio de 1601, Paolo Ippolito Giachetti foi *enforcado* por *impostura de ladrão* [ou seja, negava ter roubado, n.d.R.] e afirmou ser inocente até a morte e, quando o carrasco lhe deu um empurrão, a corda se partiu e ambos caíram no fosso, onde o carrasco o matou" (116) [...]. "Nos primeiros dias de setembro de 1620, Giovanni di Lorenzo Zei de Borgo a Buggiano, de 23 anos, foi *decapitado* por ser ladrão e assassino; *essa foi a primeira vez que se utilizou o cutelo com contrapeso e, ao se separar a cabeça do tronco, ouviu-se proferir o SS. Nome de Jesus*" (120) [...]. [E, assim, com esse cutelo com contrapeso, os Medici – aos quais "justamente" os intelectuais de hoje dedicaram uma mostra – poderiam ser apontados como os inventores da guilhotina...] "Em 27 de fevereiro de 1640, Carlo Antonio Gianetti, milanês, foi *enforcado por ser ladrão e batedor de carteiras* notório, e conduzido descalço ao patíbulo" (142) [...]. "Em maio de 1644, Baldo di Matteo Salvi de Urbino foi *enforcado* na Ponte Vecchio por ter *roubado* uma daquelas lojas" (150) [...]. "Em 30 de março de 1654, Cesare Giovanni Nutti da Crespino foi *enforcado* aos 41 anos por ser *ladrão de animais e cortador de árvores*" (176) [...]. "Em 30 (de julho de 1655) Pellegrino di Giovanni Galletti, de 58 anos, foi *enforcado* por *falsificar moedas*" (181) [...]. "Em 13 de junho de 1665, Bartolomeo di Francesco de Ferneto, 28 anos, foi *enforcado e queimado por ordem do Santo Ofício*" (194) [...]. "Em 16 de fevereiro de 1679, frei Silvestro Basilio Angelo, agostiniano, foi *enforcado e queimado por ordem do Santo Ofício* por ser leigo e ter celebrado muitas missas, sendo que na vida secular se chamava Francesco Carriccioli" (213).

E passamos ao século XVIII, com o primeiro "mosquetaço" com o qual foi justiçado Francesco di Santi de Garfagnana, na Fortezza da Basso, às 20 horas (254) (é um novo passo no caminho do progresso: do *cutelo com contrapeso* ao *fuzilamento*):

> "Em 22 de junho de 1711, Michele d'Onorio Grassi do Burgo de San Lorenzo, de 40 anos, foi *enforcado por ser ladrão de vasos sagrados* e por ter roubado também o Óleo Santo com o qual engraxou os sapatos" (240) [...]. "Em 14 de agosto de 1737, Bastiano di Niccola Mimachi, de Castel Franco, foi *enforcado por ser ladrão*, tendo ficado pendurado na forca o dia todo" (261) [...]. "Em 7 de julho de 1753, Giuseppe Bastiano Salucci, de 35 anos, foi *enforcado*. Era aprendiz, ou seja, servo de Bartolomeo Berretti, e arrombou sua casa para roubá-lo" (299) etc.

E vamos parar por aqui.

3. O "triunfo da morte"

Com o advento da época moderna, a morte como pena triunfa. Substitui o preço do sangue e a compensação, impondo-se e derrotando-os fragorosamente. Torna-se a nova unidade de medida; a panacéia milagrosa para tudo: crimes graves e crimes pequenos, crimes de lesa-majestade – divina e humana – e contrabando de sal. Pode ser aplicada a qualquer pessoa: assassinos e batedores de carteira; ladrões comuns e ladrões de vasos sagrados; estupradores e devastadores de vinhas; regicidas e homossexuais. Torna-se até mesmo a base para diferenciar os crimes. São chamados "graves" – e são a maior parte – os que prevêem a morte simples; "gravíssimos", aqueles em que essa pena é acompanhada de "rigorosas exemplaridades", ou seja, de penas suplementares adicionais que a tornam ainda mais brutal.

Quanto ao emprego, não há distinções ou diferenças de classes sociais. Chiari nos explica isso muito bem. Na romana *Lex Cornelia de sicariis et veneficis* (D., 48, 8, 3, 5) afirmava-se que, se o homicida fosse nobre, tinha os bens confiscados e era deportado para uma ilha. Mas hoje aquela pena não está mais em uso (*sed hodie illa poena non est in usu*). Cita uma ladainha de autores que exprimem uma opinião idêntica e conclui: a pena para o homicídio, hoje, é a pena de morte (*poena, ergo, homicidii, hodie, est poena mortis*). E a compensação? Nem esta é mais usada. Embora Bartolo a admita, concordo com Covarrubias e outros autores que afirmam o contrário, e atenho-me à opinião destes, por ser a mais verdadeira e constituir a *opinio communis*[4].

Chega-se assim a um uso delirante, mas lógico na sua aplicação. Se um indivíduo tentar o suicídio e não conseguir se matar, como pena será condenado à morte, por ter violado o preceito divino de não matar[5]. Se um católico teve relações carnais com uma judia, para ele só resta a morte, e ocorreria o mesmo se tivesse tido relações com um animal, pois – explica-nos Farinacci – é o mesmo ter relações com uma judia ou com um cão (*quia tantum est rem habere cum yudea qam cum cane*)[6].

Mas a culpa de tudo isso não é do criminalista, ou não é apenas dele. Deve ser atribuída antes ao fascínio demiúrgico que a violência exerce e no qual todos crêem: o Estado e os indivíduos, os políticos e os juristas, os espíritos religiosos e os "libertinos". A violência é a transferência libertadora em que a *libido* reprimida encontra sua válvula de escape ou mediante um delito gratuito ou brutal, ou então no homicídio "legal", satisfatório pelo sadismo dos atos e das cerimônias que o acompanham.

À violência dos indivíduos, o Estado, que surge e se organiza proclamando-se tutor e garante da salvação da república, opõe a própria violência, preestabelecida, formali-

---

4. Claro, *Receptae sententiae*, cit., *Homicidium, Sed quaero*.
5. Farinacci, *Praxis et theorica criminalis*, cit., quaestio 137, nº 12.
6. *Ibid.*, quaestio 139, nº 28.

zada, solene, exemplar e inexorável. Passa-se da tortura do sono ao espancamento, às chicotadas, ao ferrete, ao pelourinho, às estrapadas, à morte, com diversas gradações: desde a mais simples por enforcamento, à fogueira, ao esquartejamento, ao sufocamento, ao esmagamento lento e progressivo, ao afogamento no mar, à decapitação (para certos delitos com prévia mutilação de uma das mãos), à roda, "considerada, com razão, o pior tormento, na qual se quebravam os membros do condenado, amarrando-o depois com os braços e pernas abertos e esticados numa roda montada numa estaca, e deixando-o miseravelmente assim até que se acabasse". E às novas modalidades se somam as formas antigas. Como a estripação, o envenenamento, a assadura, o ato de submergir o criminoso em óleo fervente, de arrancar-lhe o coração, de enfiar-lhe uma estaca no ânus; ou a morte por fome, por privação do sono, o gotejamento, o emparedamento, o sepultamento do condenado vivo e de cabeça para baixo. Ou então obrigava-se o condenado a se sentar "por algum tempo sobre uma barra de ferro incandescente", ou o arrastavam até o lugar do suplício amarrado ao rabo de um cavalo ou de um asno, ou o faziam rolar dentro de uma barrica de ferro forrada com pontas de pregos, ou se arrancavam as carnes do corpo com tenazes incandescentes "até que o infeliz chegava ao local onde tinha que deixar a vida"[7], ou lhe arrancavam pedaços de pele. Os juristas discorrem, discutem, dão conselhos e pareceres sobre todas essas formas de tortura. Mas para colocá-las em prática era necessário o beneplácito do príncipe. Diz a nossa *Declaração*:

> Em 29 de julho de 1623 Pietro di Paolo Stibbi, de Pomarance, Carlo di Giovanni e Pietro Pirenna, de Alcetri, foram *enforcados* e *esquartejados*, e foram carregados numa carroça *para ser atenazados*, mas por clemência do Príncipe fez-se apenas a simulação do martírio (124).

---

7. Pertile, *Storia del diritto italiano*, cit., pp. 263 ss.

E à violência "legal" opõe-se – por outro lado – a violência "ilegal", igualmente fria e premeditada. "No centro de Florença e entre pessoas de civilizadíssima condição" – escreve Fiorelli[8] – foram enforcados em 1556, como ladrões e assassinos, dois florentinos, um dos quais nobre. Tinham formado uma quadrilha de criminosos com um terceiro indivíduo, chamado o Incógnito. Com ele se reuniam à noite para dividir o produto do roubo e para se submeter à estrapada, como treinamento. De fato, se alguém conseguia superar os tormentos sem confessar era solto. Uma noite, o Incógnito não agüentou o treinamento. Os outros dois, ao verem isso, compreenderam que não podiam confiar nele, porque era um 'fraco' e o estrangularam. Mas foram descobertos e forçados (apesar do treinamento) a confessar" (*Declaração*, n.º 109).

Se, da "civilizadíssima" Florença, olharmos para a "civilizada" Europa, o panorama não se altera. A violência não tem variantes. Ou tem muitas, mas todas em sentido pejorativo. Os massacres dos católicos pelos protestantes têm o seu *pendant* na chacina dos huguenotes pelos católicos, festejada por Gregório XIII com um *Te Deum* de agradecimento e a cunhagem de medalhas comemorativas[9]. As guerras de religião estão ali para atestar toda a crueldade com que foram combatidas. E é sempre uma violência "balanceada". Os estrangulamentos e os veneifícios na corte correspondem às execuções levadas a termo mediante processos. Como os processos ordenados por Pio IV contra os Caraffa[10]. A criminalidade comum aumenta paralelamente à criminalidade de Estado. Freqüentemente – como no Estado pontifício – estão em conluio. A violência paga-se com violência. Intolerância, com intolerância. Não há lugar para os indecisos. Ser suspeito de algum crime já representa um grave pe-

---

8. P. Fiorelli, *La tortura giudiziaria nel diritto comune*, I, Milão, Giuffré, 1953-1954, p. 137.
9. Pastor (von) Ludwig, *Storia dei papi dalla fine del Medioevo*, IX, Roma, Desclée, 1925, p. 364.
10. Pastor, *Storia dei papi...*, cit., VII, pp. 100-10.

rigo que só pode ser evitado com a fuga. Ser preso é o mesmo que ser condenado.

A única solução com que é possível resolver tudo – no caso de crimes comuns – é o dinheiro. O dinheiro – escreve um grande jurista da época, Menochio (1532-1607) – principalmente hoje é chamado segundo sangue[11]. "O ouro" – precisa um outro escritor, Boccalini (1556-1613), governador dos Estados da Igreja e autor dos *Anúncios do Parnaso* – "é o segundo sangue nas outras cidades, mas em Roma é o primeiro. E quem não possui ouro, paga com o sangue que é o segundo."[12] O dinheiro torna-se o instrumento que demarca e indica as diferenças sociais. Uma pessoa não é avaliada por seus títulos de nobreza, mas pelo concreto, indicado pela "mercadoria", como diz Guicciardini. Nesse ambiente social e político, o direito penal só pode ser violento. Torna-se uma arma de ataque e defesa que o príncipe deve saber usar bem. E os príncipes não têm nenhum interesse em parecer brandos. A violência aparece como a grande criadora, como a origem de todas as coisas. Em seu *vademecum* secreto – que será publicado em 1857 – Guicciardini escreverá: "Não é possível manter Estados seguindo a própria consciência, porque, se consideramos a origem deles, todos são violentos [...] e dessa regra não excetuo o imperador nem mesmo os padres, cuja violência é duplicada pois nos forçam com as armas temporais e com as espirituais" (*Recordações*, 48). É o que diz Maquiavel quando, através de Cosme de Medici, afirma que os Estados não se governam "com o terço nas mãos".

Por isso a "escala penal" termina sempre no patíbulo. Sobretudo para os crimes de lesa-majestade (como são chamados os crimes que os modernos indicarão com um nome diferente, mas que compreende sempre os conceitos fundamentais do antigo instituto).

---

11. J. Menochio, *De arbitranis undicum quaestionibus et causis*, Venetiis, 1560, libro II, cant. 2, casus CX, n.º 6.

12. T. Boccalini, *Osservazioni polítiche sopra i sei libri degli Annali di Tacito*, Castellana, 1678, parte I, p. 119.

4. Razão de Estado e violência legal

Não é possível compreender a importância da pena de morte – ou seja, a possibilidade de se desembaraçar dos adversários políticos, dos "subversivos", dos perturbadores da ordem constituída, eliminando-os por meio de uma sentença, solenemente pronunciada pelos juízes – sem ter presente aquele princípio enunciado no *Digesto* (D., 1, 4, 1), segundo o qual o que agrada ao príncipe tem valor de lei (*Quod principi placuit legis habet vigorem*), e que agora receberá toda uma nova e atenta exegese, que não só o amplia e estende, mas o funde perfeitamente com a "razão de Estado". É o novo sintagma que, exatamente no fim do século XVI, é enunciado pelo piemontês Giovanni Botero (1543-1617), jesuíta, secretário do cardeal Carlos Borromeu, autor de um livro intitulado precisamente *Da razão de Estado* (1589). Nesse livro – considerando-se que razão de Estado é "a informação de meios apta a fundar, conservar e ampliar o Estado" – admite-se que, "em suma, razão de Estado não é outra coisa senão razão de interesse".

A razão de Estado e o *quod principi placuit* são princípios perfeitamente paralelos e exprimem os mesmos conceitos. Diante deles, as regras preestabecidas não valem mais. Tudo pode ser feito em total liberdade, porque tudo depende do arbítrio do príncipe. Prender, torturar, mutilar, matar não só os que se opõem a ele ou o combatem, mas também todos os que ele – e os seus juízes – suspeitam que poderão vir a fazê-lo. A lei da suspeita, principalmente nesse campo e a partir desse momento, torna-se a lei de bronze, a ser observada por quem deseja conservar o Estado. Por isso, quem detém o poder não tem dificuldade em suspeitar do crime de lesa-majestade. Este não tem suas características típicas delineadas, e não se estabelece outra coisa a não ser o que é genericamente enunciado no *Digesto*, que citamos acima. "O que agrada ao príncipe" é a nova regra à qual é perigoso se opor. Não é prudente transgredi-la. Temos a comprovação disso na nossa *Descrição*, em que a maior parte dos enforcamentos, dos esquartejamentos e das decapitações registradas devem-se a "questões de Estado":

> "Em 19 de novembro de 1550, Roberto di Filippo Buccellai foi *decapitado* às 13 horas, por *questões de Estado*" (n? 95). "Em 2 de março de 1555, Bernardo di Gherado Corsini *foi decapitado por questões de Estado*" (n? 98). "Em 6 de maio de 1575 Bernardo di Cosimo Binesi e Ristoro di Ristoro Machiavelli foram *enforcados* no patíbulo de S. Apollinare por *questões de Estado*" (n? 107). A expressão "questões de Estado" é citada continuamente. Sem outras explicações. Somente no n? 101, ao descrever a decapitação de dois jovens e o enforcamento de outros três, depois do habitual "por questões de Estado", acrescenta "e eram todos jovens de primeira barba". Em dois casos especifica: "Em 15 de janeiro de 1575, Pandolfo Martelli foi *decapitado* no patíbulo da Praça de S. Apollinare *por ter conspirado* contra a pessoa do grão-duque Cosme e seus filhos, a cabeça foi colocada sobre a lança [...]" (n? 108); "Em 12 de dezembro (1578) Bernardo di Antonio Antinori foi *estrangulado* na masmorra por causa dos *amores* pela filha do grão-duque, e teve *somente duas horas para poder se confessar*" (n? 111).

Também é fácil justificar tudo isso. Uma vez descoberto o conceito de Estado e da sua soberania, tendo-se admitido que o Estado representa tudo e todos, que possui vida própria e sua própria moralidade, diferente da individual ou comum, que tal vontade deve ser empregada para o bem de todos, mas que o príncipe conhece os "arcanos" de tal emprego, qualquer discussão contrária perde valor e torna-se impossível. Pois opor-se a esse princípio pode ser o primeiro indício de ser contrário ao sistema, ou seja, contra o príncipe. Assim, com o conceito de "soberania" – retomado da Escolástica espanhola e elaborado por Jean Bodin (1530-1596), professor universitário e conselheiro do príncipe, autor de Les six livres de la Republique (1576), em que se lançam as bases do que será denominado "estado de direito" – entendido como *summa in cives ac subditos legibusque soluta potestas* (Bodin), todos os atributos e privilégios, exceções e derrogações ao direito comum, antes atribuídos ao Papa e ao Imperador, são transferidos, ou melhor, são herdados pelo Estado. Temos uma nova *traslatio imperii* que, como a medieval, atribui ao novo sujeito jurídico uma nova legitimidade, que o autoriza a se comportar a seu arbítrio, de modo ainda mais absoluto. Temos uma transferência de poderes. A *maiestas* e a *auctoritas*, às quais é necessário obedecer de todo modo e sempre (de acordo com os princípios de São Paulo), agora passam às mãos do príncipe, que representa o Estado. E o termo "príncipe" compreende todo o aparelho dirigente, que o assiste e auxilia. Chiari afirma: "De fato, os conselheiros constituem uma parte do próprio corpo do Príncipe e, portanto, quem os ofende, é como se ofendesse o Príncipe." E ofender, nesse caso, significa assumir um comportamento diferente do enaltecedor e elogioso. Examinar criticamente, julgar notando os defeitos, fazer sindicância, é o mesmo que fazer propaganda subversiva (*rebellionis operam facere*), é tramar contra a prosperidade do príncipe e da república (*in nostram seu imperii prosperitatem aliquid machinare*)[13]. E, para que se configure o crime e o juiz possa proceder, não é necessário nem mesmo que a obra tenha sido iniciada. Basta a intenção. Aqui os juristas contam com as palavras do *Codex* de Justiniano (C., 9, 6, 5): "As leis quiseram punir com a mesma severidade tanto a vontade do crime quanto sua intenção."

Naturalmente, o único método processual com que se conduz a instrução é o de inquirição ou de ofício. E, portanto, não há formas certas. Nenhuma garantia para o acusado. Também aqui se repete o determinado pelos pontífices: *omnis iuris et statutorum forma, solemnitate, et substantia omissis*. Basta a simples suspeita da autoridade para desencadear todo o processo. O "réu" não saberá nem o nome de quem o acusa, nem as testemunhas que tem contra ele. Se o "réu" não confessar, será submetido a tortura. Os juristas afirmam-no com muita clareza: nesses delitos pode-se come-

---

13. Claro, *Receptae sententiae*, cit., *Laesae maiestatis*, Committitur autem.

çar pela tortura do acusado. Não se fornecem cópias dos documentos do processo, sem uma autorização especial do príncipe. Aqui também existem os *specialia* (ou seja, as exceções ao direito comum: é um achado dos canonistas, logo adotado pelo direito secular). Farinacci afirma: é especial no direito de lesa-majestade que, mesmo se o acusador não consegue provar a acusação, o acusado não é absolvido jamais, mas ainda é obrigado a provar a própria inocência (*Accusatore non probante, accusatus non absolvitur*[14] é o claro sintagma com que Farinacci expressa muito claramente a regra fundamental em que ainda hoje se baseia todo o sistema inquisitório).

As penas estão em perfeita consonância com a procedura. A Constituição de Milão de 1541[15] é um modelo: "Se alguém tiver ofendido ou tentado ofender o príncipe ou o seu lugar-tenente geral, que seja preso juntamente com seus cúmplices que não falaram, sejam esquartejados e tenham os corpos expostos no lugar mais visível da cidade até ser *consumidos*; seus bens alodiais e feudais sejam confiscados, e os ascendentes e descendentes sejam punidos segundo as formas do direito comum." Igual tratamento é reservado aos que sabiam e não falaram. Diz o Estatuto florentino: "Quem souber de um acordo contra o estado pacífico da república florentina, e não o tiver revelado no mesmo dia, será condenado à morte e seus bens serão confiscados."[16] O Código de Carlos Félix (art. 1729) não é menos claro: "Todos os que, tendo conhecimento dos referidos crimes, seus autores e cúmplices, não os tiverem declarado, no prazo de três dias [já é uma melhoria em relação à lei florentina, n.d.R.], incorrerão na pena de morte, ou outra pena grave e arbitrária, dependendo das circunstâncias." E todos significa os filhos, netos e todos os parentes. A pena de morte também está prevista para os organizadores de qualquer

---

14. Farinacci, *Praxis et theorica criminalis*, cit., quaestio 198, n.º 35.
15. *Constitutiones dominii Mediolanensis*, IV, Milão, 1541, 3-40.
16. *Statuta populi et communis Florentiae*, III, Friburgo, 1778-1781, 60.

"perturbação": "Nenhuma pessoa ouse organizar na cidade de Florença *qualquer tipo* de perturbação ou tumulto, sob pena da amputação da sua cabeça e do confisco de todos os bens."[17] Em Gênova, por outro lado, os que semeavam a "cizânia" eram amarrados juntos, metidos num saco e depois – em respeito às tradições marinheiras da cidade – lançados ao mar[18].

Violência e morte, portanto. E trata-se de uma violência irrepreensível. Tem a seu lado a autoridade do *Digesto*, a aprovação da Igreja e a justificação tomista do "bem comum". Com esses três instrumentos ideológicos à disposição, a "vontade de poder" do príncipe pode ser não só dissimulada, mas transfigurada e apresentada como o dever que tem o príncipe de garantir a tranqüilidade da república. O efetivo intuito de quem gere o poder pode ser bem ocultado. A figura do príncipe pode ser apresentada de modo até mesmo místico. O que no passado se afirmava da Sé apostólica – escreve Antonio Marongiu[19] –, ou seja, que o pontífice julga todos e por ninguém pode ser julgado, agora (já o dissera, no século precedente, o jurista Baldo degli Ubaldi, de Perúgia) se dizia dos soberanos em geral: o rei comanda e corrige os outros, mas não pode ser corrigido nem julgado por ninguém. O Estado torna-se a variante terrena do *corpus mysticum*; transforma-se em *corpus morale et politicum*. É uma entidade superior, eterna e contínua (um *quid aeternum et perpetuum quantum ad essentiam*), que não morrerá jamais (*nunquam moritur*) e está em toda a parte (*ubique praesens*). É como Deus (*fiscus est ubique, et sic in hoc Deo simili*). A consagração do Estado absoluto é agora um fato consumado. Só resta esperar o século XIX para vê-lo transformado em "estado ético".

Foi seguindo esses novos "princípios" que foram compiladas e aplicadas todas as leis desse período, algumas das

---

17. *Ibid.*
18. Citado por Pertile, *Storia del diritto italiano*, cit., p. 480.
19. A. Marongiu, *Storia del diritto italiano. Ordinamento e istituto di governo*, [Milão], Cisalpino/Goliardica [1977], pp. 230 ss.

quais pouco a pouco citamos. É o caso da *Constituição criminal de Bamberg* de 1507 e da – mais importante – *Constituição criminal carolíngia* de 1532, promulgada por Carlos V, aprovada pelas dietas de Augusta e de Ratisbona, publicada em alemão, latim e francês, e que será a base de todo o direito penal alemão até o final do século XVIII; assim como da *Ordenança* francesa de 1539, das *Novas constituições* milanesas de 1541, que permanecerão em vigor até 1796; bem como das *Constituições* piemontesas de 1582, publicadas no mesmo ano em que Gregório XIII aprovava a edição "corrigida" do *Corpus iuris canonici*. A situação não é diferente – no que se refere à pena de morte – nos outros Estados que não citamos (Portugal, Espanha, Países Baixos, Inglaterra etc.) nem muda nos diversos Estados em que se encontra dividida a Itália.

5. A "consolidação" do século XVII

Se o século XVI foi o século da *fundação*, o século XVII será o da *consolidação*, no sentido elucidado por Viora[20]. Consolida-se, ou seja, estabelece-se, ajusta-se, aperfeiçoa-se, sistematiza-se definitivamente toda a legislação do século XVI. Mesmo a *Ordenança* francesa de 1670 – a lei mais importante publicada nesse século, na Europa continental, em matéria de direito e de procedimento penal, e que será tomada como fundamento dos códigos napoleônicos – é apenas a atualização da ordenança precedente, de 1539. São poucas as novidades. Muitas as atualizações. E sempre para pior. O legislador crê somente nos tratamentos de choque, nas doses maciças, e segundo tal critério dispõe. Para se ter uma prova histórica desse incremento particularmente violento que vive a jurisprudência européia e do emprego desmedido da pena de morte, mesmo por hipóteses até ridícu-

---

20. M. E. Viora, *Consolidazioni e codificazioni*, Turim, G. Giappichelli, 1967, pp. 3 ss.

las, basta analisar qualquer constituição, ordenança, édito, lei ou decreto do século XVII. Há somente violência oposta a violência; de modo duro e arrogante, como a lei do mais forte que deve triunfar precisamente porque se trata do mais forte.

E se a lei é feroz, assim deve ser também o jurista. Basta ler as *additiones* que se fazem às edições dos *Tractatus* e das *Practicae* do século XVI, para notar como as penas propostas são ainda mais graves, e as hipóteses jurídicas formuladas ainda mais sangrentas do que as expostas pelo autor do texto. Mas o jurista deve adaptar-se. E se adapta. Não tem escolha. Não só o criminalista italiano, mas também o francês, o alemão, o espanhol, o belga, o holandês. Forma-se uma *opinio communis* européia no campo penal que serve de pára-raios contra tudo. O que um diz é repetido pelo outro, com recíprocas citações, como se fosse uma corrente de Santo Antônio das autoridades. A opinião coletiva, a *opinio communis*, torna-se o trilho seguro (o *brief*, como dizem hoje os publicitários), através do qual nunca se encontram problemas e se evitam as dificuldades. Sobretudo para o jurista do século XVII, a citação é tão obrigatória quanto uma reverência na corte. É um ajoelhar-se diante da autoridade majestática dos pais e de sua iluminadora sabedoria; é acatar as deliberações das sentenças como o ditado válido da razão, é a demonstração tangível da sujeição do jurista diante do poder constituído, é também a admissão tácita de *imbecillitas*, não declarada, mas assinada. Mas pode ser também o contrário. Opor as opiniões comuns às mais comuns ou às comuníssimas, descrever uma hipótese, resolvida de um modo num tribunal e no sentido oposto num outro, ou de modo diferente da primeira numa outra ocasião, pode ser interpretado também como uma tomada de consciência política da função "servil" da jurisprudência, ou seja, de que o jurista só pode tomar conhecimento do que outros fazem e decidem, mas não pode intervir pessoalmente para tentar mudar o sistema.

6. A evolução do século XVIII: da fogueira à guilhotina

O século XVIII é o século de ouro da pena de morte. Antes da Revolução Francesa atinge o ponto máximo quanto ao número de hipóteses legislativas em que está prevista. Chegam a cento e quinze[21]. Um belo recorde. Durante e depois da Revolução quebra a banca, como na roleta, pela freqüência com que é empregada. No chamado período do "terror", entre trinta e quarenta mil pessoas foram guilhotinadas. Este também é um belo sucesso. Sobretudo tratando-se de um resultado obtido com uma nova máquina de fatiar (a guilhotina), concebida pelo dr. J. I. Guillotin e regularmente aprovada pela Assembléia nacional francesa (1789), por ser indolor (para quem está olhando), segura (quanto ao efeito) e principalmente sem rodeios.

Mas o século XVIII é um século "complexo" – como dizem os historiadores quando não sabem o que dizer – e, além disso, não deve ser "esquematizado". Pois, embora seja possível e *nihil obstat* falar historicamente do *ancien régime*, ao se chegar em 1764, com a publicação do livro de Cesare Beccaria, *Dos delitos e das penas*, a *overdose* do reformismo iluminista; em 1789, com a Revolução Francesa e a proclamação dos direitos do homem e do cidadão; e, por fim, em 1791, com a promulgação do primeiro código penal "revolucionário", a narração – por parte dos historiadores – assume outro tom, com reiterados elogios e com palavras ternamente abafadas por atributos elogiosos, a ponto de se ter a impressão de que levantar alguma dúvida ou reserva seja o mesmo que falar mal do defunto *corpore praesenti*, o que efetivamente não fica bem.

Sem dúvida, depois da publicação do livro de Beccaria, a situação – sob o ponto de vista ideológico – começa a mudar. Repentinamente, todos começam a se dar conta do que sempre havia estado sob os olhos de todos. Certas condenações até então aceitas com indiferença começam a causar espanto,

---

21. C. E. Pastroret, *Des lois pénales*, Paris, 1790, pp. 130-3.

suscitando a reação da França "bem-pensante". Mas não é possível explicar o ataque de Voltaire, em 1766, à condenação à morte do "libertino" Jean François Lefèbre de La Barre (1744-1766), decapitado por ter tido um comportamento não exatamente ortodoxo durante uma procissão eucarística; nem sua reação pela condenação à morte à revelia do calvinista francês Pierre Paul de Sirven (1709-1777), cuja sentença de morte Voltaire conseguiu anular, como já o fizera em 1765 para J. Calas; nem o outro ataque pela condenação de De Merangies em 1772; nem o de 1775 por De Montbailli, sem que houvesse o acordo e a aprovação tácita dos príncipes – e de todos os que realmente mandam – em relação a esse "movimento" renovador. Assim como não se pode nem mesmo imaginar que, sem esse "paternal e benévolo assentimento", fossem instituídos em toda a Europa, mas principalmente na França, todos os prêmios e concursos sobre a legislação penal. Tampouco é possível explicar a aceitação de críticas tão abertas às instituições penais, se não partimos do pressuposto de que os príncipes – que não eram de modo algum *minus habentes* – logo perceberam que o livro de Beccaria não representava absolutamente uma "bomba" revolucionária, construída para atacar o poder, mas é ao contrário um meio para defendê-lo e fortalecê-lo. De uma nova maneira. Falaremos mais amplamente sobre o significado da obra de Beccaria no terceiro capítulo. Por ora basta antecipar que Beccaria, no que diz respeito à pena de morte, a admite *sempre que for útil para o poder*. Só que, como acréscimo ou como alternativa ao direito de matar, Beccaria sugere a escravidão perpétua. Essa é a única idéia concreta que, além das belas palavras sobre a "brandura das penas", Beccaria propõe.

Ora, essas poucas mas muito claras idéias para uma nova política repressiva, contidas no livro de Beccaria (como o par pena de morte/prisão perpétua), não só obterão imediatamente grande sucesso entre os príncipes que as adotarão nos inúmeros textos legislativos que estão sendo elaborados nesse período (e no seguinte), mas haverá alguns príncipes tão "revolucionários" – como os príncipes austríacos José II e Leopoldo I, grão-duque da Toscana – a ponto de superar a tradição e abolir a morte do conjunto de penas. E esse é um fato clamoroso, pois é uma abolição levada adiante precisamente pelos representantes daquela casa reinante que, mais tarde, ficará famosa por seu espírito "tradicionalista".

7. O grão-duque austríaco contra a pena de morte

O fato clamoroso é precisamente este: que serão príncipes austríacos os primeiros que, superando o que dizia Beccaria e o que repetiam todos os *philosophes* franceses, abolirão a pena de morte até mesmo para o crime de lesa-majestade. Os revolucionários *são eles e não os filósofos*. Eis como o arquiduque austríaco Leopoldo de Toscana, com a lei de 30 de novembro de 1766[22], de uma vez abole, não só o uso da tortura e dos instrumentos medievais, de que sempre se serviram os soberanos, mas também a morte como pena:

> 1.1 Vimos com horror com quanta facilidade na legislação passada se decretava a Pena de Morte mesmo para Delitos não graves, e tendo considerado que o objeto da Pena deve ser a reparação do dano particular e público, a correção do Réu, também ele filho da Sociedade e do Estado, de cuja emenda não pode jamais desistir, a segurança para que os Réus dos mais graves e atrozes delitos não permaneçam em liberdade para cometer outros crimes, e finalmente o exemplo público; que o Governo, na punição dos Crimes, e ao servir aos objetos, aos quais esta se dirige, deve sempre utilizar os meios mais eficazes com o menor dano possível ao réu; que tal eficácia e tal moderação são obtidas, *mais que através da Pena de Morte, através da Pena de Trabalhos Públicos*, os quais servem como exemplo contínuo, não como um terror

---

22. "Estamos determinados a abolir, como abolimos *para sempre*, com a presente Lei, a Pena de Morte contra qualquer réu, presente ou contumaz, e ainda que confesso e convicto de qualquer Crime declarado Capital pelas leis até aqui promulgadas, as quais queremos aqui cessadas e abolidas" (*Repertorio del diritto patrio toscano...*, Livorno, 1832, t. I, pp. 306 ss.).

momentâneo que muitas vezes degenera-se em compaixão […]; tendo, outrossim, considerado que uma Legislação bem diferente poderia convir mais à maior brandura e docilidade dos costumes do presente século, e especialmente do povo Toscano, chegamos à decisão de abolir, como *abolimos para sempre, com a presente Lei, a Pena de Morte contra qualquer réu*, presente ou contumaz, e ainda que confesso e convicto de *qualquer* Crime declarado Capital pelas leis até aqui promulgadas, as quais queremos aqui cessadas e abolidas.

Não cabe aqui tentar constatar se Beccaria foi um dos juristas que Leopoldo II consultou antes de mandar elaborar o código, cuja redação é atribuída ao advogado Giuliano Tosi, um dos membros do Conselho. Sabe-se que toda a documentação relativa à reforma foi eliminada do arquivo, por "ordem suprema", em 1803, "e assim – como diz Antonio Zobi – as esperanças concretas de se encontrarem escritos de Beccaria, de Filangeri e de Condorcet […] foram perdidas"[23].

Todavia, mesmo esse soberano "abolicionista" – espírito bem desprendido, pois não aceitou que os toscanos erigissem em sua homenagem uma estátua de bronze como lembrança da nova legislação e preferiu que se empregasse o dinheiro recolhido em "obras de utilidade pública" – deixou tais disposições em vigor somente durante quatro anos e, em junho de 1790, ao se afastar de Florença, ordenou, por um despacho, ao conselho de regência "com supremo desgosto […] publicar imediatamente um edito […] [para] restabelecer daqui para a frente, e nos casos futuros, a *pena de morte*, que deve ser infligida a todos aqueles que ousarem sublevar o povo ou liderá-lo para cometer excessos e desordens"[24].

---

23. A. Zobi, *Storia civile delle Toscana dal MDCCXXXVII al MDCCXLVIII*, Florença, Luigi Molini, 1850, t. II, p. 434.

24. A pena de morte foi restabelecida com a lei de 30 de junho de 1790, para os "rebeldes e agitadores". Com a lei sucessiva de 30 de agosto de 1795, para os profanadores da religião católica com violência pública, para o crime de lesa-majestade e para os homicídios premeditados. Por fim, com *motu proprio*, em 22 de junho de 1816, foi estendida também aos latrocínios (*Repertorio del diritto patrio toscano*, cit., *ibid.*).

8. Áustria e França: confronto de duas mentalidades sobre a pena de morte

Chegamos, assim, à Revolução Francesa, à *Declaração dos direitos do homem e do cidadão* e à discussão do novo Código penal "revolucionário", que, promulgado no fim de 1791, permanecerá em vigor – com emendas e ajustes sucessivos – até a promulgação do Código penal de Napoleão. Exatamente no mesmo período (16 de junho de 1791), Leopoldo I de Florença – que nesse meio tempo se tornara o imperador Leopoldo II – instituía em Milão uma comissão "especial" composta por seis juristas, entre os quais Beccaria, encarregando-a da reforma do código penal, tomando como "norma e base o que foi introduzido com sucesso na Toscana, adaptando-o, o mais possível, às circunstâncias da Lombardia". Talvez nunca, como nesse momento, dois regimes – o "revolucionário" que está sendo construído, e o "conservador" que se quer restaurar – foram colocados frente a frente pela história (não pelos historiadores, que nunca notaram essa coincidência singular): no mesmo momento (1791); em relação ao mesmo problema: o direito penal como "técnica da coação" e a pena de morte como seu corolário; com liberdade absoluta de decidir e atuar; com homens que provêm da experiência cultural do chamado "iluminismo jurídico". Essa coincidência é como papel de tornassol. Evidencia quais são as verdadeiras idéias, os verdadeiros projetos dos diferentes grupos, sem possibilidade de fuga e sem os costumeiros artifícios intelectuais. É aqui que – infelizmente – podemos constatar como os belos programas "revolucionários", as idéias inovadoras e humanitárias, os homens que pareciam decididos a pô-las em prática, ao entrar em contato com a realidade enigmática e poluente do poder, mudam as roupas e o que antes era vermelho torna-se cor-de-rosa, para se transformar gradualmente em preto e perder-se no magma indistinto da "tradição". Mais uma vez, o "modelo medieval" vence.

Comecemos o nosso exame pelo *Projeto de código penal para a Lombardia austríaca*[25].

No parágrafo 25 diz-se: "Quem, *seja em que modo for*, tramar uma ação contra a ordem pública estabelecida no Estado, que tenda a subvertê-lo, tornar-se-á réu de crime de Estado e será punido com a morte." No parágrafo 26: "Com a mesma pena serão punidos também os precedentes cúmplices de tal crime"; no parágrafo 31: "Quem, conspirando com o inimigo, revelar segredos de Estado ou cooperar, *de algum modo*, fornecendo-lhe ajuda, conselho ou favores, será punido com a pena de morte"; no parágrafo 32: "Quem atentar contra a vida do Soberano, *mesmo sem ter surtido efeito*, será punido com a pena de morte"; no parágrafo 33: "O ajuntamento de várias pessoas, as quais com violência e ameaças impeçam ou *tentem impedir* qualquer ato da autoridade pública, ou extorquir alguma providência, deverá ser punido com a prisão perpétua, ou mesmo com a morte, de acordo com a maior ou menor influência na tranqüilidade e segurança pública." Com a morte será punido o venefício (§ 71), o homicídio premeditado (§ 74) e o homicídio com latrocínio (§ 77). Ora, se confrontamos o que dizem tais parágrafos (principalmente os parágrafos 25, 26, 31 e 32), logo percebemos que, do ponto de vista "técnico", não passam de uma tradução das disposições análogas precedentes. A expressão "seja em que modo for" ou "de algum modo" é simplesmente a tradução da expressão *quomodocumque*, a que a legislação do *direito comum* sempre recorria quando desejava atingir todos os componentes, participantes e auxiliares de um determinado crime.

O artigo 32 é a mera tradução das disposições idênticas já dadas no *Digesto*. A forma mudou, mas a substância continua a mesma. Esses artigos são um resumo das leis precedentes. Não há nada de novo. A indeterminação das pessoas, a absoluta elasticidade com que o crime é configurado,

---

25. Foi publicado por Adriano Cavanna in *La codificazione penale in Italia. Le origini lombarde*, Milão, Giuffré, 1975, pp. 279-304.

são exatamente iguais ao que dispunham as antigas leis. Isso do ponto de vista técnico. Do ponto de vista ideológico, deve-se observar que esses artigos foram redigidos com o assentimento até mesmo de Cesare Beccaria[26]. A ata da sessão diz que "o marquês e conselheiro Beccaria opinou que a pena de morte não pode ser aplicada a não ser por motivo de conspiração contra o Estado, considerando-a não necessária em todos os outros casos".

E no relatório, cujo título é *Voto dos abaixo-assinados componentes da Junta encarregada da reforma do sistema criminal da Lombardia austríaca relativa à pena de morte*, assinado por Gallarati Scotti, Beccaria e Risi, lê-se:

> *Nisto todos concordavam*: que a pena de morte devia restringir-se a pouquíssimos delitos, *resguardando-se a pura e simples aplicação desta* como o último suplício, omitindo completamente, por serem inúteis e cruéis, as agravações ulteriores que nos antigos códigos costumavam acompanhar a pena de morte nos delitos mais graves; viu-se imediatamente que a Junta podia continuar o seu trabalho, destinando aos maiores delitos o último suplício [...]. De fato, nós três, abaixo-assinados, compartilhávamos decididamente o sentimento de que não se devia infligir a pena de morte exceto em caso de efetiva necessidade, e essa efetiva necessidade, no estado pacífico de uma sociedade, e sob a administração regular da justiça, não soubemos identificá-la a não ser no caso do réu que, tramando a subversão do Estado, ainda que preso e cuidadosamente guardado, quer por suas relações internas ou externas, estivesse ainda em situação de novamente perturbar a sociedade e de colocá-la em perigo [...] Todos, porém, conviemos que sedições abertas, tumultos e aglomerações possam ser reprimidos momentaneamente até mesmo com a morte dos sediciosos que oponham resistência, visto que essa não é uma pena de morte legal, mas a reação a uma verdadeira declaração de guerra[27].

---

26. C. Cantu, *Beccaria e il diritto penale*, Florença, Barbera, 1862, apêndice, p. 357.

27. *Ibid.*, pp. 369 ss.

Examinemos agora o Código penal de 1791. Aqui também o problema da pena de morte é posto em discussão imediatamente, e logo se formam duas correntes, como escreve Jean Imbert: "De um lado, há a corrente *abolicionista* que deseja a supressão total da pena capital, *excluindo, porém, o crime de lesa-majestade – ou de lesa-nação, como também é chamado –, que continuará a ser punido com a morte.*"[28] Do outro lado, encontram-se os leitores de Rousseau e de Mably, que afirmam que a sociedade pode e deve matar os autores dos delitos mais graves. "A opinião pública iluminada" é favorável à segunda tese, mas a comissão encarregada de redigir o projeto prefere a primeira, ou seja, "a abolição pura e simples", com exceção do caso do líder do partido declarado contra-revolucionário por um decreto do Corpo legislativo: "Esse cidadão deverá morrer, não tanto para pagar por seu crime, quanto pela segurança do Estado."

Ora, chamar de "abolicionista" a corrente que ainda admite a morte como pena para aquele crime *omnibus* que é o delito de lesa-majestade – rebatizado na oportunidade de *lesa-nação* – é um excelente exemplo da sempre reflorescente hipocrisia jurídica. Também aqui, como já ocorrera na comissão austro-lombarda, de fato não se discute *se* a pena de morte deve ser abolida – pois todos concordam em mantê-la – mas em quais (e quantos) casos deverá ser aplicada. Não é uma discussão de princípios (aceitação ou não da pena de morte), mas de oportunidade. Ou seja, aqui também o vermelho tornou-se cor-de-rosa. Participam da discussão todos os mais qualificados representantes, de Prugnon a Robespierre, a Mongins, a Brillat-Severin, a Duport etc., que se limitam a confirmar tais conceitos. Tanto é verdade que, no momento da votação, a proposta foi aprovada "quase por unanimidade". O artigo 2 do Código penal diz:

> A pena de morte consistirá na mera privação da vida, não poderá jamais ser acompanhada por nenhum tipo de tortura do condenado.

---

28. J. Imbert, *La peine du mort*, Paris, 1972, pp. 133 ss.

A "mera privação da vida": inovação feliz – escreverá M. Carnot, no século XIX – devida inteiramente às luzes do século XVIII[29]. Contudo, essas luzes estão um tanto enfraquecidas, pois o Código de 1791 prevê a pena de morte para 32 hipóteses (quase o mesmo número de hipóteses formuladas pelo "cruel" Claro).

Entretanto, somente depois da condenação à morte de Luís XVI é que o problema volta a ser analisado pela Convenção, pois não se quer dar a impressão de que a Revolução renunciou a todos os seus princípios "penais". É o ponto de vista de Condorcet, Callot d'Herbois, Peller, Champein. Mais uma vez tal proposta não consegue ir além da criação de um "tribunal revolucionário" que julgará as atividades de quem se *suspeita* que possam ser contrários ao novo regime.

Temos, assim, a retomada dos meios da antiga e tão desprezada Inquisição romana: o tribunal poderá julgar sem instruir preliminarmente a causa, sem ouvir os advogados e sem testemunhas, baseando-se somente na suspeita (*La loi des suspects* do "abolicionista" Robespierre!). As vítimas do "terror" serão milhares. A pena de morte será usada principalmente com base na ideologia da necessidade de salvar a revolução dos inimigos internos e externos. Há uma frase de Hardi que exprime melhor que outras as idéias correntes: "A abolição da pena de morte neste momento me parece contra-revolucionária, fatal aos amigos da república, útil apenas aos seus inimigos." Outros, porém, são categoricamente contrários. "A opinião pública – diz Baduin – pede a abolição da pena de morte assim como pediu a abolição da monarquia." Assim, a Convenção está entre dois fogos. Entre quem é favorável, e os que são contrários. Para sair do impasse, em 24 de outubro de 1795, vota-se um decreto que teria agradado a Paulo III, inventor da técnica do adiamento: "A partir da data da publicação da paz geral, a pena de morte será abolida na República francesa." Uma lei que

---

29. M. Carnot, *Commentaire sur le code pénal*, I, Bruxelas, 1835, p. 31.

nunca entrará em vigor. Quando chegar a paz geral lá estará o primeiro-cônsul Napoleão, que, com a lei de 29 de dezembro de 1801, dirá que "a pena de morte continuará a ser aplicada nos casos previstos pelas leis, até que se disponha de outra maneira". Depois virá o império, os Códigos, e a pena de morte (apesar das promessas) continuará imutável até os nossos dias.

III. Os intelectuais e a pena de morte do século XVI ao século XVIII

1. Introdução

Do século XVI ao século XVIII, que posição assumem os intelectuais – teólogos, filósofos, literatos, historiadores, escritores de política, juristas "cultos", artistas – em relação à pena de morte? Costuma-se dizer que é com o Iluminismo que se toma consciência do problema, e que só com Beccaria começa "uma nova era"[1]. Essa também é a opinião de um historiador atento como Jean Imbert, que dedica apenas uma página aos séculos XVI e XVII, enquanto consagra dois capítulos ao século seguinte. E é a *opinio communis* aceita por todos como uma verdade sagrada e apresentada como indiscutível, tanto nos ensaios mais acurados quanto nos "catequéticos" manuais escolares. É um *flambé* resplandescente diante do qual o historicismo moderno, quase atônito, perde o espírito crítico e adquire um espírito "milagreiro" e "providencial". Não questiona. Não investiga. Não tem dúvidas. Fideisticamente acredita, sem fazer perguntas. Sob esse aspecto, os livros do século XIX e os atuais são idênticos. Repetem a mesma "fábula", com a mesma técnica. Divide-se a história em dois períodos. Um período *obscuro* (desde a Idade Média até Beccaria) e um período *es-*

---
1. Imbert, *La peine du mort*, cit., pp. 102-9.

plendoroso (de Beccaria em diante). Dia e noite. Sem amanhecer nem anoitecer. Ora, como é possível pensar seriamente que, durante esses séculos tão vivos e "ardentes" – basta pensar (tomando somente três exemplos) na decapitação de Thomas More em Londres, na morte na fogueira de Servet em Genebra ou de Giordano Bruno em Roma –, precisamente os intelectuais, que haviam sido tão diretamente atingidos ou humanamente envolvidos, tenham deixado de tratar de um problema que os tocava tão de perto, ocupados em estabelecer suas variantes filológicas, em conceber seus sistemas filosóficos, em elaborar seus "institutos" jurídicos?

Encontramo-nos, obviamente, diante de uma evidente mistificação histórica que não merece nenhuma consideração séria. Basta pensar no que escreveram sobre o tema Thomas More, Calvino, Castellion, Theodore Beza, Giacomo Aconcio, Mino Celso, Cluten, Andrea Alciato, Montaigne, De Castro, Botero, Boccalini, Thomasius etc., para citar apenas alguns dos vários escritores que se interessaram pelo problema. Porque uma coisa é certa: nesse período, todos se ocupam da pena de morte, políticos e escritores, "mestres" inquisidores e filósofos, pintores e juristas "cultos".

Não há uma outra época (exceto, talvez, o século XIX) em que o tema tenha sido tratado sob os mais variados pontos de vista: do religioso ao histórico, filosófico, social e político; do da abolição total ao da abolição parcial; do uso "político" que é preciso saber fazer da pena de morte ao seu aproveitamento como meio pedagógico e de propaganda. Todos – por uma razão ou por outra – se ocupam desse tema. E não são pensadores isolados ou de obras sem importância, pois basta recordar que os autores que examinaremos aqui são apenas os iniciadores (ou os expoentes mais relevantes) de uma certa tendência que depois terá continuadores, cujas obras serão – na maior parte – publicadas não apenas em latim, mas também difundidas em língua vulgar, chegando assim a atingir um público não meramente "acadêmico".

Em suma, pode-se dizer que, sem levar em conta o que se escreveu nesses dois séculos, não se consegue explicar historicamente o que acontecerá no século XVIII, e seria preciso dar um "salto em distância" na história, a partir da Idade Média. Mas os saltos, como se sabe, podem ser perigosos. Mesmo porque – para explicar como, de repente, após a publicação do livro *Dos delitos e das penas*, quase todos (príncipes e filósofos) concordam em querer a limitação (digo limitação e não abolição) da pena de morte – são obrigados a falar do livro de Beccaria como se se tratasse de um milagre.

Por isso faremos primeiro uma seleção dos diferentes pontos de vista a partir dos quais se encarou o problema da pena de morte, mas temos consciência do quanto ainda resta a investigar. Aqui nosso objetivo foi tão-somente demonstrar: a) como no século XVI e XVII o problema penal estava bem presente no debate intelectual e como se discutiam e se elaboravam aquelas idéias abolicionistas (no todo ou em parte) que mais tarde estarão presentes na discussão que se seguiu à publicação do livro *Dos delitos e das penas*; b) que a teoria hoje dominante e indiscutível do século XVIII como momento inicial da tomada de consciência do problema da pena de morte é uma "fábula" ou um "mito". Pode ter servido – como de fato serviu – para atingir determinados resultados políticos – a abolição da pena de morte na Itália –, mas como verdade histórica é tão verossímil quanto a história de Chapeuzinho Vermelho; c) que o livro *Dos delitos e das penas* (que é um grande livro) é uma obra historicamente "datada" e deve ser lida considerando as condições históricas do momento em que foi publicada; d) que, para encontrar um escritor que seja totalmente contra a pena de morte, é preciso ultrapassar a Revolução Francesa e chegar ao final do século, quando Giuseppe Compagnoni, com *Elementos de direito constitucional democrático*, o primeiro livro de direito constitucional escrito na Europa e publicado em Veneza em 1797 (e desde então nunca mais republicado), apresenta as motivações mais coerentes do abolicionismo total.

2. O utopismo de Thomas More e a pena de morte

Com a utopia – um projeto político ideado prescindindo-se da incidência efetiva que determinados componentes institucionais têm na sociedade real (a propriedade privada, a desigualdade social, a Igreja-instituição, a monarquia, o clero, a nobreza etc.) –, um gênero literário novo (disfarçado de antigo) volta a circular e será o meio através do qual alguns intelectuais irão manifestar sua "fé na razão" e a capacidade do homem de "conhecer o mundo, de dominá-lo, de fazer dele um instrumento" (Firpo). O utopismo é o "manifesto" do racionalismo renascentista. É a revolta racional – feita em termos surreais – contra a estrutura dada. Com o utopismo, o escritor se sente liberado de compromissos e pesos políticos, pode expressar-se livremente sem condicionamentos. São, na aparência, "contos" de ficção científica – tal precaução é compreensível num período em que escrever sobre política podia ser muito perigoso –, nos quais, porém, o dado real é bem conhecido e constantemente lembrado, como um problema para o qual se oferece a solução alternativa. São, portanto, livros que devem ser lidos na contraluz, para captar o espírito profundamente realista que os anima e os inspira. É um gênero que terá um grande sucesso literário e de público. Basta considerar, além de *Utopia* (1516) de Thomas More, a *Cidade do sol* de Campanella (1568-1639), a *Nova Atlântida* de Bacon (1561-1626), e os *Anúncios do Parnaso* (1612-1613) de Trajano Boccalini, para constatar que é o novo gênero preferido pelos "novos" escritores políticos. Como basta considerar as várias edições em língua latina e em vulgar que muitos desses livros terão, para compreender seu completo sucesso junto ao público. *Utopia* de More, por exemplo, além das várias edições em língua latina, será traduzido em alemão por Claudio Cantiuncola, em 1524, em italiano por Ortensio Lando em 1548, em francês por Jean Le Blond em 1550, em inglês por Ralph Robinson em 1551, em língua flamenga por um desconhecido em 1553, em espanhol por Geronimo A. de Medinilla em 1627.

Livros de sucesso, portanto, e livros que partem de um diagnóstico "realista" da sociedade. Muito se falou do "realismo" de *O Príncipe*. Mas, ao lado do realismo de Maquiavel, é preciso colocar o realismo de Thomas More. Ambos estão imersos na realidade do próprio tempo, ambos não crêem que os Estados sejam governados com "terços nas mãos". Contudo, enquanto o primeiro vê o Estado como uma grande aventura individual, em que a habilidade e a sorte têm um papel equivalente, o segundo – instruído pela experiência de seu próprio país – afirma que o Estado não passa de uma conspiração dos ricos que tratam dos próprios interesses sob o nome e com o título de Estado (*quaedam conspiratio divitum de suis commodis reipublicae nomine tituloque tractantium*)[2]. Para o primeiro, a "virtude" de um homem pode fazer renascer um Estado, para o segundo são apenas as estruturas econômicas que o orientam, o guiam e o determinam.

Por isso é preciso não se deixar enganar pelo meio técnico ao qual esses dois escritores recorreram para expressar suas idéias políticas. Porque a *história* com a qual Maquiavel embeleza seu *Príncipe* é apenas o instrumento técnico com que ele deseja demonstrar que suas intuições são verificáveis; ao passo que *a utopia* a que chega o pensamento de More nada mais é que o ceticismo com o qual ele considera a nova estrutura institucional. Tanto é "otimista" Maquiavel ao se refugiar no mundo da história, quanto é "pessimista" e cético More ao se aventurar no mundo da imaginação. Ainda assim, uma das lendas historiográficas mais curiosas é a que faz do *Príncipe* uma obra inteiramente calcada na realidade de seu tempo, e da *Utopia* um trabalho extravagante e fantástico, quase um *divertissement* de literato, à qual não se pode atribuir nenhum outro valor a não ser o de constituir um passatempo intelectual. Mas *Utopia*, mais que um "passatempo", é

---

2. O trecho é o seguinte: "*Itaque omnes has quae hodie usquam florent res publicas animo intuenti ac versanti, mihi nihil, sic me amet Deus, occurrit aliud quam quaedam conspiratio divitum de suis commodis rei publicae nomine tituloque tractantium*" (T. More, *Utopia*, org. por K. Michels e T. Ziegler, Berlim, 1895, p. 113).

uma denúncia aberta, clara e precisa. Dentre as instituições históricas não se salva nenhuma. Nem a monarquia, pois de fato vivemos numa república. Nem a Igreja católica, à qual não se reconhece nenhuma missão salvífica. Os utopistas praticam um vago deísmo, que não exclui nem mesmo o fetichismo. Não há hereges nem heresias. O matrimônio não é um sacramento. Admite-se o divórcio. Abomina-se a guerra como "algo próprio dos animais". Mas é principalmente a propriedade que é vista como a pior instituição para uma vida serena e feliz, como a praticada em *Utopia*, onde, por isso mesmo, vigora o regime comunista de bens.

E Guillaume Budé – grande jurista "culto" francês da primeira metade do século XVI – numa carta escrita "expressamente" para a edição de 1517 de *Utopia*, lhe dá toda razão:

> Cheguei quase ao ponto de afirmar que é preciso admitir que as artes e as ciências ligadas ao direito e à sociedade não têm outra finalidade senão a de fazer com que os homens, com uma malévola e minuciosa astúcia, contra os seus semelhantes [...], não fazem outra coisa além de se apropriar, arrancar à força, esfolar, repelir, oprimir, bater, escalpelar, extorquir, expulsar, esmagar, subtrair, roubar, depenar, e – em parte com a conivência, em parte com a sanção das leis – tomar de volta e surripiar. O que ocorre ainda mais freqüentemente nas nações em que em ambos os fóruns têm mais autoridade os chamados direitos civis e canônico. Não há quem não perceba como, por causa desses costumes e instituições, instaurou-se a opinião comum de que os mestres de truques, ou melhor, de armadilhas; os aproveitadores dos cidadãos desavisados, os inventores de fórmulas, ou seja, de ardis, os peritos de cláusulas contratuais, os artesãos de litígios, os especialistas de um direito discutível, pervertido e invertido sejam considerados os depositários da justiça e da eqüidade, os únicos dignos de dar o veredicto sobre o que é justo e honesto como também (e mais importante) estabelecer com autoridade e poder o que a cada indivíduo é lícito ter ou não ter, em que medida, e por quanto tempo[3].

---

3. Tradução de L. Firpo, in T. More, *Utopia*, Turim, Utet, 1970, pp. 61 ss.

É preciso considerar tais princípios ao se ler o que se diz na *Utopia* sobre direito penal e pena de morte. More é o primeiro escritor que, no século XVI, traça as linhas de um novo sistema e, conseqüentemente, toma posição contra a pena de morte, partindo de um pressuposto cristão e tendo presentes as condições sociais em que o delito nasce e se desenvolve.

É uma tomada de posição racionalmente linear e coerente. Ou admitimos a validade do princípio de "não matar" como superior e transcendente ao homem, e nesse caso a pena de morte jamais poderá ser infligida; ou admitimos que a lei humana pode, em certos casos, derrogar a lei divina, e então não há mais nenhum limite e nenhum obstáculo, porque tal derrogação será obtida sempre que a sociedade julgar necessário:

> Deus proibiu matar seja quem for e nós matamos tão facilmente apenas pelo roubo de alguns trocados? Se alguém interpreta a proibição no sentido de que, por vontade divina, não é lícito matar alguém quando a lei dos homens não estabelece que se deva fazê-lo, o que nos impediria de instituir entre nós normas que em certos casos permitam o estupro, o adultério, ou o perjúrio? Deus proibiu matar não apenas os outros, mas também a si mesmos; um acordo estabelecido entre os homens para se matar entre si segundo certas regras deveria ter a capacidade de eximir do preceito divino os próprios carrascos, para que possam matar, na ausência de qualquer preceito estabelecido por Deus, aqueles que a lei humana condenou à pena capital. Mas desse modo não ocorreria que aquele preceito só permaneceria em vigor dentro de certos limites concedidos pela lei dos homens? Dessa forma os homens acabariam estabelecendo até que ponto, em todos os campos, lhes conviria respeitar os mandamentos divinos.[4]

Tal raciocínio fundamenta-se no dado ético, transcendente e espiritual do homem. A sociedade não pode tirar a

---

4. T. More, *L'Utopia e la miglior forma di repubblica*, Bari, Laterza, 1963, pp. 44 ss. Os trechos seguintes são citados dessa tradução de Tommaso Fiore.

vida, porque *ninguém* (nem o indivíduo, nem a sociedade) pode *dispor* dela. Todo o discurso de More contra a pena de morte parte dessa convicção profunda e dessa base humanisticamente cristã. É um discurso "revolucionário", pois invalida um dos pontos essenciais da construção do *ius gladii* do Estado. Cada morte determinada e ordenada pela lei humana torna-se um assassinato, porque viola um preceito divino. More parte desse ponto para examinar toda a enormidade e a inutilidade das penas aplicadas a cada delito. Assim, quando em *Utopia* o cardeal pergunta a Hitlodeu qual pena deveria tomar o lugar da pena de morte estabelecida para o crime de furto, More afirma não acreditar na utilidade e na legitimidade de tal pena, por considerá-la anticristã e contra a natureza. E essa é uma tomada de posição muito importante. Seja como for, é a primeira vez que um escritor laico assume essa posição no século XVI.

Beccaria dirá que a sociedade, quando julgar oportuno, poderá empregar a pena de morte. É precisamente isso que More não admite. A vida é um bem intocável. More acredita que somente o trabalho e a educação podem servir de remédio para eliminar a necessidade dos homens de roubar e de matar. Não se deve punir o efeito, mas eliminar a causa:

> Foi a miséria que os tornou ladrões até hoje, e os que por ora são vagabundos ou servos do ócio, em breve evidentemente serão todos ladrões. Se não se remediam tais males, é inútil exaltar a justiça exercida para punir furtos, justiça mais ostensiva do que justa e útil. Pois quando permitis que estes sejam educados tão mal e que seus costumes se corrompam pouco a pouco desde a juventude, obviamente devem ser punidos quando, homens feitos, cometem infâmias que anunciavam desde a infância. Mas, com isso, o que fazeis além de criar ladrões para depois puni-los vós mesmos?[5]

E a causa é fornecida por uma sociedade inteiramente fundamentada na propriedade:

---

5. *Ibid.*, pp. 40 ss.

Se quereis que vos diga exatamente o que penso [...], estou convencido de que onde há propriedade privada, onde quer que se meçam todas as coisas com o dinheiro, não é possível que tudo se faça com justiça e que tudo prospere para o Estado.[6]

A propriedade e o dinheiro, que Menochio dizia ser chamado, sobretudo hoje, o "segundo sangue", são a causa determinante de muitos delitos:

> De fato, quem não compreende que fraudes, roubos, trapaças, rixas, rebeliões, brigas, sedições, assassinatos, traições, envenenamentos, todos os dias punidos com suplícios, em vez de refreados, desapareceriam como por encanto, uma vez abolido o dinheiro; e com ele desapareceriam medos, preocupações, urgências, dificuldades e noites em claro? E a própria pobreza, que é justamente a que precisa de dinheiro, pouco a pouco também deveria desaparecer, com a eliminação deste...

Nessa nova intuição histórica baseia-se não só toda a crítica feita à classe dirigente do seu tempo, mas também a nova organização do direito penal. As causas do delito não são mais atribuídas de modo fatalista à perfídia da natureza humana nem causadas pela livre vontade humana que prefere o mal ao bem, mas são produzidas pelas condições sociais nas quais cada indivíduo é obrigado a viver e a atuar. Por isso, ao advogado que não consegue compreender como a Inglaterra estava repleta de ladrões se, no mesmo patíbulo, eventualmente se enforcavam vinte ladrões de uma só vez, Hitlodeu responde:

> Não há com que se admirar [...]: uma tal punição, por um lado, é injusta, por outro, não oferece nenhuma vantagem pública. É muito cruel para punir o roubo, mas insuficiente para refreá-lo. Um simples roubo não é um crime tão grave que mereça a pena de morte, e não há no mundo ne-

---
6. *Ibid.*, p. 65.

nhum castigo que faça as pessoas pararem de roubar quando é esta a única forma de que dispõem para conseguir alimento. A esse respeito, parece-me que não apenas nós mas boa parte do mundo fazemos como aqueles maus professores que preferem bater nos alunos a ensiná-los. Seria muito mais apropriado assegurar a todos algum meio de subsistência de tal modo que ninguém se visse compelido a roubar e depois pagar isso com a morte.[7]

O componente social do crime é aqui não apenas intuído, mas examinado e indicam-se seus elementos: de um lado a miséria, de outro a ignorância. Eliminai essas causas – diz More – e tereis eliminado os efeitos de que vos lamentais e contra os quais de nada adiantam as forcas. O objetivo educativo da pena é uma conseqüência do que More afirmou até aqui. Não se deve destruir uma vida humana, mas devemos "forçá-la" a se tornar boa e a ressarcir com trabalho o prejuízo provocado. E More propõe assim um novo conceito. *O Estado não pode e tampouco deveria ter nenhum interesse em matar.* É preferível prender um criminoso, obrigando-o a trabalhar, do que pendurá-lo numa forca.

Por isso More – tomando o exemplo da legislação dos poliléritos (tagarelas) – traça as linhas de um sistema penal que tem como princípio reeducar o ladrão empregando-o em trabalhos de utilidade social:

> Quem é reconhecido réu por furto tem de devolver o produto do roubo ao indivíduo roubado e não ao rei, como acontece em tantos países. Para eles, o rei não tem maior direito que o ladrão sobre os bens roubados. E, se estes já houverem desaparecido, o ladrão restitui seu valor com os bens de sua propriedade. Todo o restante é deixado para sua mulher e seus filhos, e o ladrão é condenado a trabalhos forçados. Nos casos de furto simples, não são mandados para a prisão nem postos a ferros, mas ficam livres e soltos para ser empregados em obras de utilidade pública. Quando se recusam a trabalhar ou fazem corpo mole não são agrilhoados,

---

7. *Ibid.*, pp. 36 ss.

mas estimulados com o chicote. Os que trabalham com afinco não sofrem maus-tratos e só durante a noite, depois da chamada, são trancados nas celas. Excluindo o trabalho contínuo, sua vida não está sujeita a dificuldades especiais.

Como pessoas que realizam trabalhos de utilidade pública, são alimentados sem duras privações [...]. Assim, para essas pessoas, nunca falta trabalho e cada um ganha a cada dia não só o próprio sustento, mas também uma pequena quantia a ser depositada nos cofres públicos. Todos usam uma roupa da mesma cor, reservada apenas a eles, os cabelos são cortados um pouco acima das orelhas, sendo que na parte superior de uma delas se faz um pequeno corte.[8]

Com exceção do "pequeno corte" na orelha, temos aqui um esboço das características fundamentais do sistema carcerário moderno.

3. *Utopia* como "obra aberta"

Os dois princípios expostos – o primeiro baseado no preceito divino, o segundo na utilidade social – constituirão a base da discussão para negar ao Estado o direito de matar. Desde os "radicais" – assim serão chamados todos os que discordam dos protestantes "institucionais" e dos católicos – até Beccaria, nunca se sairá de tais perspectivas. Contudo, esse fato, facilmente verificável, nunca foi levado em consideração pelos historiadores.

A obra de More, que do ponto de vista jurídico é um verdadeiro "viveiro" do qual muitos se servirão, nunca foi seriamente considerada. Escreveu-se, como o fez Jean Imbert, por exemplo, que, se em *Utopia* se critica o modo violento com que se punia o furto, não há nele um posicionamento claro quanto à pena de morte. Ora, fazer uma afirmação como essa significa não levar em conta a "complexidade enigmática" dessa "obra aberta" – para usar o expressivo

---

8. More, da tradução de L. Firpo, cit., pp. 101-2.

sintagma de Umberto Eco – em que cada expressão pode ser interpretada de modo coerente ou contraditório, cada idéia possui uma acepção própria e uma irreal, cada situação pode ser relacionada com a experiência histórica ou projetada no imaginário, cada signo pode ter um significado progressista e um "reacionário" (como, por exemplo, o termo utopia). É uma obra muito difícil em sua estrutura, pois pode apresentar diferentes composições, como um jogo de montar e desmontar. Mas, por isso mesmo, não é uma obra neutra, que permita fazer um resumo seguro do que nela se diz. Mesmo porque, uma vez escolhido o ponto de vista para empreender a leitura, permanece sempre sarcástico e enigmático o lado irônico, cético, debochado, que sempre aflora e impede conclusões peremptórias e definitivas. Por isso não nos parece exato dizer que não há nela nenhum posicionamento contra a pena de morte. Há, sim, e está todo centrado no furto, porque esse crime se torna a projeção penal do eixo da *Utopia*, onde, por um lado, se considera a propriedade a origem de todos os males e, por outro, se imagina uma ordem mítica que a exclui. Por essa razão, em More, fala-se predominantemente do furto. Em Utopia não existem crimes de lesa-majestade divina e humana. Não há fogueiras. Não há enforcamentos. Não se fala de tais delitos, porque foram removidos. Há a projeção de um homem novo – pacífico, tolerante, trabalhador, hedonista – que vive numa sociedade em que a educação geral é obrigatória, existe igualdade total entre os sexos, a economia é totalmente planificada, o trabalho limita-se a seis horas diárias, a democracia é exercida de forma direta. Nessa perspectiva, a pena de morte não pode existir. Contraria as premissas. Como remédio para tratar o delito há o trabalho e a prisão "aberta". Somente – e eis o lado paradoxal de Utopia – o detento que dá ou recebe dinheiro como presente é condenado à morte: "Um presente em dinheiro [...] provoca a condenação à morte de quem o dá e de quem o recebe, e corre o mesmo risco também um homem livre que receba dinheiro de um condenado, não importa por qual motivo."

Ora, não se descreve aqui um delito grave, aliás não é sequer um crime. É um fato estranho, exemplarmente irônico. O presente em dinheiro, que na vida comum todos gostariam de receber, aqui, ao contrário, provoca objetivamente a condenação à morte de quem o recebe e de quem o dá. Sem apelo. E é um paradoxo. Como também é um paradoxo a pena de morte ser aplicada não a quem se divorcia pela primeira vez, mas a quem, tendo-se casado novamente, se divorcia outra vez, demonstrando assim ser uma pessoa "incorrigível". Também nesse caso há talvez uma certa misoginia, mas provavelmente satiriza-se o matrimônio como "sacramento", ou como instituição central da vida social. Contudo, não se pode falar de aplicação da pena de morte.

Há, sim, contradição, e inconciliável, entre o que More escreveu e o que efetivamente fez como chanceler da Inglaterra. No seu epitáfio encontra-se a frase menos utópica que More poderia imaginar: *furibus, homicidis, haereticisque molestus*. E *molestus* não somente com os ladrões e os homicidas, como também contra os hereges que tranqüilamente permitiu que fossem mortos, More o foi sem dúvida, tanto que sua obra como homem político contrasta com suas opiniões de escritor. Igualmente contrasta com sua vida de homem político e de escritor a morte que, com serenidade, fé e coragem, soube enfrentar para não se submeter ao juramento que Henrique VIII lhe exigira. São três dimensões conflitantes entre si, que nos demonstram como também a vida desse escritor é ainda uma "obra aberta", toda por decifrar.

4. A polêmica protestante: Castellion contra Calvino

Se, com *Utopia*, More criticara sobretudo a condenação dos ladrões à morte, Sebastian Castellion (1515-1563) com os seus "libelos" colocará em discussão a legitimidade da pena de morte infligida aos hereges pelos protestantes e dirá que matá-los com um processo é como assassiná-los por mandato, usando o juiz como assassino. A polêmica[9] foi provocada pela condenação à fogueira do espanhol Miguel de Servet, queimado em Genebra em 27 de outubro de 1553, por ordem de Calvino. O fato causa espanto e desconcerto entre os intelectuais, principalmente entre os "radicais" (como serão chamados aqueles que não aderem mais à Igreja católica, mas também são contrários à transformação do movimento protestante em "instituição" juridicamente tutelada). É "papizar". É transformar novamente a religião em *instrumentum regni*. Logo em seguida, um jurista italiano, Matteo Gribaldi Mofa (1500 c.-1564), divulgara um manuscrito intitulado *Apologia pro Michaele Serveto*, em que se qualificava a ação de Calvino: *praeclarum facinus nullis sueculis abolendum*, concluindo-se com a pergunta: *Quid evangelio cum flammis*? Mas quem irá imprimir clandestinamente um livro – sob o pseudônimo de Martius Bellius – será Castellion que, com seu *De haereticis an sint persequendi et omnino quo modo sit cum eis agendum Lutheri et Brentii aliorumque multorum tum veterum tum recentiorum sententiae* (1554), compara o que os protestantes pregavam e afirmavam antes de ter o poder e o que faziam no momento. Citando não apenas Lactâncio, Agostinho, Jerônimo, João Crisóstomo, mas também Lutero, Calvino, Brenz, Urbano Regio, Erasmo, Sebastian Franck, Célio Segundo Curião, afirma-se que não se deve mandar queimar os hereges (*haeretici non sunt cremandi*) se não se deseja ir contra a letra e o espírito das Escrituras. Há um contraste aberto e declarado entre os defensores da "Igreja-instituição" e os defensores da Igreja da esperança.

O livro é recebido com desdém nos círculos calvinistas. Calvino publica, em defesa das decisões do tribunal de Ge-

---

9. Sobre essa polêmica, ver F. Ruffini, *La libertà religiosa. Storia dell'idea*, com introdução de A. C. Jemolo, 8.ª ed., Milão, Feltrinelli, 1991, pp. 48 ss. Cf. também M. Firpo, *Il problema della tolleranza religiosa nell'età moderna*, Turim, Loescher, 1978, pp. 86-136. Os trechos citados do *De haereticis* de Castellion encontram-se na tradução de G. Radetti, *Fede, dubbio e tolleranza* páginas escolhidas, Florença, La Nuova Italia, 1960.

nebra, um livro cujo título da edição latina é: *Defensio ortodoxae fidei de sacra Trinitate contra prodigiosos errores Michaelis Serveti Hispani; ubi ostenditur haereticos iure gladii coercendos esse et nominatim de homine hoc tam impio iuste et merito sumptum Genevae fuisse supplicium* (1554). Como título é interminável, mas a alusão aos erros monstruosos (*prodigiosos errores*) de Miguel de Servet e o fato de se reivindicar o direito de matar (o *ius gladii*) os hereges, e sobretudo de eliminar um homem tão sacrílego (*tam impio*) como Servet, demonstram-nos que os argumentos contra-reformistas se difundiram também em terras helvéticas. A "igreja-instituição" toma posição contra a Igreja como movimento de libertação individual.

Também Calvino segue a linha de Lutero, que já em 1536 escrevera ao landgrave de Hessen: "Os príncipes não devem somente proteger os seus súditos quanto aos bens e à vida corporal, mas sua função essencial é favorecer a honra de Deus, reprimir as blasfêmias e a idolatria. Por isso os reis do Antigo Testamento, e não apenas os reis de Israel, mas também os reis pagãos convertidos, condenavam à morte os falsos profetas."[10] Não é diferente a posição do "tolerante" Melâncton, que escrevia: "Os príncipes e magistrados devem eliminar os cultos ímpios e fazer com que nas igrejas se pregue a verdadeira doutrina e se celebrem os cultos honestos e legítimos."[11] Também ele afirma que é preciso defender a "honra de Deus" ofendido pelas blasfêmias e servir-se dos tribunais para eliminar os hereges.

Theodore Beza, o futuro sucessor de Calvino na Igreja de Genebra, prepara uma resposta que será publicada em setembro do mesmo ano: *De haeretics a civili magistratu puniendis libellus, adversus Martini Bellii farraginem et novarum Academicorum secta*. É uma confutação sombria e precisa,

---

10. M. Lutero, "Sull'autorità secolare", in *Scritti politici*, trad. it. de G. Panzieri Saija, introdução de L. Firpo, Turim, Utet, 1959, pp. 489-90.

11. Ph. Melanthon, "Opera quae supersunt omnia", in *Corpus Reformatorum*, III, Halis Saxorum, C. A. Schwetschke, 1836, col. 240-243 (trad. de M. Firpo, *Il problema della tolleranza*, cit., p. 64).

poder-se-ia dizer "universitária" – naquele momento Beza é professor de grego na universidade de Lausanne –, como revela o adjetivo (*farrago*), cheio de desprezo "acadêmico", que classifica o livro de Castellion como um monte de disparates. Beza discute cada ponto, confuta cada afirmação, responde a cada objeção, demonstrando que é justo punir os hereges, que a punição deles deve ser confiada ao magistrado civil, que a pena de morte é sagrada. É a mais aberta e ostensiva apologia da intolerância feita por um intelectual protestante e, em algumas passagens, lembra a posição que os católicos irão tomar mais tarde. Defende o *ius gladii*, ou seja, o direito de matar, como uma necessidade absoluta contra as insídias desagregadoras dos "hereges".

Mas Castellion não se impressiona. Contra o escrito precedente de Calvino, publica um outro opúsculo: *Contra libellum Calvini, in quo ostendere conatur haereticos iure gladii coercendos*; com o subtítulo: *Dissertatio qua disputatur quo iure, quove fractu haeretici sunt coercendi giudio vel igne* (*Diálogo entre Calvino e o Vaticano* será emblematicamente chamado esse opúsculo). E escreve um outro livro *De haereticis non puniendis*, em que enumera e resume todas as razões que ele mesmo apresentara contra a pena de morte para os hereges. É difícil resumir esses livros polêmicos num conjunto orgânico. O que se afirma, com os mais diferentes argumentos, é que contra os hereges não se deve de modo algum empregar a pena de morte:

> [Esse] afã em julgar que hoje se alastra e derrama sangue pelo mundo inteiro levou-me [...] a tentar impedir esse sangue com todas as minhas forças; principalmente o derramamento de sangue que pode fazer-nos pecar mais facilmente, ou seja, o dos chamados hereges. Palavra que hoje se tornou tão infame, tão odiosa, tão pesada, que não há modo mais rápido e eficaz, para quem deseja matar seu inimigo, do que acusá-lo de heresia. Assim que ouvem essa palavra, as pessoas passam a odiar tão-somente por esse nome, sem querer ouvir nada em sua defesa. Mas o herege não é um homem que é preciso matar. Ao contrário, ele deve ser convencido com a palavra e com o exemplo. No reino de Cristo não

se usa a espada. A arma de Cristo é a palavra [*Christi... glaudius est sermo, non ferrum*].[12]

Cristo nunca teve subordinados que combatessem por ele, porque combate somente com a palavra. Essa é a sua arma. Os calvinistas, ao contrário, querem discutir religião com a espada. Prenderam Servet, que por vontade própria se apresentara para discutir com Calvino, num domingo, como se faz apenas com os criminosos mais perigosos. Seguiram o exemplo de Cícero que, enquanto acusava Verre, dizia defender a república. "Assim fazeis vós: enquanto matais Servet, dizeis defender a Igreja. Mas matar um homem não é defender uma doutrina. É matar um homem."[13] Quando os genebrinos mataram Servet, não defenderam uma doutrina; mataram um homem:

> Escrevestes que os escritos de Servet são "delírios absurdos e tolices fúteis". Mas então vossa igreja tem alicerces tão fracos que deve usar a espada para se defender de tais tolices? E o que o magistrado tem a ver com isso? Não cabe a ele defender a doutrina. O que têm em comum a espada e a doutrina? Da doutrina ocupa-se quem ensina [...]. Se Servet tivesse tentado matar Calvino, o magistrado teria feito bem em defendê-lo. Mas, assim como Servet combatera com escritos e argumentações, com argumentações e escritos se deve confutá-lo.[14]

Há uma tomada de posição clara contra a teoria orgânica, que será um dos temas preferidos também dos protestantes. "Matar um homem não é amputar um membro da Igreja. Amputar um membro indigno do corpo de Cristo significa excluir o herege da Igreja (e é ofício do Pastor), não significa excluí-lo da vida."[15] Quanto à defesa da fé, a resposta é igualmente peremptória: "Em suma, Servet pensa

---

12. Castellion, *Fede, dubbio e tolleranza*, cit., p. 118.
13. *Ibid.*, p. 124.
14. *Ibid.*, p. 212.
15. *Ibid.*, p. 132.

ou não pensa o que diz? Se o matas porque diz o que pensa, tu o matas pela verdade, porque a verdade consiste em dizer o que se pensa, mesmo quando se erra. Ou o matas porque pensa assim? Então, ensina-o a pensar de outro modo. Ou demonstra-nos através das Escrituras que é preciso matar quem não pensa corretamente."[16]

Depois dos escritos de Castellion, surgem várias obras que, seguindo essa tendência "radical", negam à Igreja o direito de usar a pena de morte para defender ou difundir sua mensagem. O jurista Giacomo Aconcio, em seus *Stratagematis Satanee in religionis negotio, per superstitionem, errorem, haeresim, odium, calumniam, schysma...*, publicado na Basiléia em 1565, nega não só a pena de morte mas qualquer outra pena aos dissidentes da doutrina oficial. Esse livro obterá "uma imensa popularidade e autoridade"[17] e será traduzido em francês, inglês, alemão e holandês. Em 1577, Mino Celsi, de Siena, publica *In haereticis coercendis quatenus progredi liceat. Celsi Mini Senensis disputatio. Ubi nominatim eos ultimo supplicio affici non debere, aperte demostratur*, obra reimpressa em 1662, em que afirma que, para os hereges, o exílio e a multa são mais do que suficientes. O *De haereticis an sint comburendi*, de Joachim Cluten, publicado em 1610, e o *Vindicae pro religionis libertate*, de Jean Crell, são igualmente contrários à pena de morte.

Para concluir, podemos dizer que a tomada de posição por parte de um expoente do mundo universitário protestante, sobre essa grande polêmica iniciada pelos "radicais" em 1554, só acontecerá em 1679 – mais de um século depois – com Christianus Thomasius (o nome latinizado de Christian Thomas, 1655-1728), professor da universidade de Halle, centro do iluminismo alemão, que na sua "tese" *An Haeresis sit crimen*, depois de ter criticado os teólogos reformados por tenderem a "papizar" (ou seja, a imitar demais o modelo católico), no diálogo entre o ortodoxo e o

---

16. *Ibid.*, p. 318.
17. Ruffini, *La libertà religiosa*, cit., p. 33.

cristão repete grande parte das idéias pelas quais havia mais de um século os "radicais" vinham lutando. Mas – e isso não deve parecer estranho – o livro "mexeu num vespeiro e numerosos escritos contra Thomasius não demoraram a sair da própria faculdade de teologia de Halle"[18]. Como podemos ver, o ritual acadêmico, diante de idéias novas, é idêntico em qualquer período histórico.

5. Alfonso de Castro e os teólogos quinhentistas

As idéias "heterodoxas" de Thomas More e dos hereges "radicais" são o fermento que faz aumentar a produção de escritos dos intelectuais "orgânicos", tanto católicos quanto protestantes. Põem em dúvida um modelo até então discutido apenas por um ou outro pequeno grupo herético da Idade Média, logo obrigado a se calar (ou melhor, a queimar). Todos os outros haviam se acomodado tranqüilamente na sabedoria da Grande Mãe e, citando passagens dos Padres da Igreja e fragmentos do *Digesto*, haviam transformado a heresia no mais grave dos crimes imputáveis a um homem: o de *lesa-majestade divina*. Quanto à legitimidade teológica da pena, *nulla quaestio*. Agora tudo isso é contestado porque se fala do valor primário e inextinguível da pessoa humana invocando a mensagem evangélica de amor e de caridade expressa no mandamento *non occides*. E se começa a notar a diabólica habilidade com que foram escritos aqueles livros – por exemplo, os de Castellion – que não são contrários à pena de morte em geral, porém mais "perfidamente" são contrários à sua aplicação para o "crime" de heresia, ou seja, contra um dos fundamentos de todo o sistema jurídico. Não admitir a pena de morte em caso de heresia – que é o pior de todos os crimes – significa ter que excluí-la em todos os outros casos.

---

18. *Ibid.*, p. 137. Leia-se também M. A. Cattaneo, *Delitto e pena nel pensiero di Christian Thomasius*, Milão, Giuffré, 1976, pp. 114-30.

Além disso, esses livros fazem sucesso junto ao público, como demonstram suas traduções. Por essa razão, também os católicos – não podendo mandar para a fogueira todos os que fazem afirmações tão "perigosas" e não podendo enterrar as idéias "heterodoxas" no silêncio sepulcral do conformismo da contra-reforma – são obrigados a constatar e a discutir tais idéias. Eis a grande vitória: obrigar as estruturas oficiais ao debate, à explicação e à confrontação.

Essa ebulição pode ser notada sobretudo nas obras dos "mestres" inquisidores[19]. Alguns deles, como Simancas (1522-1561) – que em seu *De catholicis institutionibus* (1550) afirmara que se a Igreja tivesse adotado com mais habilidade a Inquisição, a "peste" herética não estaria tão difundida –, para justificar a pena de morte, invocam uma infinidade de citações de autores laicos gregos e latinos, quase como se quisessem demonstrar que aquela pena sempre fora empregada contra os destruidores da república[20]; outros, como Francisco Peña (1540-1612) – o inquisidor filólogo que reeditara a maior parte dos tratados inquisitoriais da Idade Média e que morrerá como decano da Sacra Rota –, além das citações dos autores, basearão seus argumentos sobretudo no fato de que, nos tempos que correm, não há outro método para deter os criminosos (e a "tristeza dos tempos" será precisamente um dos argumentos que depois se tornará tradicional)[21]; outros, enfim – como De Castro –, publicam livros cujos títulos (*De justa haereticorum punitione*, 1545) já permitem imaginar qual resposta davam à pergunta: *An haeretici sint comburendi?* De todo modo, começa-se a discutir. O direito penal, de argumento técnico, reservado aos especialistas, passa a ser tema de tratados monográficos escritos até mesmo por teólogos-inquisidores.

---

19. Sobre a importância dessa "fonte" histórica, cf. Mereu, *Storia dell'intolleranza*, cit.

20. J. Simancas, *De Catholicis institutionibus*, Veneza, 1552, l. I, tit. 46, n.º 4.

21. N. Eymerich, *Directorium inquisitionis*, Romae, 1587, Pars III, Comment. XLV (todos os comentários são de Peña, cf. Mereu, *Storia dell'intolleranza*, cit., pp. 26 ss.).

Não é possível compreender um livro como *De potestate legis poenalis* de De Castro[22] – o maior tratado escrito sobre o tema na época em que se examina e se discute o problema da lei penal, da função "taumatúrgica", medicinal, exemplar da pena – sem ter presentes as idéias de More e dos hereges "radicais". Não é possível compreender todo o espaço que De Castro dedica à demonstração da perfeita legitimidade da pena de morte para o furto, se não se considera o que More escreveu contra tal pena. A exaltação do direito penal, como instrumento de correção e de educação da natureza humana constitucionalmente "má" – os homens (repete De Castro) são como os peixes: os maiores devoram os menores[23] –, não se explica se não consideramos as causas que More apresentara como produtoras do crime: a miséria e a ignorância. Como também não se compreende o porquê da longa e minuciosa análise de De Castro sobre o preceito evangélico "não matarás" e sobre a lei bíblica do talião – separados e distintos do direito natural humano – se não consideramos o que escreveram os "radicais" sobre a mensagem de amor do Evangelho.

Ao pôr em primeiro plano o direito natural humano – entendido, porém, como a lei do mais forte, ou seja, do príncipe –, De Castro baseia a capacidade punitiva do Estado na força que lhe é própria, como defensor, e garante do "corpo" orgânico que é a sociedade, de modo que não só poderá separar de si o membro podre e irrecuperável, mas poderá estabelecer a pena de morte mesmo nos casos não previstos pela lei mosaica, porque isso lhe deriva do direito natural. Desse modo, o fato de a lei mosaica não punir o furto com a pena de morte não tem nenhuma importância hoje quando há um aumento considerável do crime contra a propriedade e, portanto, é oportuno estabelecer a pena de morte contra os incorrigíveis (*opportuit poenam mortis contra*

---

22. A. De Castro, *De potestate legis poenalis*, Antuaerpiae, 1568. Sobre o tema do Evangelho, cf. Mereu, *Storia del diritto penale del '600*, cit., pp. 285-354.
23. De Castro, *De potestate*, cit., fol. 24b.

incorregibiles statuere). É a tese "laica" da oportunidade política revestida pelo carisma da legitimidade.

É por isso que no livro ganha maior força o princípio que chamamos de *normativa renegadora*. Afirma-se que o indivíduo não pode ir contra o preceito divino "não matarás", mas se admite que o juiz possa fazê-lo quando a lei lhe ordena que o faça. Temos assim a sacralização ou o primado da lei humana que – dependendo das ocasiões – pode não levar em conta o preceito divino. As justificações são coerentes com tal concepção. Compara-se o legislador ao cirurgião que, diante de uma parte doente do corpo, tenta antes tratá-la de todas as maneiras e usando todos os meios e, somente se for impossível curá-la, intervém cirurgicamente a fim de impedir que a infecção se espalhe por todo o corpo[24]. O homem perde seu valor inviolável de criatura e se torna um "membro pútrido", algo infecto que deve ser eliminado se danificar a sociedade (como dizia Santo Tomás). E aqui a teoria demonstra a íntima contradição que a caracteriza. Se consideramos o indivíduo como pessoa, então temos de lhe atribuir a pena de acordo com o valor que tal personalidade representa; se, ao contrário, vemos o homem como um membro de uma sociedade concebida de modo utilitarista, então só podemos avaliar a pena de acordo com o "dano" causado. No primeiro caso, temos uma pena em correlação subjetiva com o homem que a mereceu; no segundo, uma pena que objetivamente deve apenas ser proporcional ao dano que a sociedade sofreu. E é precisamente este segundo caso o critério tomista seguido por nosso teólogo-inquisidor ao privilegiar antes de tudo a instituição, propondo suas teorias sobre o "dano" social que o crime causou (ou pode causar). Todavia, é um critério que não tem nenhuma relação com o homem como valor (e, portanto, tampouco com a pena como remédio, ou seja, como tratamento e reeducação).

---

24. *Ibid.*, 125a.

6. A "maquiagem" jusnaturalista

Se a teoria do direito natural humano servira a De Castro como único critério para justificar a oportunidade política da pena, em geral, e da pena de morte, em particular, para dar uma autonomia própria ao poder secular, ela servirá, em seguida, também às correntes jusnaturalistas católicas e protestantes para conferir ao príncipe uma nova legitimidade. De fato, tornar o direito natural o critério inspirador da legislação e considerar o príncipe o centro propulsor de tal atividade será útil não só para separar o direito da moral, mas também conferirá ao príncipe uma nova investidura "secular", alavancada pelo critério de oportunidade. Essa maquiagem fortalecerá e revigorará o poder do príncipe. O sintagma *quod principi placuit legis habet vigorem* receberá uma nova interpretação, mais adequada ao momento. Por todas essas razões, os "filósofos" serão ouvidos e bem recebidos pelos príncipes, afirmar-se-ão nas cortes, obtendo grande sucesso entre os "burgueses" bem-pensantes, embora, antes de se afirmar nas universidades, terão que lutar para convencer a academia protestante de que o antigo critério da lei do talião – à qual sempre recorriam – estava agora ultrapassado e fora substituído.

Com a teoria da *oportunidade política*, de fato, a pena de morte deixa de ser uma pena inderrogável, tornando-se um instrumento que o príncipe pode usar ou não, dependendo dos casos, das situações e dos indivíduos envolvidos. Isso sem dúvida significa aumentar o poder do príncipe, mas também é tirar a pena de morte daquela imutabilidade cadavérica com que era estabelecida pelas leis que freqüentemente a prescreviam. É tirar da pena de morte tudo o que ela sempre teve de sagrado, arcano, misterioso e preestabelecido *ab aeterno*. É criar para ela uma nova legitimidade não mais atribuída à imperscrutável vontade divina, e sim, mais "secularmente", à vontade do príncipe, ao "critério geral" da utilidade e da prudência política, à justa proporção entre os delitos. A pena de morte deixa de ser "obrigatória" para o príncipe, tornando-se uma pena facultativa que ele pode, a seu critério, infligir ou não. Assim, entre a teoria que se baseia na lei do talião e considera inderrogável a pena de morte e a teoria dos "radicais" que, baseando-se no preceito "não matarás", a declara ilegítima, surge uma terceira possibilidade, que por enquanto não levará a nenhuma inovação – pois a pena de morte é mantida –, mas colocará os príncipes em condições de poder aplicá-la (ou não), dependendo da oportunidade política[25].

7. Alciato e os juristas "cultos"

O comentário às passagens do *Digesto* – várias e com significados opostos – que tratam da pena de morte será outro ponto de contraste entre os partidários do chamado "modelo barroco" do direito penal e os que gostariam de substituí-lo por um modelo diferente (ao menos em parte). É um contraste disfarçado pelo pretexto filológico, em que se falará apenas de interpretação mais ou menos correta, mais ou menos correspondente ao modelo histórico romano, e de uma interpretação mais rudimentar (*crassior*), que altera completamente o sentido do fragmento. Mas na base há uma maneira diferente de conceber o direito. Para compreender o que diremos, porém, são necessários alguns esclarecimentos. Nos séculos XVI e XVII, com o Estado que se estrutura e se organiza de forma centralizada, a faculdade de direito não é só a mais politizada, em que os ecos dos confrontos políticos e religiosos encontram um ângulo de impacto natural, tanto que as idéias dos "professores" são sempre "controladas" pelo poder (por exemplo, Giulio Pace, Gribaldi Mofa, Alberigo Gentile, na Itália, e François Baudouin, Jean Coras e Hugues Doneau, na França, foram obrigados a emigrar devido a suas idéias heterodoxas), mas

---

25. Cf. M. A. Cattaneo, *Delitto e pena nel pensiero di Christian Thomasius*, cit., pp. 190 ss.

é também a escola na qual se forma a nova classe dirigente. Os "professores" sabem disso e escrevem: os alunos de hoje serão os juízes, funcionários, tabeliães de amanhã, e serão como os tivermos formado.

Entre todas as matérias, o direito penal é a mais influenciada pelo momento político. Torna-se não só uma disciplina autônoma (a primeira cátedra de *criminalia* foi instituída em Bolonha, em 1509, e seu primeiro professor foi Ippolito De Marsiliis), possuindo, portanto, sua própria dignidade acadêmica, bem como seu próprio peso político devido aos "professores" de grande prestígio que a ocupam (por exemplo, Deciani em Pádua). São os "professores" que elaboraram a teoria do direito penal aterrorizante, da pena como recompensa, mas sobretudo como exemplo para todos. Foram eles que construíram o sistema penal que a Europa sempre seguiu.

Ora, ao lado deles, subordinada ou em surdina, existe uma outra escola (cujo principal representante é Alciato), em que o direito penal e a pena de morte são vistos numa perspectiva diferente. Os primeiros – a maioria dos professores de *criminalia* – não admitem e não podem não admitir que a escala penal não termine sempre no patíbulo. Pensam assim por terem uma visão pessimista do homem, característica de tal mentalidade: "Somos todos filhos de Caim." A primeira ação do homem no mundo é o assassinato de Abel, afirma Deciani, no primeiro livro do seu *Tractatus criminalis*, dedicado precisamente à origem dos delitos. Todas as citações do direito antigo, como as citações de passagens da Bíblia, dos Padres da Igreja, dos glosadores, dos teólogos, tendem apenas a demonstrar a exatidão desse pressuposto. Mas todo esse aparato de citações fundamenta-se na vontade política do momento, que deseja um direito penal exemplar, feito não tanto para corrigir quanto para exterminar e aterrorizar. E o jurista não pode deixar de sentir tal desejo. Por isso, comentam os fragmentos do *Digesto* acrescentando glosas e notas que os tornam ainda mais duros e inflexíveis. Mas não é por gosto, como se dirá depois. É que o direito penal se apresenta e se consolida – principalmente na época moderna – como "técnica da coação"; logo, não se podem empregar outros argumentos além dos usados pelos velhos juristas.

Outros, ao contrário, mesmo se não ensinam *criminalia*, são favoráveis a um direito penal e processual diferente. Entre as obras de direito processual, bastaria citar o livro do "radical" Johann Graefe (*Grevius*) que, retomando a ideologia de Castellion e de outros, no seu *Tribunal reformatum*, publicado em Amsterdã em 1624, mostra ao juiz cristão o caminho mais justo e mais seguro para se celebrar um processo, eliminando-se aos poucos a tortura, rejeitando-a (*reiecta et fugata tortura*) e comprovando sua iniqüidade e falácia. Outros, como Alciato, defendem a abolição da pena de morte. Querem que seja substituída pela prisão perpétua e pelos trabalhos forçados, pois são penas mais exemplares e mais úteis para a coletividade. Contudo, essas afirmações não se encontram num "manual" escolar, mas em comentários destinados a uso científico.

Andrea Alciato escreve, no seu comentário ao *Digesto* "De verborum significatione", sobre a interpretação do fragmento de Modestino *Licet capitalis* (D., 50, 16, 103)[26]. Na glosa *Licet* afirma que o sintagma *poena capitalis* não devia ser interpretado como "pena de morte", e sim como "exílio", seguindo uma interpretação mais favorável ao acusado, ao passo que hoje é entendido apenas no pior sentido (ou seja, a decapitação). Na glosa *Mortis*, afirma que M. Pórcio Catão, por exemplo, promulgara uma lei segundo a qual nenhum cidadão romano podia ser justiçado por um delito, mas devia ser condenado ao exílio. Afirma também que raramente os imperadores romanos condenavam um estrangeiro à morte, mas o enviavam às minas ou confinavam-no nas ilhas. E chega à seguinte conclusão:

---

26. A. Alciati, *De verborum significatione libri quatuor*, Lugduni, apud Sebastianum Gryphium, 1548, gl. *Mortis*, col. 247-248.

Mas hoje nas penas há somente carnificina e, através das leis municipais, os condenados são estrangulados, degolados, queimados ou mutilados. Se fossem condenados aos trabalhos forçados em favor do Estado e cumprissem a pena de prisão perpétua, sofreriam uma punição mais forte e mais exemplar e, de algum modo, teriam alguma utilidade pública. Por isso não se pode negar, nesse caso como em muitos outros, que os legisladores antigos superam os modernos.

Ora, essa afirmação de Alciato é um tanto falha do ponto de vista histórico, pois é possível demonstrar em quantos casos a pena de morte estava prevista no *Digesto*, tanto que os livros 47 e 48 deste foram denominados (no período do direito comum) *libri terribiles* precisamente por prever penas muito severas. Mas essa interpretação discutível e "facciosa" – feita por um filólogo como Alciato – hoje nos interessa sobretudo por ser uma prova de como, mesmo no ambiente protegido das faculdades de direito, começa a penetrar o espírito "revolucionário" das teses propostas por More em *Utopia*. Também entre os juristas – que sempre compõem as forças mais conservadoras – começa a soprar "o vento da razão".

8. Os eruditos e a pena de morte

É preciso examinar também o lugar que o direito penal e o processual ocupam na literatura política desses séculos. É verdade que os "politólogos" – para usar uma expressão moderna – se consideram os únicos legitimados a se interessar pelo tema, como evidencia Francis Bacon em seu *De dignitate et augmentis scientiarum* (1623):

> Todos os que escreveram sobre as leis trataram o tema ou como filósofos ou como juristas. Mas os filósofos propõem muitas idéias maravilhosas mas irreais. Os juristas, por sua vez, vinculados e escravizados pelos preceitos das leis pátrias, do direito romano ou do direito canônico, nunca exprimem uma opinião direta e sincera, discutindo o tema

como se estivessem acorrentados. Sem dúvida, essa é uma matéria que cabe principalmente aos homens políticos, os quais sabem muito bem o que a sociedade humana exige, o que representa o bem-estar do povo, a eqüidade natural, os hábitos das pessoas, as diversas formas de república, e por isso podem estabelecer as leis com base nos princípios de direito natural e nos critérios de oportunidade política[27].

Por isso, todos os homens políticos, ou seja, os secretários, os conselheiros, os "oficiais" do príncipe, interessam-se pelo direito penal em seus ensaios, relatórios, comentários, astrolábios de Estado, livros de *arcana iuris*, *arcana dominationis*, *arcana principis*. Nessas obras, a "razão de Estado" é a "lente" através da qual se vê o direito apenas como ação política – como dirá um escritor –, e a pena de morte não passa de um *instrumentum regni* que é preciso saber empregar com "prudência", usando-o de acordo com a oportunidade política do momento, a qual pode depender dos interesses do príncipe e da natureza dos povos governados. "Quem governa cidades e povos, se deseja manter a ordem, deve ser severo ao punir todos os delitos", escreve Guicciardini[28]. De fato, "não é possível governar bem os súditos sem severidade porque a maldade dos homens assim o quer"[29]. É o conceito pessimista da natureza humana que vimos compartilhado também por outros escritores. Por isso a função da pena é também ser um exemplo admoestador para os demais. Contudo, mesmo quando há "necessidade de exemplo", o príncipe deve "ter a habilidade para demonstrar que a crueldade não lhe agrada, mas que é obrigado a usá-la para proteger o bem-estar público". Assim como a exemplaridade da pena não deve ser confundida com sua crueldade. Escreve Guicciardini: "Nos meus governos, nunca gostei da crueldade e das penas excessivas, por não se-

---

27. F. Bacon, "De dignitate et augmentis scientiarum", in *Opera omnia*, Francofurti ad Moenum, 1665, VIII, col. 241.
28. Guicciardini, *Ricordi politici e civili*, n.º 260.
29. *Ibid.*, n.º 307.

rem necessárias. Além de certos casos exemplares, é suficiente, para *manter o terror*, punir os delitos com a pena de um quarto de lira, seguindo-se a regra de puni-los todos."[30] É o direito penal como "técnica da coação", esboçado em algumas frases.

Montaigne, por sua vez, não sente necessidade de *manter o terror*. Sua crítica contra a tortura é acre e sem atenuantes. Julga a tortura "uma perigosa invenção"[31], onde conta mais a resistência física que a verdade. Quem consegue sobreviver ao "exame rigoroso" é premiado com a vida, quem sucumbe ao exame, morre. E não se pode afirmar o contrário, porque a dor obriga até os inocentes a mentir: "Isso faz com que o juiz, para não condenar um inocente, o torture, fazendo com que morra inocente e torturado."[32] Muitas nações julgam horrível e cruel torturar um homem para fazê-lo confessar um crime, cujo autor os juízes ignoram: "O que pode ele fazer com vossa ignorância? Vós também sois injustos. Pois, para não matá-lo sem motivo, fazeis pior que matá-lo. Vede quantas vezes o réu prefere morrer sem motivo a passar por tais interrogatórios (tortura) mais penosos que o suplício; e que muitas vezes por sua crueldade antecipam o suplício e a execução."[33]

Mas Montaigne opõe-se sobretudo aos suplícios atrozes infligidos com a pena de morte. "Um soldado" – conta ele – "tendo visto, da cela em que estava preso, montar-se um palanque na praça em frente e pensando que se destinava a sua execução, cravou um prego enferrujado na própria garganta e no próprio ventre. Ao ser encontrado moribundo, seu processo se realizou imediatamente. Quando soube que fora condenado apenas à "decapitação", pareceu

---

30. *Ibid.*, nº 46.
31. Montaigne, *Saggi*, Veneza, 1633, p. 284 (Pléiade, p. 405) (os trechos dos *Essais* de Montaigne foram extraídos da tradução italiana do século XVII. Ao lado, encontram-se indicados os trechos correspondentes na edição da Pléiade).
32. Montaigne, *Saggi*, cit., p. 285 (Pléiade, p. 405).
33. *Ibid.* (Pléiade, p. 406).

recobrar as forças, aceitou o vinho que antes recusara, agradeceu aos juízes a brandura inesperada de sua condenação. Será que ele tentara se suicidar por temer uma morte mais dura e insuportável? Imaginando que os preparativos que vira na praça serviriam para um terrível suplício, pareceu-lhe ter-se livrado da morte por tê-la modificado."[34]

Hoje – continua Montaigne – "por licença dessas guerras civis, ocorrem episódios de crueldade nunca vistos. Eu não poderia acreditar, sem tê-las visto, que houvesse pessoas tão cruéis que, pelo simples prazer do homicídio, quisessem cometê-lo, esquartejando e dilacerando os membros de outrem, estimulando o próprio espírito a inventar tormentos inusitados [...], pelo puro prazer proporcionado pelo espetáculo composto por gestos e movimentos que provocam compaixão, pelos gemidos e pelas vozes lastimosas de um homem que morria angustiado"[35].

São episódios desagradáveis. Montaigne, ao contrário, prefere meios mais brandos: "Quanto a mim, no campo da Justiça, tudo o que vai além da *morte simples* parece-me pura crueldade, principalmente para nós que deveríamos ter o respeito de enviar ao outro mundo uma alma em bom estado, o que não é possível depois de tê-la agitado e desesperado com torturas insuportáveis"[36]. Retoma-se mais uma vez o conceito de *morte simples*[37].

Também a "recomendação" de Botero é de que a justiça penal seja administrada de maneira "uniforme", "rápida" e "exemplar". É contrário ao princípio de graça, porque "concedida sem respeito de eqüidade ou de bem público, perturba tudo"[38]. Cita a resposta negativa que o vice-rei da Sicília, Giovanni Vega, dera a quem lhe pedira que se executasse em segredo a condenação à morte por um parricídio cometido

---

34. *Ibid.*, p. 336 (Pléiade, p. 475).
35. *Ibid.*, p. 337 (Pléiade, p. 475).
36. *Ibid.*, p. 336 (Pléiade, p. 477).
37. *Ibid.*, p. 417 (Pléiade, p. 785).
38. G. Botero, *Della ragion di Stato*, org. por C. Morandi, Bolonha, Zanichelli, p. 42.

por "um poderoso da Sicília". "A justiça não tem lugar se não é praticada no lugar que lhe é próprio."[39] Também para ele as penas devem ser proporcionais ao delito e nunca cruéis, pois, do contrário, perdem a eficácia. Fazer uma *carnificina de homens* não serve para nada: "Para que carregar a forca de enforcados e fazer uma infindável carnificina de homens? A assiduidade da forca (pois as coisas com que estamos habituados têm pouca força para mover os ânimos) torna a morte menos infamante e menos desprezível."[40]

Essa é também a opinião de Trajano Boccalini, governador dos Estados da Igreja, observador político, espírito cáustico e um dos maiores escritores do século. Ele também considera "animais" os governadores de província que se orgulham abertamente de ser terríveis e que, durante as audiências públicas, "de cara fechada", se comprazem em ameaçar "as pessoas de morte". Não acredita absolutamente nos "meios fortes" e julga verdadeiros "animais" "aqueles governadores que acreditam poder endireitar o mundo com pelourinhos, forcas e guilhotinas"[41]. Essas bestas "tão sedentas de sangue humano" devem ser excluídas do governo. É favorável aos que "se empenham mais em proibir os delitos que em puni-los e que só subscrevem as sentenças com a tinta das lágrimas"[42]. Boccalini é talvez o escritor seiscentista que mais se sente atraído e ao mesmo tempo rejeita a "face demoníaca" do poder. Toda sua obra é permeada por esse sentimento sempre presente de "ódio e amor", de justiça feita de acordo com os princípios do direito natural ou de acordo com os princípios da razão de Estado.

Oscila continuamente entre essas duas polaridades. De um lado, há o juiz moderno que deseja aplicar penas certas, com uma gradualidade bem medida, que possa chegar ao perdão judiciário; do outro, há o "homem político" que deseja não deixar "sem exemplo" o delito que pode atingir o

---

39. *Ibid.*
40. *Ibid.*, p. 272.
41. T. Boccalini, *Ragguagli di Parnaso*, Bari, Laterza, 1910, I, p. 151.
42. *Ibid.*

Príncipe. Por um lado, há a preocupação de que cada um, mais que punido, seja "tratado" pelo próprio delito: "a pena deveria ser aplicada para a correção do malfeitor e para servir como exemplo aos demais, não para satisfazer ódios particulares, como acontece todos os dias [...], contudo se o criminoso, renegando o crime, estiver disposto a reparar o mal cometido, nos casos não graves, deve merecer o perdão"[43]. Do outro lado, há a preocupação "política" com que se avalia cada crime tendo em vista apenas os seus resultados políticos. Por isso afirma: "Os delitos graves jamais devem ser perdoados." Principalmente aqueles contra o Estado, em que até mesmo "as suspeitas são consideradas provas conclusivas". Nesses delitos, "que comportam a sublevação dos povos devotos, deve-se proceder com a sentença, sem outra cognição de causa". É importante punir principalmente os líderes: "justiciar alguns, mas poucos dos principais réus, para amedrontar o resto dos mal-intencionados". A punição dos crimes deve ser vista – segundo Boccalini – desta dupla perspectiva: de um lado, os crimes comuns e não freqüentes e, do outro, os crimes contra o Estado.

Dessa forma, afirma que a pena de morte deve ser aplicada apenas depois de se avaliar cada caso, pois "não pode haver algo mais grave no mundo do que tirar a vida de um homem. Em tal caso, para evitar erros em circunstância tão importante, alguns imperadores fizeram bem em ordenar que a sentença fosse executada somente depois de alguns dias da prisão do réu, especialmente se o delito não era claro ou cometido publicamente". Entretanto, quanto às rebeliões, sugere que sejam reprimidas radicalmente desde o seu princípio, sem se perder em avaliações sutis, pois "cada cabeça decepada é uma das cabeças da Hidra que ressurge com duas cabeças e para cada cabeça decepada pululam dez". O raciocínio de Boccalini segue sempre essa linha. Por um lado, aconselha o príncipe a jamais ser o "autor de sen-

---

43. T. Boccalini, *Osservazioni politiche sopra i sei libri degli Annuali di Cornelio Tacito*, parte I, p. 43 As citações seguintes referem-se a essa obra.

tenças cruéis, deixando livre a administração da Justiça nas mãos do Juiz" e intervindo somente para adquirir "fama de clemência ao mitigá-la em algum ponto, e, do outro, lembra a seguinte regra maquiavélica: "só se conquistam e se mantêm os Estados se se tem coragem de ordenar ações cruéis, quando a necessidade o exige". Critica o comportamento de Sisto V por ter sido cruel com um intelectual: "Ser cruel com um poeta, um historiador e com qualquer pessoa condenada à morte por suas palavras, como fez o papa Sisto V, mandando cortar a mão e a língua de alguém como se tivesse ofendido Deus e o Príncipe, é, como eu disse, pura crueldade." Por outro lado, aconselha o Rei da França e os Príncipes da Alemanha a promulgar leis severas relativas à imprensa, "pois deve-se considerar um tipo de violência e de tirania buscar algo que não implemente a tranqüilidade dos súditos, mas a rebelião deles; e é ação louvável e necessária eliminar os instrumentos que possam provocar a revolta do povo". Na contínua oscilação entre os dois pólos opostos, o único critério que permanece inalterado em Boccalini – como nos outros escritores do mesmo período – é o critério da utilidade e da *oportunidade* que o príncipe deve sempre seguir e que se transforma depois em normativa renegadora, através da qual o príncipe pode se comportar arbitrariamente, ou como aconselha Boccalini: "Quem possui a autoridade de ditar leis, deve abster-se daquelas leis que amarram suas próprias mãos."

9. Pascal e a violência legal

Boccalini, por último, e anteriormente todos os outros escritores e teólogos católicos e protestantes que examinamos (com exceção de More e dos "radicais" cristãos da Idade Média e do Renascimento), justificaram a morte como pena, ora com o pretexto da "constitucional" crueldade humana (Caim e Abel, *homo homini lupus*), ora invocando a necessária defesa do "bem comum". A partir da identificação analógica da sociedade humana com um "grande corpo" que, em defesa própria, tem o direito de eliminar as "partes" doentes ou podres, a fim de manter todo o organismo em boas condições, concebera-se um certo fundamento racional defensável. E todos os escritores "orgânicos" seguiram essa direção. Bodin também admitira a pena de morte valendo-se das mesmas razões citadas por Santo Tomás. Mesmo a distinção entre as diversas esferas de poder que caberiam às duas *auctoritas,* sobre esse ponto, equivalia a negar o valor "revolucionário" e inovador da mensagem evangélica. É evidente que esse processo de racionalização da pena de morte seja em substância profundamente anticristão e responda mais a uma lógica de poder que a uma exigência de justiça. É o que afirmará, no final do século XVII, um grande matemático e filósofo cristão, Blaise Pascal (1623-1662), em seus *Pensamentos*[44], em que se encontram idéias ainda hoje esclarecedoras.

Do ponto de vista do *esprit de finesse,* o problema da morte como pena não é difícil de resolver. Aliás, não é nem mesmo um problema. Pascal escreve: "É necessário matar para impedir que existam pessoas maldosas? Mas isso significa forjar duas pessoas más em vez de uma", *Vince in bono malum* (*Pensamentos,* 916). O problema é apresentado e imediatamente resolvido. Não se pode combater a violência com a violência. Cria-se um círculo vicioso. O mal só pode ser combatido com o bem. É uma solução cristã, mas é também ver o problema em sua possível implementação de civilização. Porém, para entender o significado que tal resposta tem em todo o pensamento de Pascal, é preciso conhecer o que ele escrevera antes sobre a relação entre violência e direito, e sobre a maneira de se valer desse instrumento como "técnica da coação".

Pascal trata desse tema tomando como ponto de partida a "casuística" das leis humanas, pois o que num país se considera um delito, em outro não o é de modo algum:

---

44. B. Pascal, *Pensieri,* tradução, introdução e notas de P. Serini, Turim, Einaudi, 1962 (essa é a tradução citada no texto).

> Três graus de latitude alteram toda a jurisprudência; um meridiano decide o que é verdadeiro; em poucos anos as leis fundamentais mudam, o direito tem suas épocas, a entrada de Saturno no signo de Leão determina a origem de um ou outro crime. Singular Justiça cuja fronteira é um rio. Verdade do lado de cá dos Pireneus, erro do lado de lá [...]. O furto, o incesto, o assassinato dos filhos e do pai, tudo encontrou um lugar entre as ações virtuosas. Pode haver algo mais divertido do que isso: um homem tem o direito de me matar só porque mora na outra margem do rio e o seu soberano está em guerra com o meu, embora eu não esteja em guerra com ele? (*Pensamentos*, 301).

É o relativismo das leis e sua possibilidade de configurar novos delitos e de estabelecer novas sanções que Pascal trata aqui, como já o haviam feito Montaigne, Cherron e Descartes, e que o levam a concluir que a força é direito. Só é justo o que é prescrito, portanto torna-se justo e necessário apenas o que o mais forte ordena:

> A justiça está sujeita a contestação, a força é reconhecível imediatamente e sem discussões. Por isso não se pode conferir força à justiça, já que a força se levantou contra a justiça, afirmando que só ela é justa. E assim, não se podendo fazer com que o que é justo seja forte, fez-se com que o que é forte seja justo (*Pensamentos*, 310).

Todos os pensamentos seguintes desenvolvem-se de acordo com esse conceito. Só é justo o que é ordenado, por ser uma ordem do mais forte. Por que se seguem as opiniões da maioria? Pela força que está ligada a elas. Por que se seguem as leis antigas e as crenças tradicionais? Unicamente porque estão em vigor, ou seja, são expressão de força. A igualdade dos bens é justa, mas como não foi possível fazer com que fosse justo obedecer à justiça, fez-se com que fosse justo obedecer à força. "Rainha do mundo é a força, não a opinião" e é a "força que forja a opinião" (*Pensamentos*, 315). Aqui Pascal introduz outro elemento essencial para o poder, ou seja, a *imaginação*, que pode ser compreendida também como o fascínio arrebatador da aparência como suporte do poder. A imaginação é proveitosa ao soberano, mas é especialmente útil às classes dominantes. Os reis têm a força a seu lado e poderiam até prescindir da imaginação, as outras classes não. "O chanceler apresenta-se solenemente revestido de ornamentos porque seu poder é só aparente. Os juízes podem contar apenas com a imaginação" (*Pensamentos*, 316).

Essa é uma idéia em que Pascal insistira de modo particular num seu pensamento precedente. A razão pode dar-nos a exata visão das coisas, mas é com a imaginação que tudo é apresentado sob a luz do poder. Daí os "disfarces" a que todos recorrem. Os príncipes com suas escoltas de guardas, alabardeiros, trombeteiros e tocadores de tambor; os médicos com seus barretes de quatro bicos, os juízes com "suas togas vermelhas, com peles de arminho com que se cobrem como gatos com suas peliças, os palácios onde promovem a justiça, as flores-de-lis (que ornamentam suas poltronas), todo esse aparato augusto é mais do que necessário" (*Pensamentos*, 235).

Mas essa combinação diferente em que a força se apresenta e se transfigura é necessária porque o povo não obedece a uma lei por ser uma lei, mas apenas porque a considera justa. E esse engano deve ser mantido. "É necessário que o povo não se aperceba da verdade da usurpação; foi concebida no passado de forma injusta, tornou-se justa. É preciso que seja considerada autêntica, eterna, e que se mantenha o segredo sobre sua origem, e não se queira que tenha logo fim" (*Pensamentos*, 301). É uma avaliação muito cética sobre a bondade da organização humana.

10. A morte na arte

Enfim, do século XVI em diante, a morte torna-se um modelo pictórico, objeto de propaganda e exemplificação retórica, política e religiosa. Nesse sentido, os quadros alucinantes de Pieter Bruegel, o Velho, ou as gravuras de Jacques

Callot com todos os seus supliciados, torturados, mortos assassinados, são representações emblemáticas de todo um estado existencial europeu que encontra só na morte – legal ou ilegal – o seu ponto de chegada e de solução. Sob tal perspectiva, é simbólico o quadro *O triunfo da morte* de Pieter Bruegel, o Velho, como também o é o quadro *A Justiça*, do mesmo pintor. "A Justiça escrita com maiúscula, deusa entre as deusas pagãs, virtude entre as virtudes cardeais da teologia cristã"[45], representada por uma jovem e hierática figura de mulher com a balança e a espada nas mãos, cercada, como damas em volta da rainha, pelas práticas criminais da época (da tortura da água à do acúleo, do fogo, da estrapada, da fustigação; do decepamento da mão à decapitação, ao enforcamento, à roda, à fogueira), parece querer ressaltar, através da incisividade da representação, a violência legal, que é sublimada pela legenda – colocada como explicação na base do quadro – *Scopus legis est, aut eum quem punit emendet, aut poena eius caeteros meliores reddet aut sublatis malis caeteri securiores vivant*. Ou seja, o direito penal como "técnica da coação", que se manifesta pela realização de tais práticas. É precisamente nessa época que se esclarece completamente a distinção ainda hoje vigente entre violência justa (da instituição contra os seus adversários) e violência injusta (dos adversários contra a instituição). Desse ponto de vista, acredito que o *Theatrum crudelitatum Haereticorum nostri temporis* seja o texto exemplar, pois o "inimigo" é representado como o mais cruel, o mais feroz, o mais brutal, o mais sádico, o mais desumano porque incendeia as igrejas, profana os tabernáculos e as igrejas, violenta as religiosas, ultraja viúvas, mata as crianças, mutila, sevicia, decapita, crucifica, fuzila sacerdotes e fiéis, joga com as cabeças decepadas como se fossem bolas, e faz com que morram entre sofrimentos e dores atrozes[46]. Essa propaganda à *grand-guignol*,

---

45. Fiorelli, *La tortura giudiziaria*, cit., I, pp. 5-6.
46. *Theatrum crudelitatum Haereticorum nostri temporis*, Antuerpiae, apud Adrianum Huberti 1587.

com desenhos que representam as cenas mais horripilantes, acompanhadas de hendecassílabos que desprezam as infâmias dos hereges e de notas didáticas que explicam minuciosamente as cenas representadas, encontra nesse texto um exemplo excelente, a que se seguirão muitos outros.

O que se propõe com esse tipo de propaganda é apenas instilar o ódio mais violento contra o inimigo, sempre representado como desprovido de humanidade, com quem não se pode discutir, mas que deve ser destruído e exterminado. É o que Vasari representa no quadro da tragédia da noite de São Bartolomeu. Aqui a instituição luta contra os huguenotes, derrotando-os e aniquilando-os. É a vitória da ortodoxia contra a heresia, do bem contra o mal, de quem tem razão contra quem erra, de quem representa Cristo contra quem representa o diabo. A essa altura, a violência é o único tema sobre o qual pode haver acordo. A única linguagem eficaz. Tanto é verdade que, quando Beccaria propõe que a prisão perpétua substitua a pena de morte é exaltado como um benfeitor da humanidade.

11. O Iluminismo e Beccaria, entre história e mito

Não é possível falar da pena de morte no século XVIII sem começar por Cesare Beccaria. Seu nome é associado ao livro *Dos delitos e das penas*[47], mas é ligado "como por encanto" à luta pela abolição daquela pena. É por isso que hoje muitos consideram o seu livro quase uma bandeira. E bandeiras não se lêem, mas recebem continência. O que é certo e errado ao mesmo tempo. Vejamos por quê.

O "livreto" *Dos delitos e das penas* é como aquelas igrejinhas bonitas que se avistam nas montanhas quando se

---

47. Os trechos citados do livro *Dos delitos e das penas* (que ao menos no título é a mera tradução de *De Delictis et poenis*, Roma, 1754, de Ludovico Maria Sinistrati d'Ameno, 1632-1701) serão acompanhados pela citação no texto e não em nota. [A tradução baseia-se na edição brasileira: *Dos delitos e das penas*, São Paulo, Martins Fontes, 2002.]

está na estrada: todos admiram, mas poucos se dão o trabalho de visitá-las. O que talvez seja bom porque a ignorância mantém intactas as ilusões. De fato, se por acaso tentamos ler o que Beccaria escreve sobre a pena de morte – contrariamente às expectativas –, vemos que ele se declara favorável ao uso de tal pena, que considera "justa" e "necessária" precisamente para aqueles delitos (ou, pior, para a suspeita de tais delitos) que possam (de algum modo) perturbar "a forma estabelecida de governo". Beccaria escreve:

> A morte de um cidadão só pode ser considerada necessária por dois motivos: o primeiro, quando, ainda que privado da liberdade, ele conserva poder e relações tais que podem afetar a segurança nacional; o segundo, quando a sua existência pode produzir uma revolução perigosa para a forma de governo estabelecida. Assim, a morte de um cidadão se torna necessária quando a nação recupera ou perde a sua liberdade ou, em tempos de anarquia, quando as próprias desordens tomam o lugar das leis. (XXVIII)

E esse não é um caso isolado. Tudo o que Beccaria escreverá ou fará sobre a pena de morte irá coincidir sempre com essa premissa. Tanto é verdade que basta continuar a ler o trecho citado acima para constatar que ele admite a pena de morte não apenas no caso de atentados à segurança nacional – circunlóquio moderno para indicar o que os antigos legisladores chamavam delito de lesa-majestade – mas também nos casos em que é preciso dar um exemplo:

> Não vejo necessidade alguma de destruir um cidadão, a não ser que sua morte fosse o único e verdadeiro freio capaz de impedir que os outros cometessem delitos, segundo motivo que tornaria justa e necessária a pena de morte. (*ibid.*)

O que se reconhece e admite aqui é o princípio da exemplaridade da pena, como haviam feito os escritores do século XVI. É o mesmo princípio que Beccaria sustentará – como vimos – quando chamado a legislar como membro da junta criminal de Milão.

Mas há algo ainda pior. Se Beccaria admite a pena de morte para todos os crimes – consumados, tentados ou somente alvo de suspeitas – que podem envolver o poder, para os delitos comuns graves – cometidos "durante o tranqüilo reino das leis", quando um povo vive em paz e respeita as autoridades (e é uma hipótese irreal) – ele propõe, apóia e exalta a pena de escravidão perpétua, que examina sob diversos aspectos, demonstrando que é uma pena preferível à pena de morte, não por ser "mais branda", mas, ao contrário, exatamente por ser mais "desumana", mais longa, além de servir mais como exemplo. De fato, Beccaria escreve:

> Não é o espetáculo terrível mas passageiro da morte de um celerado, e sim o longo e sofrido exemplo de um homem privado da liberdade e que, convertido em besta de carga, recompensa com seu trabalho aquela sociedade que ofendeu, que constitui o freio mais forte contra os delitos. Aquela repetição a si mesmo, eficaz por seu insistente retorno: "eu mesmo serei reduzido a tal longa e mísera condição se cometer semelhantes delitos", é muito mais poderosa do que a idéia da morte, que os homens sempre vêem longínqua e obscura.

A pena de prisão perpétua é bem mais cruel que a morte:

> Muitíssimos homens encaram a morte com o semblante firme e tranqüilo, alguns por fanatismo, outros por aquela vaidade, que quase sempre acompanha o homem no além-túmulo; outros ainda numa última tentativa desesperada de não viver ou de sair da miséria; mas nem o fanatismo nem a vaidade subsistem entre cepos e cadeias, sob a vara ou sob o jugo, atrás de grades de ferro, e o desesperado não põe fim aos seus males, mas os começa. (*ibid.*)

A prisão perpétua é pior do que a morte porque é mais molesta, mais tediosa, mais longa. Com a prisão perpétua a pena é dividida em "prestações" a serem pagas ao longo do tempo e não condensada num momento. E é precisamente aí que reside sua força admoestadora:

Se alguém disser que a escravidão perpétua é tão dolorosa quanto a morte e, portanto, igualmente cruel, responderei que, somando todos os momentos infelizes da escravidão, ela o será talvez mais, mas esses momentos se distribuem pela vida toda, enquanto a morte exerce toda a sua força em um só momento; e essa é a vantagem da pena de escravidão, que amedronta mais quem a vê do que quem a sofre. (*ibid.*)

O terror da pena de morte pode ser atenuado e mitigado pela religião, a qual, oferecendo-nos "uma quase certeza de felicidade eterna, diminuirá sensivelmente o horror daquela última tragédia". Ao contrário:

Mas aquele que tem diante de si longos anos, ou mesmo todo o curso da vida, que passará na escravidão e na dor exposto ao olhar de seus concidadãos, com quem vivia livre e socialmente, escravo das mesmas leis que o protegiam, fará uma útil comparação de tudo isso com a incerteza do êxito de seus delitos, cujos frutos gozará por breve tempo. O exemplo constante dos que ele vê atualmente, vítimas da própria imprevidência, causa-lhe uma impressão muito mais forte do que o espetáculo de um suplício que o endurece mais do que o corrige. (*ibid.*)

Se consideramos o que Beccaria escreve sobre a "brandura das penas" e contra a "crueldade" destas e comparamos com o que afirma sobre a prisão perpétua, ficamos admirados como tal proposta – acompanhada pelas inúmeras glosas apologéticas que vimos – possa ter sido concebida por um escritor que a maioria dos historiadores nos apresenta como um "humanitário".

As conclusões de Beccaria sobre a pena de morte não são diferentes quando observadas do ponto de vista filosófico. O princípio em que se baseia toda a trama do livro *Dos delitos e das penas* é o mesmo do *Contrato social* de Rousseau, em que a vontade da maioria se sobrepõe aos direitos individuais. De fato, afirmar, como Beccaria, "que a palavra Direito não está em contradição com a palavra Força, mas que a primeira constitui antes uma modificação da segunda, ou seja, a modificação mais útil à maioria"; identificar o direito com a força da maioria e transformar um *valor* num *dado quantitativo* equivale a negar qualquer direito individual imprescritível, admitindo que a sociedade, por dispor da força, pode valer-se dela até mesmo para eliminar um de seus integrantes. É a teoria do peixe grande que come o pequeno, formulado com outras palavras, ou – caso se prefira – é o primado absoluto da autoridade justificado por argumentos utilitaristas. Se o contrato social – em que se baseiam a sociedade e a lei – é "a soma de mínimas porções da liberdade particular de cada um", por que a "vontade da maioria", se o julgar "útil e necessário", não poderá eliminar um dos seus membros? Beccaria responde: "Quem será o homem que queira deixar a outros o arbítrio de matá-lo? Como pode haver, no menor sacrifício da liberdade de cada um, o do bem maior de todos, a vida?"

Mas se não há sacrifício da vida – objeta-lhe com razão Facchinei, que pode ter sido um "reacionário", mas decerto não era tolo[48] – tampouco "o menor sacrifício da liberdade" pode abranger a renúncia a ela por toda a vida. Facchinei escreve:

> Ele confessa e aconselha que, em vez de punir os criminosos com a pena de morte, sejam eles punidos com a privação perpétua da liberdade, transformando-os em bestas de carga. Eu o levo a sério. Mas, seguindo tal raciocínio, se um filósofo espartano julgasse que a escravidão é um mal tão pouco tolerável quanto a morte, poderia empregar a sentença do nosso Político, pois também para ele a Sociedade não tem o direito de infligir a pena da escravidão. Ora, quem é o

---

48. Angelo Facchinei, frade valombrosiano, opositor de Beccaria, defendeu o "método italiano de condenar" e apresentou a tortura "como ato de misericórdia" e "um ato de caridade". Encarregado pelo governo oligárquico de Veneza (Fiorelli, *La tortura giudiziaria*, cit., II, pp. 253-4), escreveu: *Note ed osservazioni sul libro intitolato Dei Delitti e delle pene*, org. por Paolini com Cesare Beccaria, *Dei delitti e delle pene*, IV, Florença, 1821-1822, pp. 3-328. É sempre citado como exemplo do espírito reacionário. Para nós, é um coerente representante do jurista "orgânico" de qualquer época.

Espartano (como também diria o nosso Filósofo) vil a ponto de delegar a outros homens a decisão de puni-lo com uma escravidão perpétua, transformando-o numa besta de carga?

E a conclusão é ainda mais contundente. Facchinei escreve:

> Ou as mínimas porções de liberdades cedidas pelos cidadãos à Sociedade formam um direito suficiente para punir os malfeitores com a pena de morte, ou não. Se não formam tal direito, não obtêm o fim pelo qual se associaram a ela, pois certamente uma sociedade jamais será bem governada sem tal direito. Se ainda as mínimas porções de liberdade formam o direito que buscamos, é evidente que a opinião do nosso Autor é errônea.[49]

Sem estabelecer quais são as "mínimas porções de liberdade", não é possível determinar até onde e como uma sociedade pode punir os seus membros. Quais são, portanto, os direitos (ou o direito) da sociedade e quais são os direitos (ou o direito) de cada indivíduo? A tal pergunta Beccaria responde com um sofisma. Nenhum indivíduo conferiu à sociedade o direito de puni-lo com a morte; mas a sociedade, quando o considera útil e necessário, dispõe de tal "poder":

> A razão para punir com a morte é justa e necessária porque, se a morte de um homem é considerada útil e necessária para o bem público, a suprema lei da salvação do povo confere o poder de condenar à morte, e esse poder nasce, como o poder da guerra, e será uma guerra da nação contra um cidadão, por julgar útil e necessária a destruição do seu ser (*ibid.*).

Quando os interesses da sociedade exigem a aplicação da pena de morte por ser "útil e necessária" (e seria mais correto dizer *necessária porque útil*, uma vez que apenas sua utilidade interessa a seus membros), Beccaria não encontra nenhuma dificuldade teórica em admiti-la. Vemos, assim,

---

49. Facchinei, *Note ed osservazioni*, cit., p. 215.

novamente reencarnada a teoria da *oportunidade política* já apresentada por alguns escritores do século XVI. Não existe nenhum direito individual imprescritível, não existe nem mesmo o valor absoluto da pessoa humana. Os únicos critérios de julgamento são os interesses do grande Moloc sobre os quais se vem teorizando (a sociedade), e diante dele o valor da pessoa perde importância.

É exatamente o que havia escrito Rousseau no *Contrato social* (11,5):

> O pacto social tem por finalidade a conservação dos contratantes. Quem quer os fins quer também os meios, e esses meios são inseparáveis de alguns riscos, e até mesmo de algumas perdas. Quem quer conservar a vida a expensas dos outros deve dá-la por eles quando se faz necessário. Ora, o cidadão não é juiz do perigo ao qual a lei o expõe; e quando o príncipe lhe diz: "Ao Estado é útil que morras", ele deve morrer, pois não foi senão sob essa condição que viveu em segurança até esse momento, e sua vida não é mais uma mercê da Natureza, mas um dom condicional do Estado.

A pena de morte infligida aos criminosos – afirma Rousseau – deve ser considerada sob tal perspectiva. Todo criminoso, "ao violar o direito social", torna-se um rebelde e um traidor da pátria. Coloca-se contra ela, declarando-lhe guerra. O Estado tem todo o direito de matá-lo "não tanto como cidadão, mas como inimigo". É a teoria da "guerra da sociedade contra o indivíduo" (ou seja, de um elefante contra uma pulga) que Rousseau elabora aqui e que Beccaria repete a fim de justificar filosoficamente o emprego da pena de morte, porque "justa e necessária" para o bem público. É a mesma teoria utilizada por Cícero quando, chamado a se justificar por ter infligido a pena de morte aos seguidores de Catilina, disse tê-los condenado não como cidadãos (*civis*), mas como inimigos (*hostes*) do povo romano, em relação aos quais as leis da república não se aplicavam.

Expusemos até aqui as idéias de Beccaria sobre a pena de morte e sobre a prisão perpétua. Não são idéias revolucionárias. Um escritor que reconhece ao príncipe ou à sociedade o direito de eliminar qualquer opositor incômodo não é um grande inovador. Outros escritores antes dele haviam assumido posições muito mais "radicais". Alguém pode dizer, porém, que Beccaria ataca a pena de morte no início do parágrafo XXVIII com a clara afirmação: "Essa inútil prodigalidade de suplícios, que nunca tornou os homens melhores, levou-me a examinar se a morte é realmente útil e justa num governo bem organizado"; e formula as célebres perguntas: "Quem será o homem que queira deixar a outros o arbítrio de matá-lo? Como pode haver, no menor sacrifício da liberdade de cada um, o do bem maior de todos, a vida?"; e a outra pergunta que desde a Idade Média até todo o século XVII provocara todas as discussões entre os "utopistas", os "radicais", os "juristas" e constituíra a base de todas as árduas respostas que os teólogos procuraram dar: "E, se assim fosse, como se coaduna tal princípio com o do outro, de que o homem não pode matar-se [...]?" O problema é apresentado em termos corretos, não técnicos mas filosóficos, não jurídicos mas existenciais. São perguntas "revolucionárias" que se repetem há muitos séculos na Europa e que põem em discussão exatamente o *ius gladii* hipocritamente tolerado pela Igreja e mantido pelos príncipes. Mas não há nenhuma resposta. São perguntas retóricas. Ou, pior ainda, dá-se uma resposta evidentemente contraditória. Não é possível afirmar que ninguém tem o direito de matar outra pessoa e, em seguida, reconhecer tal direito ao príncipe. Encontramo-nos diante da posição que denominamos normativa renegadora. Afirmam-se e negam-se ao mesmo tempo dois princípios opostos entre si. Entra-se de novo no *mare magnum* da *casuística* e se repetem, com diversas justificações, as mesmas respostas afirmativas já dadas pelos "mestres" inquisidores. Estamos ainda no direito como "técnica da coação" e não passamos ao direito como "técnica da convivência". É uma nova versão "racionalista" do antigo modelo medieval. Falta o salto de qualidade. Uma nova maneira de perceber.

Mesmo a escravidão perpétua, como pena substitutiva, assim como nos apresenta Beccaria, não é uma pena "humanitária". A Igreja, que há tempos já se servira do ergástulo, na sentença com que o infligia, sempre o atribuía por um tempo indeterminado, e nunca por toda a vida, preservando assim, ao menos formalmente, a esperança de uma possível regeneração futura do pecador. Aqui, ao contrário, afirma-se que "ninguém concedeu gratuitamente a própria liberdade em função do bem público". Dedica-se um capítulo inteiro à "brandura das penas", para depois, com a "crueldade" da escravidão perpétua, transformar o homem numa "besta de carga". São posições contraditórias que nada consegue sanar.

Não obstante, é incontestável que o livro de Beccaria foi acolhido em toda a Europa – com exceção da Itália onde, por sua "impiedade", foi alvo dos ataques de Facchinei e posto no Índex pela Igreja – como um livro novo, original, inovador; que logo obtém um estrondoso sucesso. Em poucos anos, foi traduzido e impresso não só várias vezes na França, mas também na Inglaterra, Alemanha, Áustria, Espanha, Suécia etc. Seu autor, que vivia numa longínqua província do mundo cultural da época (Milão), foi elevado à glória e ao triunfo do cenário parisiense[50]. É igualmente incontestável que o maior expoente da cultura da época – Voltaire – sancionou a aprovação do *maître à penser* com um entusiasta e elogioso comentário ao livro. Como explicar tanto sucesso? Creio que para explicá-lo historicamente é preciso distinguir o que Beccaria afirmou e o que em seguida se atribuiu a ele, separando o Beccaria "histórico" do Beccaria "mítico", de modo que se observem as diferenças existentes entre essas duas "imagens" do autor.

Para compreender *historicamente* o que Beccaria escreve sobre a pena de morte e sobre a escravidão perpétua, é pre-

---

50. Ver a coletânea de cartas e documentos relacionados ao nascimento e à afirmação da obra de Beccaria e a seu sucesso na Europa na edição do livro *Dei delitti e delle pene*, org. por Franco Venturi para a editora Einaudi (Turim s.d.), pp. 113-660.

ciso partir do fato de que o livro *Dos delitos e das penas* é um livro "datado". Em 1764, a prodigalidade dos suplícios e das penas não é um pleonasmo nem uma imagem retórica. O esquartejamento, a roda e os diversos tipos de "penitência" a que são submetidos os condenados antes de ser mortos são uma prática cotidiana dos príncipes "iluminados". A morte é infligida copiosamente e com um aparato publicitário que visa ressaltá-la. A morte como pena não se discute. Constitui um dos baluartes do poder e ninguém ousa questioná-lo. A única crítica a que Beccaria reage imediatamente ao publicar *Dos delitos e das penas* é à de Facchinei, que o acusa de ser contrário ao *ius gladii* do príncipe. Beccaria não permite a repetição de tal crítica. Compreende que se trata da mais perigosa investida contra seu livro. Deseja afastar de si qualquer suspeita de "incredulidade e sedição" e, para dar uma prova imediata da própria "submissão" aos soberanos, escreve: "Se afirmo que há duas classes universais de criminosos, contra as quais a pena de morte é 'justa e necessária', como pode o meu acusador afirmar que eu conteste ao Soberano o poder de infligir a morte?"

Por outro lado, todos os escritores franceses mais importantes tinham sido (e eram) favoráveis à conservação da pena de morte, se aplicada de maneira comedida. Fora-o Montaigne que, depois de ter criticado a inútil exacerbação da pena, propusera a "morte simples", como também o fora Hospital, como o admitiram o grande Montesquieu, o revolucionário Rousseau, como o admitem Voltaire, Diderot, D'Alambert e todos os *philosophes*. Até mesmo a grande *Encyclopedie* – que representava o novo verbo para a Europa de então – calara sobre tal tema. Ora, como podia um pobre "provinciano" como Beccaria deixar de reconhecer o que ninguém ousara discutir ou pôr em dúvida? Antes de julgar a obra de Beccaria ou de lhe atribuir idéias que não tinha e não podia ter, é preciso considerar todos esses aspectos.

Beccaria não podia negar aos soberanos o direito de matar, pois em tal caso seu livro nem teria sido divulgado. Além do Índex religioso, teria sido incluído no Índex "secular", com conseqüências bem mais graves. É preciso lembrar também que Beccaria é um reformista, não um revolucionário. Está do lado do poder e não contra ele. Como intelectual envolvido na batalha das reformas, não pode absolutamente negar ao príncipe tal direito. Comportar-se de outro modo significaria ser contra o sistema. Beccaria, na verdade, define os monarcas "grandes benfeitores da humanidade". "Fiz um testemunho público da minha religião e da minha submissão ao soberano na resposta que escrevi às Notas e Observações" de Facchinei, escreve no prefácio à segunda edição do livro *Dos delitos e das penas*. Cesare Beccaria continua a ser o marquês Cesare Beccaria. E um marquês, em 1764, não podia ser um "subversivo", nem tampouco ser contrário ao sistema.

Seja como for, é inegável que Cesare Beccaria é o único intelectual que, em 1764, enfrenta o problema penal e seu livro torna-se imediatamente um *best-seller*. Todos falam dele e o discutem: as academias e os círculos culturais, os *philosophes* e os homens togados. Os próprios príncipes demonstram-se afáveis e admiram o que o marquês escreveu. Não sei se há algo de verdadeiro na lenda de que os *philosophes* parisienses teriam incumbido os iluministas lombardos de tratar do problema da pena, garantindo-lhes em seguida apoio incondicional. Todavia, essa admiração entusiasta realmente existe, e com o apoio deles o problema penal não tarda a se tornar atual. Ultrapassa os limites da academia e dos manuais, tornando-se um problema central, cuja solução não pode ser delegada apenas aos "técnicos".

O direito penal e processual são tirados da densa neblina dos *arcana imperii* e dos *arcana iuris*, das discussões hermenêuticas e das garantias processuais e levados sob os refletores da razão. Tem-se a nítida sensação de que a humanidade, nesse campo, ainda se encontra na Idade Média. Essa tomada de consciência não podia deixar de provocar estupefação. Por exemplo, Morellet – tradutor francês de *Dos delitos e das penas* – conta que, para ressaltar o horror contido no método inquisitório, decidira reeditar o *Directo-*

rium inquisitionis, do espanhol Nicolau Eymerich, e que Malesherbes, outro enciclopedista consultado por ele, fizera-o notar que eram precisamente os mesmos procedimentos em vigor nos tribunais laicos da época. "Fiquei desconcertado com aquela afirmação – escreve Morellet nas suas *Memoires* – e, naquele momento, pareceu-me um paradoxo do meu excêntrico colega: 'Mais depuis j'ai bien reconnu qu'il avait raison'."[51]

Ora, um dos méritos de Beccaria é justamente o de ter divulgado em qual estado se encontrava o direito penal. Ele não é um jurista, um "técnico", ou um "funcionário" (como lhe será recriminado pelas vestais do direito como Muyrat de Vouglans). É um filósofo e um grande reitor, que soube encontrar o tom adequado para expressar as idéias já formuladas por outros e para manifestar a aversão e a incredulidade que todos sentem ao tomar conhecimento da legislação penal (passada e presente). Teve o mérito de repetir de modo claro e legível o que outros haviam afirmado de modo incompreensível. Mesmo sem ser juristas, pode-se muito bem entender as afirmações de Beccaria. Pode-se discordar de suas idéias e considerá-las inconsistentes ou não novas, mas é impossível não ser envolvido pelo *pathos* humanitário com que são expressas.

Quando se começa a estudar o ingresso da prosa judiciária na literatura italiana, percebe-se que, assim como o principal escritor de ciência política foi Maquiavel e o da prosa científica foi Galileu, no campo do direito o primeiro lugar cabe a Beccaria. Basta comparar qualquer passagem de *Dos delitos e das penas* com um trecho da prosa soporífera e "acadêmica" de Muratori, Verri, Filangeri ou Pagano, para notar como Beccaria introduziu um novo modo de escrever sobre direito. Com ele, o direito penal desce da cátedra, põe de lado os arminhos, as togas e as capas de barregana; joga para o alto as citações dos digestos, dos estatutos e das ordenanças, as linguagens cifradas e as obscuras téc-

---

51. A. Morellet, *Mémoires* (inéditos), t. I, Paris, Baudouin, 1823, pp. 60 ss.

nicas processuais, sai para as ruas e dirige-se a todos. Mesmo se não diz nada de novo, se repete idéias já propostas por outros, soluções indicadas por muitos juristas, falhas apontadas por todos, suas palavras parecem revolucionárias. Esse é o mérito do escritor. Pois Beccaria encontrou a fórmula certa para dizer e não dizer, para fazer certas afirmações revolucionárias e, logo em seguida, enunciar outras reacionárias e conservadoras. Com efeito, o seu livro pode ser lido por qualquer pessoa: jacobino ou reacionário, conservador ou extremista. Todos podem encontrar uma frase condizente com seu próprio modo de pensar.

Beccaria é o maior exemplificador da técnica que chamamos de técnica da normativa renegadora. Falou de espírito humanitário e de brandura das penas, mas foi também o inventor e o apologista da escravidão perpétua como homicídio lento e gradual. Falou contra a pena de morte usando palavras muito nobres, mas em seguida reconheceu ao soberano ou à sociedade o direito de matar. Falou de contrato social, mas demonstrou como a pena de morte é legítima mesmo com base em tal contrato. Falou de processos rápidos, de certeza das penas, de princípio de legalidade – como os juristas sempre o fazem –, mas também encontrou uma maneira de englobar o *arbitrium plenum* do príncipe ou da sociedade. Do ponto de vista "técnico", não disse nada de novo, ao contrário, era menos inovador do que outros (Thomas More e Johann Graefe, por exemplo), mas soube encontrar o modo de fazer propostas que pareciam revolucionárias e inovadoras, quando são na verdade idênticas às antigas afirmações tantas vezes feitas pelos antigos juristas. E, com isso, contentou todos: os monarcas e os *philosophes*. O poder sai de seu livro como que fortalecido por uma purificação salutar e renovadora. Beccaria encontrou uma nova máscara ideológica, através da qual tudo se justifica: a *utilidade social*, cujo supremo intérprete é o príncipe.

Os *philosophes*, por sua vez, não podiam negar a Beccaria o sucesso que lhe concederam, pois ele interpretara admiravelmente o pensamento deles (fingindo mudar tudo para deixar tudo na mesma) e conseguira realizar o ideal secreto de todo intelectual: fazer a revolução, mantendo-se ligado ao poder; ou seja, abolir a pena de morte como princípio, mas deixá-la viver na realidade. Dir-se-á que tudo isso é pouco racional. Mas basta pensar que a proclamação dos direitos do homem e a guilhotina nasceram juntos, para se compreender imediatamente a influência exercida por Beccaria e pelo Iluminismo sobre o direito penal e processual da época.

Ao lado do Beccaria "iluminista", há o Beccaria legendário. É um mito "nacionalista" e "humanitário", criado na segunda metade do século XIX, em que a vida e as obras do autor são transfiguradas por uma luz romântica. Invoca-se primeiro suas origens nobres, e depois da confirmação de que se tratava do pai de Giulia, mãe de Alessandro Manzoni – outra glória nacional –, fala-se desse jovem colaborador do *Caffè* que, insatisfeito com a legislação penal então vigente na Europa e tomado por uma súbita e incontrolável inspiração, em pouco tempo escreve *Dos delitos e das penas*, que será uma denúncia clara a todos os governos da época e mais uma prova de que "o antigo valor, nos corações itálicos, ainda não morreu". Os príncipes e os filósofos ficam admirados e perplexos com as nobres palavras do italiano; tem início a obra de modernização do direito penal; todos pedem conselhos e sugestões a Beccaria, e seu "livreto" torna-se o "programa" que, interrompido pela Revolução Francesa, as gerações vindouras deverão realizar. Essa é a "lenda" criada no século XIX que servirá para reunir todas as tendências abolicionistas ao redor de seu nome. A figura de Beccaria será cuidadosamente esculpida. Será a figura do cavalheiro sem mancha e sem medo. Um Beccaria "humanitário", totalmente favorável ao "abrandamento das penas" e à abolição total da pena de morte. "O parágrafo sobre a pena de morte já teria conseguido fazer com que o autor fosse digno de ser considerado o líder de uma escola de pensamento, conferindo à sua doutrina a denominação de sistema", escreveu Aldobrando Paolini em 1821. Seu nome será venerável como o de um "patriarca". "Não se pode citar Beccaria sem que o pensamento seja irresistivelmente atraído para a questão da pena de morte, e não importa o que se pense dele, certamente ele é o patriarca dos que combatem tal pena", escreveu Pietro Ellero em 1862. E no ano anterior, iniciando a publicação do *Giornale per l'abolizione della pena di morte*, no "programa" o chamava "o apóstolo" desses "santos princípios de razão criminal", um "revolucionário" que fez a legislação penal progredir "mais do que progredira em todos os outros séculos".

Giuseppe Garibaldi – outro nome do *Risorgimento* – aceita tal "canonização"[52]. E Enrico Pessina concorda, repetindo: "O que confere a Cesare Beccaria um lugar eminente na história do direito penal é a audaciosa afirmação que ele, primeiro entre os criminalistas, enunciou sobre a abolição do extremo suplício. Não importa o que se diga sobre os argumentos alegados por ele, até o momento da publicação do seu livro, o carrasco era considerado o fulcro da ordem social [...]. Ele foi o primeiro a converter em problema o que até então fora aceito como dogma irrefutável, ou seja, que é justo matar em nome da lei o homem que comete o homicídio."[53]

Será publicado até um jornal chamado *Cesare Beccaria*, e muitos outros jornais usarão seu nome como bandeira. E não por banal orgulho nacionalista, mas com vistas à grande batalha que os italianos do século XIX combaterão e vencerão: para abolir a pena de morte. Para que se verificasse tal acontecimento, do qual pouco se fala hoje, o nome de Beccaria serviu como estímulo. Mesmo se era um Beccaria "irreal", um Beccaria "de presépio", confeccionado especialmente para a ocasião.

---

52. P. Ellero, "Programma", in *Giornale per l'abolizione della pena di morte*, Milão,1861, I, 1, p. 3.

53. E. Pessina, "Il diritto penale in Italia da Cesare Beccaria sino alla promulgazione del Codice Penale vigente (1764-1890)", in *Enciclopedia del diritto penale italiano*, Milão, 1905, p. 541.

12. O "constitucionalismo" de Giuseppe Compagnoni e a pena de morte

A sociedade não tem jamais, por nenhum motivo, o direito de matar. Esse pensamento claro e preciso parte não só de uma convicção moral, mas dos próprios pressupostos do pensamento filosófico e jurídico de Giuseppe Compagnoni, como se encontram expostos nos *Elementos de direito constitucional democrático*, publicados em Veneza em 1797, queimados em Ferrara em 1799, diante da "infame árvore da liberdade" na presença de todo o corpo docente completo, e desde então nunca mais reeditados. O livro não só não foi republicado e poucas bibliotecas italianas o possuem, mas também são raros os dicionários biográficos que lembram Giuseppe Compagnoni (1754-1833) como o *fundador do direito constitucional na Europa e como o primeiro professor de tal disciplina* (que lecionou na Universidade de Ferrara de 1796 a 23 de maio de 1799). Na "hagiografia" dos precursores do *Risorgimento*, de fato, geralmente se dedicam a Compagnoni apenas poucas linhas que o lembram por alguns *produtos culturais* que permaneceram ligados ao seu nome; inventor do "tricolor italiano" e do "mito de Legnano"*; autor de *Química para mulheres*, um livro didático escrito para vencer uma aposta, à maneira do *Newtonismo para damas* de Algarotti, ou pelas *Vigílias* de Tasso, que apresentou como obra do poeta sorrentino e que, consideradas autênticas, foram traduzidas em francês, alemão, inglês, espanhol e até em português ("uma inocente impostura", como definiu Compagnoni, quase para se desculpar de ter enganado tantas pessoas de bem). É tudo. Entretanto, basta evidenciar alguns aspectos da sua obra para notar imediatamente quanto tais informações são incompletas e superficiais.

---

* O "tricolor italiano" (branco, vermelho e verde) é a bandeira da República. O "mito de Legnano", por sua vez, é um dos feitos enaltecidos no hino da Itália (*ovunque è Legnano*). Em Legnano, a Liga Lombarda derrotou o imperador do Sacro Império Romano-Germânico, Frederico Barba-Roxa, em 1176, expulsando-o da Itália. [N. da R.]

Compagnoni foi *o primeiro e o único* na Itália a afirmar, em 1792, o direito à emancipação jurídica dos judeus; foi um dos primeiros a falar de unidade e de independência da Itália; foi o primeiro a falar de absoluta paridade entre os sexos e a propor uma forma diferente de matrimônio, não como "união constante", mas como "união de fecundidade"; foi um dos primeiros a falar de (e a votar pela) separação absoluta entre poder temporal e poder espiritual; foi o primeiro a teorizar de forma completa sobre uma *república democrática parlamentar*; foi um dos primeiros a falar de *referendo popular* e a afirmar a necessidade de se ensinar direito constitucional nas escolas desde o ensino fundamental; foi o primeiro italiano (Compagnoni, e não Beccaria, como em geral se acredita) a negar à sociedade o direito de matar. Foi também um grande historiador e um importante lingüista. Que se trata de uma personalidade relevante e de um grande jurista – do nível, pelo menos, de Filangeri, Pagano, Romagnosi – e não da miudagem acadêmica de sempre, que segue as idéias de outros, já demonstram os seus *Elementos* e o seu esboço de um *Vocabulário jurídico italiano*; que seu pensamento não possa ser colocado sob a asa taumatúrgica de um ou de outro filósofo comprova-se pelo fato de que suas afirmações devem ter um enquadramento autônomo que o situa entre os filósofos utilitaristas à altura de Bentham. Mesmo assim, não obstante esses méritos inegáveis, sua obra de filósofo, historiador, lingüista e jurista ainda não foi estudada e avaliada de modo adequado. Aconteceu com Compagnoni o mesmo que ocorrera com outro grande escritor do século XIX, hoje em destaque mas quase desconhecido até 1940: Carlo Cattaneo, ao qual Compagnoni pode ser aproximado e comparado. Possuem a mesma formação filosófica básica; os mesmos interesses, como direito, política, história da América e dos outros continentes, questões lingüísticas, o problema judeu e, enfim, o mesmo pressuposto político – *república democrática unitária* em Compagnoni, *federal* em Cattaneo[54].

---

54. Para uma primeira abordagem pode-se consultar meu livro *Giuseppe Compagnoni, primo costituzionalista d'Europa*, Ferrara, De Savia, 1968.

13. Compagnoni e o "direito à vida"

O pensamento de Compagnoni contra a morte como pena baseia-se num pressuposto utilitarista.

O desejo de conservar a própria vida é a primeira *necessidade* do homem e, conseqüentemente, seu primeiro *direito*, é "o objeto precípuo" pelo qual chega ao contrato social. Ele sabe que, perdendo a vida, perde tudo: "daí facilmente se conclui que, ao apelar ao contrato social para conservar a própria vida e os direitos relacionados à manutenção e ao aprimoramento desta, é mister, por evidência de raciocínio, que seja falsa a afirmação contrária, ou seja, ter estipulado a condição de perdê-la" (E, 101). E, a partir desse pressuposto fundamental, Compagnoni critica Beccaria, Rousseau e Filangeri.

A Beccaria, que supusera que o homem depositava no seio da sociedade a mínima porção dos seus direitos, mas que nela não se podia considerar incluída a vida, porque esta é tudo para o homem, Compagnoni rebate que o homem, ao entrar em sociedade, não somente não sacrifica "nenhuma porção dos seus direitos" mas os garante e os amplifica todos (E, 104). A hipótese da "mínima porção" foi julgada "muito engenhosa" no tempo de Beccaria porque o autor fora um dos primeiros a analisar o passo dado pelo homem ao passar do estado de natureza ao estado de civilização, "mas ainda não havia atingido aquela luz melhor, que depois se espalhou sobre tais matérias". Se fosse possível ceder uma parte dos próprios direitos naturais (que são inalienáveis e imprescritíveis), o homem acabaria se desnaturando: "e ele não tem o poder de fazê-lo mesmo se o quisesse; não pode fazê-lo de modo algum, pois com essa cessão subtrairia não apenas a si mesmo, mas também tudo o que porventura quisesse adquirir". Não é possível, portanto, supor "nenhuma modificação"; se fosse admitida, seriam "inúteis e ineficazes" os próprios termos do contrato social "pois seria defraudado do que com ele se quis garantir".

A Rousseau, que afirmara que, assim como o homem tem o direito de arriscar a própria vida para tentar conservá-la (num incêndio, por exemplo), ao se inserir na sociedade, ele aceitou o risco de eventualmente perdê-la, pois quem deseja alcançar uma finalidade, aceita também os meios "que são inseparáveis de algum risco [...] e de alguma perda", Compagnoni diz que, apresentada nesses termos, é uma questão "fora de propósito". Trata-se de duas hipóteses diversas e não confrontáveis. No caso de um incêndio, há um verdadeiro *direito* porque há uma verdadeira *necessidade*. O homem tem direito à própria salvação e, se não arriscasse a vida, morreria. No segundo caso, não há *direito*, porque falta a *necessidade*. Aliás, é uma proposição contraditória. Seria como se o homem afirmasse: "Sei que sozinho não tenho forças suficientes para manter-me vivo numa eventualidade qualquer, como é minha inevitável necessidade: por isso, para conservar a minha vida numa eventualidade qualquer, uno-me a vocês, que numa eventualidade qualquer podem tirá-la de mim."

"Sem propósito" parece-lhe também o outro argumento de Rousseau, ou seja, que quem quer conservar a própria vida à custa dos outros deve estar disposto a perdê-la, se necessário. Com o pacto social, os homens uniram-se para se ajudar uns aos outros e não para se destruir. E se a alguém acontece de não conseguir evitar aquela perda pela qual entrara na sociedade, trata-se de uma "desventura" e "nunca de uma conseqüência ou condição do acordo". Rousseau afirma ainda que o homem deve morrer se o magistrado ordenar, sendo essa a condição que lhe permitiu viver com segurança até então, através do contrato social. Mas o homem não pode ter vivido assim para depois ter que morrer, mas porque tinha o direito de viver e porque também os outros tinham o mesmo direito:

> Nem por um dom condicionado do corpo político deve-se afirmar que tenha a vida salva, mas por um direito natural e civil que a isso tinha, o primeiro fundado na sua constituição original ou necessidade que lhe foi inculcada desde o pri-

meiro momento do seu ser; e o segundo fundado no interesse de todos, cada qual deseja a conservação de tal direito para si (E, 106).

O magistrado não só não tem o direito de matar, como não pode nem mesmo ordenar que uma atividade, salutar para todos, comporte "a morte certa" do cidadão a quem é confiada. Em tal caso, o arbítrio do magistrado substituiria a justiça e se violaria o direito de igualdade. De fato, sendo todos iguais perante a lei, "para usufruir os direitos e submeter-se a certos pesos", não há nenhuma razão para que os sacrifícios sejam conferidos a uma pessoa e não a outra. Mas então é preferível que sucumba todo o corpo político?, pergunta-se Compagnoni. Esse é um sofisma, responde, "pois realmente o corpo político sucumbe se o pacto social é violado, portanto só o pacto existe". Quando um magistrado decreta contra os princípios e, quebrando "a sagrada lei da igualdade", descarrega sobre um indivíduo o peso de todos, naquele momento o pacto social é violado e desfeito.

Os homens compreenderam perfeitamente tal verdade e por isso declararam dignos de "nome eterno" os poucos que se sacrificaram "espontaneamente" pela pátria. O corpo político compreendera que não podia exigir tanto dos seus membros (e eis por que foi criado o mito das Termópilas).

Depois de Rousseau e Beccaria, é a vez de Filangeri. Na *Ciência da legislação*, este defendera a pena de morte para os crimes de lesa-majestade e para os homicídios. Quanto aos primeiros, escrevera que era preciso tirar a vida "de quem traiu a pátria, tentou subverter a sua constituição e, em poucas palavras, tornou-se réu do crime de lesa-majestade em primeiro grau". Quanto aos homicídios, retomara o conceito de legítima defesa que todo ser humano possui. Quando um homem é assassinado, o direito natural à legítima defesa passa automaticamente do indivíduo à sociedade, que pode empregá-lo por conta do assassinado. É exatamente com essa passagem automática que Compagnoni não concorda. Parte do ponto de vista de que o direito de segurança e de socorro são direitos, nascidos com a sociedade, baseados no princípio de "sociabilidade" a que o homem jamais pode abdicar, sob pena da dissolução do contrato social. Ora, Filangeri confunde os direitos que o homem possui por direito natural com os direitos que adquire ao entrar na sociedade. Filangeri afirma que, "no estado de natural independência, o homem tem direito de matar o injusto agressor e que, se durante a agressão teve que sucumbir, os seus direitos transferem-se do assassinado à sociedade". "É incrível que Filangeri pôde argumentar de modo tão estranho", comenta Compagnoni (E, 110).

O direito de matar o agressor nasce da necessidade de conservar a própria vida. Mas o assassinado perdeu tudo e certamente não pode transmitir o direito que possuía, pois é um direito natural perfeito e, portanto, inalienável; e a sociedade não pode, por sua vez, assumi-lo, visto que no estado de natureza a sociedade civil não existe. Nesse estado, os direitos de segurança e de socorro ainda são imperfeitos e valem somente nos limites e na medida em que cada indivíduo consegue exercê-los. Logo, não é possível afirmar que os direitos se transferem, visto que são inalienáveis e intransferíveis; não se pode dizer que estejam envolvidos os direitos sociais, pois no estado de natureza tais direitos ainda não existem. Filangeri – diz Compagnoni – cometeu o mesmo erro de Locke ao copiá-lo, sem se dar conta de que, transferindo para o estado de natureza o que é próprio do estado de sociedade, "comete um equívoco, como cometeu o filósofo inglês" (E, 111). Filangeri, além disso, gostaria de justificar o direito de matar que o soberano teria, afirmando que tal direito lhe provém "não da cessão dos direitos que cada um tem sobre si mesmo, mas daquele que cada um tinha sobre os outros" (E, 112). Ou seja, o direito da pena de morte derivaria do direito de ofensa que tem o agredido e que, através do contrato social, é transferido para o soberano. É um raciocínio "bastante engenhoso", mas pouco convincente.

Em primeiro lugar, observa Compagnoni, é impróprio chamar de "punição" a medida de defesa tomada pelo homem naquele estado; em segundo lugar, mesmo admitindo tal transferência, não há dúvida de que a sociedade não adquire tal direito apenas na medida proporcional a suas necessidades, que é a de se manter vivo. Mas dessa necessidade só pode nascer o direito a uma guerra defensiva: "o bom discurso não indica outras conseqüências".

Nesse ponto, Compagnoni expõe a sua teoria sobre a pena de morte: "Mas, dirá Filangeri, qual justiça forjar a partir dos pactos sociais? O contrato social não tem sanção? ou quem rompe suas condições não está exposto à perda? Por fim, como exprimirá o ato mediante o qual a vontade geral castiga a vontade particular que perturba o seu majestoso andamento?"

Para responder a essas perguntas, Compagnoni parte do exame dos direitos sociais e não dos direitos naturais. Seu raciocínio é o seguinte: os direitos de segurança e de socorro, que o homem possui somente a partir do momento em que passa a fazer parte da sociedade, são um ponto de chegada, ao qual o homem foi levado pela necessidade "de garantir e amplificar o mais possível o sentido e a conservação da sua vida e dos seus direitos" (E, 114). Ora – pergunta-se Compagnoni – o homem pode voltar atrás? Pode retroceder no caminho da "perfectibilidade"? Pode livrar-se da necessidade que a natureza lhe concedeu como "inseparável companheiro da vida"? Em poucas palavras: o homem tem necessidade de piorar? Não, responde Compagnoni. O homem não pode se separar da sociedade porque perderia os direitos conquistados e pioraria a sua condição social. Porém – continua Compagnoni –, como se vêem homens que se deixam subjugar e, de livres e independentes, tornam-se escravos, assim acontece que alguém, arrastado por um erro e convencido de ser auto-suficiente, se afaste do corpo político e assuma uma oposição aberta à sociedade. Nasce assim o delito, expressão dessa separação e violação do pacto social. Desfaz, por sua vez, o contrato que o ligava aos demais e passa a contrastar abertamente com o corpo político do qual se desvinculou. Nasce o contraste. Mas a força do corpo político só pode se expressar reconhecendo também a ele os direitos de segurança e de defesa. Institui-se o processo e iniciam-se os procedimentos, porque a vontade geral não exclui a proteção e a defesa do acusado, e não o condena sem antes obter a prova da separação do pacto social. Mas, obtida tal prova, o acusado é julgado. O que deve fazer a sociedade? Uma coisa é evidente, responde Compagnoni: *não pode matá-lo*. Não pode decretar "a sangue frio" a morte de um homem (E, 121).

> Uma verdade irrefutável se evidencia: ele tem direito de viver, pois por ter injustamente atentado contra a vida de outrem, a natureza não subtraiu o sentido da primeira necessidade essencial da sua constituição. E, se ele ainda possui esse direito, quem poderá destituí-lo dele? Dois direitos opostos não podem existir ao mesmo tempo.

Quanto à punição que a sociedade pode infligir, é necessário distinguir: a) se o criminoso tem intenção de permanecer na sociedade, para recuperá-lo o fará pagar uma pena que servirá a ele como punição e aos outros como advertência; b) se, ao contrário, o fato cometido é muito grave, "o exílio é a medida que provê à necessidade pública". O que se poderia obter a mais com a pena de morte? – pergunta-se Compagnoni. O exílio, como a morte, afasta o indivíduo da sociedade à qual pertence; é uma pena exemplar, pois subtrai, a quem é infligida, a pátria e a família, obrigando-o a se exilar acompanhado sempre pelo remorso que o atormenta. Com tal pena, já usada nos tempos antigos que "arrogantemente chamamos bárbaros" (E, 121), nos mostraremos "desdenhosos de aniquilar o fraco, quanto orgulhosos de subjugar o prepotente", repletos do "sagrado respeito devido aos direitos do homem, *seja quem for o indivíduo*" (E, 121); mostraremos sobretudo a nossa generosidade que poderia ser resumida na frase: "Não os considerando mais como membros da mesma família, acreditam ter-se vingado o bastante e, por considerá-los ainda homens, permitiram-lhes viver" (E, 122).

Ao chamado "direito de graça soberana", Compagnoni dedicou apenas poucas linhas dos seus *Elementos de direito constitucional democrático* e uma longa nota. E, mesmo assim, este nos parece o melhor modo de concluir este capítulo porque, com poucas palavras, Compagnoni conseguiu fotografar, melhor que qualquer outro, esse instituto patológico do direito. As motivações são políticas e jurídicas. As políticas partem da convicção de que só quem tem interesse em subjugar um povo para "dotar-se de cúmplices, de satélites, de escravos" tenta comprá-los "com a impunidade". Um Estado bem governado "mostra a sua justiça, mantendo a severidade dos julgamentos e a eficácia das leis" (E, 122). Aquela que "os vis aduladores" chamam "expressão de clemência" não passa de um ponto de corrupção.

As motivações políticas estão estreitamente ligadas às motivações jurídicas. O chamado "direito de graça" é apenas "um sofisma da política" que destrói o princípio de igualdade e de segurança social. É um sofisma que vai contra todas as premissas em que se deve fundar uma república. O Soberano não pode conceder a graça porque o ato de graça refere-se ao indivíduo, e o Soberano (ou seja, o corpo legislativo) visa ao bem de todos com igualdade. O juiz não pode conceder a graça porque sua função é executar a lei. "De onde nasce, então, a idéia de introduzir a graça? Nasce do maldoso interesse de quem usurpou os direitos dos povos". Para concluir: "Povos zelosos de vossa liberdade, preservai-vos das insídias dos tiranos. Existem insídias de todos os tipos. Se ouvirdes que se revogou uma lei penal, sabei que vossa escravidão se avizinha."

IV. O século XIX italiano e a afirmação legislativa do "direito à vida"

1. A restauração napoleônica

Para compreender quais e quantos esforços custará a batalha combatida na Itália pela afirmação legislativa do que Compagnoni chamara "o direito à vida", é necessário examinar brevemente as características da restauração napoleônica e a influência determinante que ela terá por todo o século na nova estrutura de Estado que está se organizando.

Com o século XIX, tudo muda, se transforma e assume uma nova estrutura. Afirma-se a nova classe dirigente que administra o poder, diretamente ou por representação, e dele se beneficia; desaparecem os grandes patrimônios feudais, laicos e eclesiásticos, fiscalizados pelo Estado e "adquiridos" pela nova classe; diminui a influência das camadas privilegiadas por nascimento e o dinheiro se afirma cada vez mais como sendo "o nervo dos Estados".

Só no direito penal e processual tudo permanece – *deliberadamente* – como no *ancien régime*: organizado de forma aparentemente nova e diferente, mas com sua estrutura fundamental intacta. Mudar-se-á a embalagem (pois as constituições e os códigos tomarão o lugar das velhas ordenanças e dos estatutos medievais), mas não o conteúdo, ou seja, as disposições de lei permanecerão as mesmas. Será a "nova ordem". E será também a segunda grande contra-reforma que, baseando-se na contra-reforma quinhentista, empregará as idéias, estruturas, dogmas jurídicos e institutos processuais desta, dando continuidade à chamada gloriosa tradição jurídica européia.

O Martinho Lutero dessa nova "reforma" será Napoleão Bonaparte, "um verdadeiro filho de Voltaire", que não acredita nem na soberania nem na vontade do povo, e tampouco no debate parlamentar, mas só confia nos "homens de talento" – matemáticos, juristas, administradores – "mesmo que cínicos e corruptos"[1].

As "teses de Wittenberg" do novo reformador encontram-se todas compreendidas na nova constituição que ele fará aprovar em poucos dias, em dezembro de 1799, e que, embora "breve", nada tem de "obscura"; ao contrário, é uma das mais claras, e a que terá maior sucesso e mais imitadores entre as publicadas até então. Se antes era lícito ter alguma dúvida, e se era possível atribuir as incertezas e os atrasos das reformas aos muitos problemas que a nova classe devia resolver, agora, promulgada essa nova constituição, todas as dúvidas desaparecem. Chegam ao fim as ideologias "revolucionárias". Napoleão chamará os intelectuais de "ideólogos", ou seja, de vagabundos – e aquela que em seguida será denominada a *realpolitik* (o novo termo para indicar a *razão de Estado*). A burguesia, que já tem nas mãos todas as chaves de comando, demonstra claramente que deseja seguir, sem dissimulações, atrasos e delongas, aquela política que o *ancien régime* sempre seguira. O *modelo napoleônico* – depois imitado por todos os Estados da Europa continental – assume e adota toda a estrutura centralizada da antiga ordem, a organiza de maneira ainda mais claramente hierárquica e autoritária, a transforma num ídolo (o Estado) que não se pode mais criticar ou questionar, sob pena de ser banido como um herege, ou seja, como um "subversivo", que não respeita os valores mais sagrados. Desaparece o direito de associação e a liberdade de culto. A

---

1. J. Godechot, "La Francia durante le guerre (1793-1814)", in *Storia del mondo moderno*, Cambridge University Press (trad. it. Milão, Garzanti, 1969, IX, pp. 524 ss.).

liberdade de imprensa transforma-se no direito de louvar o governo, e a verdade passa a ser somente a "oficial".

"Na nova constituição" – como escreverá um "jacobino" piemontês, Giovanni Antonio Ranza (1741-1801), em suas *Reflexões sobre a Constituição da república francesa do ano VIII*[2] – faltam os direitos do homem e do cidadão". A liberdade de imprensa, "aquele freio colocado ao despotismo", é banida. Não se fala da liberdade de culto; nada se diz sobre as assembléias patrióticas e os círculos constitucionais. Falta a esses direitos a sanção constitucional, eles se tornam "simples objetos de governo", modificáveis ao arbítrio de quem comanda. O poder representativo do povo reduz-se a um fato puramente formal. O que conta é a vontade do primeiro cônsul. O Senado não passa de uma claque de amigos "e, portanto, uma sólida base para a permanente grandeza daquele". A nomeação e a demissão de ministros, conselheiros de Estado, embaixadores, de todos os oficiais e de todos os comissários e agentes de governo depende somente do primeiro cônsul. Ele nomeia todos os juízes criminais e civis, "e pode demitir todos a seu bel-prazer. Como um imenso exército de *criaturas condescendentes,* todas interessadas na grandeza e permanência do próprio criador".

Mais tarde, quando Napoleão – agora não mais primeiro cônsul e sim imperador – determinar a publicação dos códigos de direito e de procedimento penal, "a nova ordem" ganhará sua versão definitiva e o retorno ao antigo modelo medieval estará completo. Mas tudo será realizado no mais obsequioso respeito pelos "sagrados" textos constitucionais e na rigorosa observância do princípio de legalidade formal.

Para o direito processual penal se tomará por base a Ordenança de 1670, e se procederá a uma operação muito curiosa, como a chama Esmein[3]. O processo será composto por duas fases. A primeira – para averiguação dos fatos (ou

---

2. In *Giacobini Italiani*, org. por D. Cantimori e R. De Felice, Bari, Laterza, 1964, XI, pp. 524 ss.

3. A. Esmein, *Histoire de la procédure criminelle en France*, Paris, 1882 (ed. anast. 1978), p. 527.

fase instrutória) – será secreta, escrita, sem advogados, com períodos muito longos de atuação, na qual o juiz incorporará às atas apenas os documentos, as provas e os depoimentos que considerar necessários para enviar o acusado ao debate público, de acordo com o *sistema acusatório*. Teremos assim a *instrutória paralisada* numa ata, que será deslindada e verificada pelo tribunal. Esse sistema, que será denominado *sistema misto* e que obterá muito sucesso, a ponto de ainda hoje ser adotado por todos os Estados como sistema inquisitivo, é uma "burla" (como foi definido). De fato, não passa de uma grande mistificação, uma brincadeira "imperial", chamar de *direito acusatório* um processo que se celebra passados muitos anos dos fatos submetidos a julgamento, quando algumas provas não podem mais ser reunidas, a lembrança dos fatos já está deturpada pela memória, muitas pessoas que teriam desejado ou podido testemunhar talvez já tenham morrido ou tenham apenas uma lembrança vaga, enquanto permanece certa e obrigatória somente a *paralisação* que o juiz impôs às atas, e com base na qual o tribunal deverá julgar, queira ou não.

Também no âmbito do direito penal não se fará nada mais do que acolher – em muitos casos, agravando-as[4] – as estruturas do velho direito comum, mascarando-as com palavras novas. Também aqui se dirá que tudo mudou. Aliás, o motivo da mudança será um dos repetidos por todos, com insistência, até ser transformado num dogma indiscutível. Em direito penal – escreverá Boitard na introdução à *Théorie de Code pénal* de Chaveau e Helie –, não temos a repetição da velha legislação, como no direito civil. Aqui, ao contrário, "quase tudo" é novo, fruto dos novos costumes, dos novos tempos e da revolução. "Desse ponto de vista, não temos nenhum interesse no velho direito"[5], eis o refrão repetido por todos. Pessina dirá que o século XIX marca a renovação

---

4. Mereu, *Storia del diritto penale*, cit., pp. 94-114.
5. A. Chaveau – F. Helie, *Teorica del Codice penale*, nova tradução italiana com notas e acréscimos por um grupo de juristas dirigido pelo prof. Enrico Pessina, Nápoles, Unione Editrice Napoletana, 1887, p. 7.

do direito penal. E Schupfer afirmará: "Na verdade, a Itália vai a reboque, assim como vão, de resto, as outras nações européias; o centro é a França; é lá que se elaboram as novas idéias, depois difundidas para o resto da Europa."[6] E essa "fábula" será contada até os dias de hoje. Com efeito, mudou o modo de apresentar as leis, mas a substância permaneceu a mesma. Mudou a "embalagem", mas o "conteúdo" continua o mesmo. Se não for pior. O "terror" ainda domina a legislação. A "vingança" e a intimidação – ainda que não se admita explicitamente – são a única finalidade das leis. Como antes, o direito penal continua a ser "técnica da coação"; violência legal empregada com a precisa função de realizar o velho princípio: *ou consenso ou repressão*.

Se consultamos o *Código dos delitos e das penas para o Reino da Itália* – título "oficial" com que se estendeu à Itália o *Code pénal* –, todo o velho arsenal de penas medievais encontra-se misturado às novas, fracionado em artigos. As penas são distintas ainda em *aflitivas e infamantes* (art. 6). As penas aflitivas são uma combinação de pena de morte e de prisão, que não tem nada a invejar à "escala" precedente. São elas: *a morte, os trabalhos forçados perpétuos, a deportação, os trabalhos forçados por tempo determinado* (art. 7). As penas infamantes são: o pelourinho, o banimento, a degradação (art. 8). Há, ainda, o ferrete que, de acordo com os crimes, pode ser acrescentado. Também na aplicação da pena de morte há as costumeiras "variantes": morte simples e morte "qualificada". No artigo 12 diz-se: "Todo condenado à pena de morte será decapitado." E para essa disposição emprega-se a guilhotina. Com tal instrumento podem ser punidos não só todos os "subversivos" que tenham "praticado maquinações ou tramado com potências externas ou com os seus agentes" (arts. 75 e 76), mas também todos os funcionários públicos que tenham revelado segredos (art. 80), tenham "instigado" os cidadãos à revolta "com discursos em lugares ou associações públicas, seja através de cartazes,

---

6. F. Schupfer, *Manuale di storia di diritto italiano*, Cittá di Castello, Lapi-Loescher, 1908, p. 752.

seja com textos impressos" (art. 102), e os condenados por homicídio voluntário, infanticídio, assassinato, venefício e parricídio (arts. 295-303).

Mas com o parricídio abandona-se a simples decapitação e se volta à morte "qualificada". Diz o artigo 13:

> O culpado, condenado à morte por parricídio, será conduzido ao local da execução, *em mangas de camisa, descalço e com a cabeça coberta por um véu preto*. Será exposto no palco da sentença de condenação, *em seguida terá a mão direita decepada e será imediatamente decapitado*.

O código explica-nos essa volta à Idade Média quando trata do crime de lesa-majestade, no artigo 86: "O atentado ou a conspiração contra a vida ou contra a pessoa do Rei é crime de lesa-majestade; esse crime é punido *como o parricídio* e comporta também o confisco dos bens."

Nada mudou. Mesmo o problema da reincidência é resolvido muito rapidamente no artigo 56: "Se o segundo crime comportar a pena aos trabalhos forçados perpétuos, o réu será condenado à pena de morte." Quanto à punição dos cúmplices – sobre os quais os juristas do direito comum tinham distinguido e precisado – o artigo 59 do Código declara brevemente: "Os cúmplices de um crime ou de um delito serão punidos com a mesma pena aplicada aos autores do crime ou do delito, exceto nos casos em que a lei dispuser de outra maneira." Portanto, como regra geral, os cúmplices são punidos como os autores do crime, salvo as exceções (exatamente o contrário do que ocorria antes). Naturalmente tudo isso não é nada se comparado ao que se estabelece para o *atentado* e a *conspiração* contra o príncipe, punidos como crimes consumados. Para se ter, por fim, uma idéia das outras penas, podemos ler o que diz o artigo 15 sobre a prisão perpétua: "Os homens condenados aos trabalhos forçados serão empregados nos trabalhos mais pesados, arrastarão aos pés uma bola de ferro ou serão acorrentados aos pares, quando o tipo de trabalho em que forem empregados permitir."

Mas a hediondez contra-reformista não é tanto (ou apenas) ter criado um sistema penal que, com o disfarce da nova embalagem (*o código*), não muda nada no sistema de penalidades do direito comum, ao contrário, o piora; não é sequer ter acrescentado aos antigos meios outras "especialidades" (como os trabalhos forçados perpétuos) tão cruéis quanto as mutilações; e tampouco consiste na distinção entre pena de morte *simples* e *qualificada*. O imoral é se afirmar na época – e infelizmente se repetir ainda hoje – que, *com os códigos de Napoleão, tudo mudou,* e que o direito penal orientou-se numa nova direção, tendo por finalidade a *reabilitação* e a *recuperação* do condenado, através da *humanidade* das penas. E não se nota nem mesmo que todos os códigos subseqüentes seguirão tal modelo. Alguns repetindo, outros melhorando algumas disposições, outros agravando-as ainda mais, mas todos se baseando no modelo napoleônico que permanecerá o "protótipo" a ter sempre presente no momento de formular os novos códigos.

2. Do "estilo império" ao "neogótico"

Se o estilo napoleônico – ou "estilo império" – será o primeiro exemplo da nova normativa penal, imediatamente aplicado em toda a Itália, ele será seguido pelo "estilo neogótico" da restauração pós-napoleônica, que se assemelha ao primeiro como uma cópia ao modelo. Nesse sentido, a derrota de Waterloo não teve nenhuma influência. Quando, depois do Congresso de Viena (1815), os Estados italianos fingirem renovar a própria legislação penal e processual, e os novos Códigos florescerem como amendoeiras em flor, todos se assemelharão entre si e, no que se refere à escala penal, continuará a levar ao patíbulo ou ao palco da guilhotina. E todos repetirão as mentiras "imperiais" de sempre. Dir-se-á que é uma legislação "nova", que os velhos métodos foram abandonados e superados e que tudo mudou e se renovou.

Ferdinando de Bourbon, Rei das Duas Sicílias, diz no édito de promulgação do Código penal (1819): "as leis romanas, as constituições, as circulares, os procedimentos, gerais e locais, e todas as outras disposições legislativas, deixarão "de ter força de lei nos nossos domínios", aquém e além do Farol. Parece o anúncio de um evento extraordinário. Mas, se começarmos a ler o texto dos artigos, veremos como o antigo modo de legiferar ainda está em vigor. Diz o artigo 1: "Nenhuma pena é infamante." E, formulado dessa maneira, o artigo é claro e novo (comparado ao Código napoleônico). Mas logo em seguida acrescenta a seguinte expressão típica da normativa renegadora, com que se contradiz tudo o que antes se afirmara: "A infâmia que nasce do *crime infamante por natureza*, ou pelas suas *qualidades*, atinge apenas a pessoa individual do réu." Leiamos o artigo 3:

> O seqüestro dos bens do condenado, que nas antigas leis do reino era uma das penas para alguns crimes, tendo sido abolido, e geralmente *tendo sido abolidas as penas nas antigas leis ordenadas*, as penas criminais são somente as seguintes: 1) a morte; 2) a prisão perpétua; 3) o acorrentamento; 4) a reclusão; 5) o banimento; 6) o exílio do reino; 7) a interdição da administração pública; 8) a interdição patrimonial.

Deixemos de lado a pena de morte por enquanto. Para sabermos as conseqüências da prisão perpétua ("reclusão do condenado por toda a vida no forte de uma ilha"), leiamos o artigo 16:

> O condenado à prisão perpétua perde a propriedade de todos os bens que possuía e a sua sucessão é aberta em vantagem de seus herdeiros, como se ele *fosse morto sem testamento*, não podendo mais dispor nem por ato entre vivos, nem por testamento, de todos os seus bens.

Ora, o que é isso senão a *repugnante* – como a chama Pessina[7] – "morte civil", de antiga memória, desta vez não

---

7. E. Pessina, "Il sistema penale nel diritto positivo vigente in Italia", in Chaveau - Helie, *Teorica del Codice penale*, cit., I, apêndice I, p. 194.

nomeada? Quanto à "qualidade" das penas, leiamos o artigo em que se fala do trabalho como meio de ressarcir o Estado. Diz o artigo 9:

> A pena das correntes submete o condenado a trabalhos penosos em favor do Estado. Pode ser de dois tipos, para os homens. A primeira é expiada nos banheiros, onde os condenados arrastam aos pés uma corrente, sozinhos ou unidos em duplas, dependendo do tipo de trabalho em que são empregados. A segunda é expiada no presídio. Em tal caso, o condenado é empregado nos trabalhos internos de um forte, com um aro de ferro na perna direita, de acordo com os regulamentos.

E chegamos à pena de morte. Diz o artigo 4:

> Art. 4 – A pena de *morte* se executa com a *decapitação*, com a *forca* e com o *fuzilamento*.
> Art. 5 – A pena de morte só pode ser executada em lugar público. Quando a lei não ordena literalmente que a pena de morte deva ser expiada com a forca, deve ser expiada com a decapitação. A pena de morte é executada com o fuzilamento, quando a condenação for feita por uma comissão militar ou por conselhos de guerra, nos casos estabelecidos pelo Estatuto militar.

Como na legislação medieval e no modelo napoleônico, aqui também temos a *gradação* da pena. Assim, também as "modalidades especiais", com que se "fantasiava" o condenado para conduzi-lo ao patíbulo – com vestes diferentes dependendo do grau da condenação –, não são outra coisa senão a repetição de práticas, lugubremente carnavalescas, com que se levavam à fogueira os condenados pela santa Inquisição. Diz o artigo 6:

> A lei especifica os casos em que a pena de morte deve ser expiada com modalidades especiais de exemplo público. Os graus de exemplo público são os seguintes: 1º) execução da pena no lugar onde foi cometido o crime, ou em lugar próximo; 2º) transporte do condenado para o lugar da execu-

ção, com os pés descalços, vestido de preto, e com o rosto coberto por um véu preto [...]; 4º) transporte do condenado para o lugar da execução, com os pés descalços, vestido de preto, e com o rosto coberto por um véu preto, arrastado num carro com pequenas rodas e com um cartaz no peito com a inscrição, em letras garrafais: *homem ímpio*.

Quanto aos casos previstos, basta escolher. Inicia-se pelos crimes de lesa-majestade divina ("crimes contra o respeito devido à religião", um novo circunlóquio para denominar os crimes contra a religião) que prevêm – nos casos mais graves – a condenação à pena de morte "com o primeiro grau de exemplo público" aos que destroem ou incendeiam um templo (art. 92), à forca "e com quarto grau de exemplo público" a quem "incendeia, dispersa e destrói o corpo Santíssimo de Jesus"; para chegar, por fim, aos crimes contra a segurança do Estado (é o modo em que se camufla o crime de lesa-majestade), diferenciados em crimes contra a segurança externa e interna. Mais uma vez se repete o esquema de sempre, e também aqui – como no Código napoleônico – está prevista a pena de morte "com a forca e com o quarto grau de exemplo público" (art. 120), mesmo para o simples atentado ou para a conspiração.

Compreendo, a tal ponto, a objeção que vem à mente do leitor que estudou nos livros de história do *"Risorgimento"*. A retórica nacionalista sempre descreveu o governo dos Bourbon como "a negação de Deus". E apresentá-lo como exemplo da "nova" legislação do século XIX pode parecer uma tentativa de distorcer os fatos. Todavia, sem considerar que tudo o que se escreveu tanto contra os Bourbon quanto contra a "brutalidade" do governo austríaco na Itália (ainda que corroborado por *Minhas prisões*, de Silvio Pellico, e *Lembranças*, de Luigi Settembrini) faz parte da *ideologia do terror* em que se especializarão os intelectuais para desacreditar os "governos estrangeiros", deve-se lembrar que os historiadores do direito do século XIX (Pessina, Calisse etc.) sempre indicaram esse Código como uma obra "tecnicamente" bem-feita e, para aquela época, relativamente "branda". E com razão. Se, de fato, nos deslocarmos do Sul da Itália para o Norte e tomarmos a legislação do Reino de Sardenha, poderemos ver a diferença entre o "cruel" governo dos Bourbon e o "brando" governo de Casa Savóia.

3. O estilo "sardo-gótico"

Para entender a política adotada por Vitório Emanuel I (1814-1821), Carlos Félix (1821-1831) e Carlos Alberto (1831-1848) em relação à pena de morte, é preciso partir não tanto do pressuposto de que eles são soberanos mesquinhos e reacionários, quanto da convicção de que é possível explicar todas as suas ações como a tentativa de realização de uma precisa linha política de restauração – comum a muitos na Europa – que vê na volta ao passado e na exaltação "mística" do *trono*, do *altar* e do *carrasco* a única alternativa de valores que é possível opor às idéias "aberrantes" da Revolução Francesa e da cultura moderna, que eles demonizam e vêem como símbolo do mal: e que desejam combater servindo-se de todos os antigos instrumentos penais, entre os quais também a pena de morte.

Ora, essas idéias não são exclusivas dos soberanos piemonteses, mas são pensamentos que têm a sua precisa formulação teórica nas obras de escritores como Burke, Le Mennais, Haller, Du Bonald, e encontrarão, no que se refere à pena de morte, a sua consagração nas *Soirées de Saint-Petersbourg, ou Entrétiens sur le gouvernement temporel de la Providence* (1821), de Joseph de Maistre (1753-1821) – magistrado piemontês, ministro plenipotenciário de Vitório Emanuel I na Rússia desde 1802, e ministro de Estado no Piemonte desde 1819 – que fará a essa pena o elogio mais fervoroso e ideologicamente justificante:

> Há [...] no âmbito temporal, uma lei divina e visível que pune o crime; e essa lei, estável como a sociedade que ela faz subsistir, é aplicada invariavelmente desde a origem das coisas; pois o mal na terra age constantemente e, por uma con-

seqüência necessária, deve ser reprimido por meio do castigo […]. A espada da justiça não tem bainha; deve continuamente ameaçar e ferir […]. Toda grandeza, todo poder, toda sujeição *se baseiam no carrasco*: ele constitui *o horror e o elo de ligação* da sociedade humana. Se esse agente incompreensível for eliminado do mundo, no mesmo instante, onde havia ordem, haverá caos, os tronos sucumbirão, e as sociedades desaparecerão. Deus, autor da soberania, é também autor do castigo; entre esses dois pólos criou a nossa terra.[8]

Ora, essa concepção pessimista que abertamente faz do carrasco o eixo da vida social, e que constitui a verdadeira razão (também hoje) de muitas posições não-abolicionistas, talvez tenha encontrado em Carlos Félix o seu mais certo realizador e em Carlos Alberto o "místico" seguidor, mas pode-se considerar que seu iniciador, na sua boçalidade intelectual, foi Vitório Emanuel I.

Em 14 de maio de 1814, ele desembarca em Gênova, e em 20 de maio promulga imediatamente o édito que cancelaria, com uma penada, qualquer traço do velho regime. Suas disposições são taxativas. É abolido o *Code Napoléon*, e "sem considerar nenhuma outra lei – assim prescreve o soberano – se observassem, a partir daquela data, as régias constituições de 1770 e as altas providências emanadas até a época de 28 de junho de 1800". Com esse édito, a legislação do *ancien régime* é recuperada totalmente, sem nenhuma mudança e sem reconsiderações ou exceções de nenhum tipo: "Cessava de vez" – escreve Federigo Sclopis (1798-1878) – "a igualdade, estabelecida por lei, de todos os cidadãos perante a lei; ressurgiam as disparidades jurídicas pela diversidade de religião e de condição social. Perdiam-se as garantias do processo oral nos julgamentos dos crimes: mas nos apressamos em dizer que não se ousou restabelecer a tortura."[9] É evidente o embaraço do historiador

---

8. Cito a partir da tradução italiana na edição organizada por A. Cattabiani, Milão, Rusconi, 1971, pp. 29 e 33.

9. F. Sclopis, *Storia della legislazione italiana*, I, Turim, Unione Tipografica Editrice, 1864, parte I, p. 204.

que, todavia, não pode ocultar que, mesmo se não foi restabelecida no Piemonte, a tortura permaneceu em vigor na Sardenha – sem ser tocada pelos códigos napoleônicos – até 2 de fevereiro de 1821.

É talvez a tentativa mais completa jamais realizada na Europa de fazer a situação jurídica retornar ao período anterior à Revolução Francesa. São abolidos não apenas os Códigos napoleônicos de direito de procedimento penal, sendo recompostas as antigas magistraduras, com o *antigo direito de espórtula* (o "donativo" ou "prêmio" oferecido aos juízes quando da promulgação de uma sentença), mas suprime-se o divórcio, o casamento religioso volta a substituir o casamento civil, a instrução é confiada aos jesuítas, a legislação contra os valdenses é novamente colocada em vigor, assim como a obrigação, para os judeus, de trazer nas roupas o símbolo amarelo, de morar nos guetos, de não morar em casas em que morassem cristãos ou cujas janelas dessem para as ruas onde passavam as procissões. Tudo devia voltar a ser como antes.

Em 1º. de outubro de 1821, a "régia delegação", presidida pelo conde Thaon de Revel, pronuncia, contra os participantes dos movimentos de 1821, 71 sentenças de morte. E, embora somente três delas tenham sido executadas, é significativo que "os próprios chefes das forças austríacas ainda estabelecidas no Piemonte depois do movimento de 1821" incentivassem o soberano a uma política mais clemente.

Compreende-se, assim, por que os historiadores, quando instados a falar da política legislativa de Carlos Alberto e a julgar o *Código Penal para os Estados de Sua Majestade o Rei da Sardenha*, promulgado em 1839, prorrompam em elogios e se apressem (todos) em evidenciar que esse é um código "novo", oferecendo como prova as declarações do soberano antepostas ao código. Com efeito, certamente se trata de um código novo, ou melhor, do primeiro código penal, no sentido moderno, promulgado pelos Savóia. Quanto ao resto, nada mais é que a repetição daquelas normas do Código napoleônico que já conhecemos.

"A pena de morte é executada sem nenhuma exacerbação" – diz o artigo 14 – "e a execução se fará no lugar a ela destinado, ou onde foi cometido o crime." Mas no artigo 377 se repete parcialmente o disposto na primeira parte do artigo 13 do Código napoleônico: "Os culpados do crime de parricídio, de venefício, de infanticídio, de assassinato são punidos com a morte. O condenado por parricídio será conduzido ao patíbulo em mangas de camisa, descalço e com a cabeça coberta por um véu preto." O antigo "pelourinho" ainda é preservado. Naturalmente, aqui também o atentado e a conspiração – definidos como no Código napoleônico – "contra a sagrada pessoa do rei são punidos como o parricídio" (art. 183). E com a morte são punidos também os participantes, os cúmplices, e todos os que "em qualquer outro modo" (art. 172) fizerem "intrigas" ou "tramarem" com "os inimigos do Estado". Onde se diferencia do Código napoleônico e se aproxima do código dos Bourbon é nos "crimes contra o respeito devido à religião de Estado", nos quais, "se houver homicídio do ministro da religião no exercício das suas funções, a pena será a morte" (art. 159); ou (e com isso retornamos às velhas disposições dos Medici): "Se a impiedade chegar ao ponto de conculcar as Hóstias consagradas ou de cometer em relação a elas outros atos de desprezo semelhantes, o culpado será punido com a morte" (art. 161).

O Piemonte levara trinta anos para chegar a formular um código que repetia em tudo o que Napoleão já estabelecera em 1809. Mesmo se Sclopis cita[10] longos trechos da resenha favorável que fará do Código albertino uma das maiores autoridades da época, Karl Joseph Anton Mittermayer (1787-1867) – jurista e homem político que (mais tarde) irá se converter à idéia abolicionista e fará do Código um dos pontos do seu programa científico –, esse código, mesmo do ponto de vista "técnico", não é novo. Repete as velhas fórmulas, com as mesmas palavras do Código napoleônico. Só que as repete trinta anos depois.

---

10. *Ibid.*, pp. 297 ss.

4. O código de 1859 e o "contratempo" toscano

Na história da pena de morte o ano de 1848 representa pouco. Se se excluir o fato – emblemático por sua importância precursora – de que a República de San Marino é a única em 1848 a abolir a pena de morte, em todos os outros Estados as coisas continuarão como sempre. Também o Reino da Sardenha que, embora fosse o terceiro Estado a conceder a constituição – os primeiros serão os Bourbon de Nápoles (10 de fevereiro de 1848), seguidos pelos Lorena de Toscana (11 de fevereiro), pelos Savóia (4 de março) e, por último, por Pio IX (16 de março) – será depois o único a não ab-rogá-la, continuando a política de antes. O Código penal albertino de 1839 permanecerá substancialmente inalterado até 1859. Até então, será extremamente importante a "técnica paulina" ou "tridentina" ou "técnica do adiamento". Não se farão "reformas", mas "promessas de reformas"; não leis, mas "projetos" ou "projetos de lei". Chamei esse modo de proceder de "técnica paulina" ou "tridentina" não só em homenagem a Paulo III – o papa que contra a vontade convocará o Concílio de Trento e que, por sua habilidade em adiar a solução dos problemas através da nomeação de "comissões de estudo", será chamado Pasquim *vas dilationis,* em vez de *vas electionis* – mas também porque a "técnica paulina" será usada tão deslavadamente durante o Concílio de Trento, a ponto de mantê-lo aberto por no mínimo dezoito anos (1545-1563), que se tornam a *unidade de medida* (tempo tridentino) que o historiador deve usar ao tratar das reformas penais na Itália. É uma "técnica" que Rosario Romeo[11] me parece captar bem, com estas duas citações, uma de Brofferio e outra de Cavour:

> Desde o início do ministério Cavour, Brofferio criticava a inércia do governo nesse setor: "Ministros, os senhores nun-

---

11. R. Romero, *Dal Piemonte Sabaudo all'Italia liberale*, Bari, Laterza, 1974, pp. 152-3.

ca quiseram conciliar os códigos pátrios com o estatuto: muito prometeram, é verdade, mas nada fizeram. *Nomearam comissões e vimos os vestígios disso no orçamento*, mas obras não vimos nunca, e enquanto essas reformas não forem completadas, *nossas instituições serão uma ilusão e nada mais.*"

E Cavour, por sua vez, em perfeito estilo "contra-reformista", respondia assim:

> O ministério várias vezes se pronunciou clara e abertamente sobre as reformas [...]. Porém, [...] ao promover qualquer reforma, convém considerar não somente os efeitos que seriam produzidos, mas também os inconvenientes momentâneos que podem derivar delas. Não há dúvida de que as mais salutares reformas, aquelas destinadas a produzir os melhores resultados, quando tocam pontos vitais da organização social e política, suscitam no país uma grande agitação, produzem nas pessoas profundas divisões, provocam vivas e apaixonadas oposições. Pois bem [...], há certas circunstâncias em que ao benefício das reformas pode-se oportunamente antepor [...] o seu adiamento por algum tempo para não elevar a agitação e não aumentar a agitação dos ânimos.

É a mais clara enunciação teórica do que os historiadores chamam de "liberalismo moderado". De acordo com esses pressupostos serão "abolidas" as penas medievais "como o pelourinho e [a] satisfação pública", será regulamentado o júri que fora instituído, cominadas penas aos eclesiásticos que abusarem da pregação pública para fins políticos, "limitadas" as disposições precedentes contra os valdenses, abolida a legislação contra os judeus; chegar-se-á até a conceder a "liberdade de imprensa", mas logo se dirá – no preâmbulo do Estatuto albertino (art. 8) – que *"a imprensa será livre, mas sujeita a leis repressivas"* (e esse critério de "normativa renegadora" é o que preside ainda hoje a liberdade de imprensa na Itália).

Tudo isso até 1859. Naquele ano começarão as "reformas legislativas", que serão efetuadas, porém, seguindo os pressupostos do liberalismo "paternalista", por um *poder executivo* que, "utilizando os plenos poderes recebidos e interpretando-os de maneira bem extensiva"[12], depois do armistício de Villafranca, com Lamarmora e com Rattazzi, em pouquíssimo tempo fará o que até então fora apenas um projeto. Em 1º de outubro de 1859, as modificações ao código penal militar (albertino); em 20 de novembro, a promulgação do código de procedimento civil e, sempre na mesma data, o código penal e o código de procedimento penal. Sempre nesse mesmo período, serão elaboradas todas as outras leis que constituirão (e muitas ainda constituem) os alicerces das instituições pátrias. Em 23 de outubro de 1859, as leis sobre a administração comunal e provincial; em 30 de outubro, a lei sobre o contencioso administrativo; em 13 de novembro, a chamada "lei Casati", sobre a instrução pública; a lei sobre a segurança pública e a lei sobre as obras de caridade; a lei sobre o ordenamento judiciário e a lei sobre a reorganização das administrações e da contabilidade pública e sobre a unificação dos balanços depois das anexações; em 20 de novembro, a lei sobre a administração da saúde pública, sobre as obras públicas, sobre as minas, sobre o regulamento dos conflitos de jurisdição e, por fim – sempre na mesma data –, a lei eleitoral política (que será mais tarde modificada em 17 de dezembro de 1860 para a eleição do primeiro Parlamento italiano).

Se tivéssemos de resumir o espírito que norteou essas leis "constitutivas", diríamos que elas foram elaboradas tendo presente a legislação "napoleônica". Assim, se examinarmos o Código penal da Sardenha de 1859, veremos que, quanto à pena de morte, ainda se seguiu o modelo napoleônico. A escala penal leva sempre ao patíbulo (art. 13). O atentado contra o que ainda se denomina a "Sagrada Pessoa do Rei" (em maiúsculas) é punido como o parricídio (art. 153) e, também nesse código, "o condenado por parricídio será conduzido ao patíbulo descalço e com a cabeça coberta com um

---

12. C. Ghisalberti, *Storia costituzionale d'Italia 1849-1948*, Bari, Laterza, 1974, p. 91.

véu preto" (art. 531). O atentado contra as "régias Pessoas" que compõem a "Família Reinante" é punido com a morte (art. 154). Sempre com a morte são punidos os culpados de parricídio, de venefício, de infanticídio e de assassinato (art. 531). Também o roubo à mão armada é punido com a morte (art. 597) etc. Em poucas palavras, o novo código se diferencia do antigo como uma roupa feita com um vestido velho. Tudo parece, portanto, encaminhado para melhor, ou seja, para conservar as "gloriosas" tradições piemontesas.

Mas é necessário superar o que chamamos de "contratempo" toscano. Justamente no momento da "liberação", quando todos deveriam estar felizes pela finalmente realizada "unificação" da Itália, três *quisque de populo*, três indivíduos quaisquer, que naquele momento representam o "governo provisório toscano" – são Ubaldino Peruzzi (1822-1891) que, em seguida, será várias vezes deputado e ministro e que se dedicará principalmente à cidade de Florença, onde será prefeito várias vezes; Vincenzo Malenchini (1813-1881), partidário de Garibaldi, sempre presente em todas as revoluções até a liberação de Roma, que será deputado e senador; e um não bem identificado major A. Danzini – promulgam um édito que será a causa de todas as discussões ocorridas na Itália durante mais de trinta anos e uma das razões pelas quais se chegará à unificação penal somente em 1890. Dizia o édito[13]:

> O governo provisório toscano:
> Considerando que foi a Toscana a primeira a abolir a pena de morte;
> Considerando que, se essa pena foi restabelecida em seguida, o foi somente quando as paixões políticas prevaleceram sobre a maturidade dos tempos e o abrandamento dos ânimos;
> Considerando, porém, que embora restabelecida, nunca foi aplicada porque entre nós a civilidade sempre foi mais forte que o Machado do Carrasco:

---

13. *Atti e documenti editi e inediti del governo di Toscana dal 27 aprile in poi*, Florença, 1860, p. 3.

DECRETOU E DECRETA
Artigo único: A pena de morte está abolida. Dado em Florença em trinta de abril de mil oitocentos e cinqüenta e nove.
Cav. U. Peruzzi, Adv. V. Malenchini e Maj. A Danzini.

A princípio, o governo não dera importância à disposição. Fizeram-se muitas promessas durante os dias da insurreição nacional (a "terra para os camponeses", prometida por Garibaldi e anulada depois com as fuziladas de Nino Bixio em Bronte, é um dos exemplos) para que se pudessem considerar algumas disposições que decerto não representavam exatamente o pensamento da classe dirigente. O pensamento de Cavour e de seus sucessores não era exatamente o pensamento "humanitário" representado por esse decreto, como podemos ver pelas frases que ele escreverá ao se deparar com as primeiras dificuldades que se seguiram à anexação[14]: "Tentaremos superar os obstáculos com as boas maneiras, se isso não resolver, os superaremos com meios extremos [...]. Não temo nem os Bourbon, nem os Mazzinianos, nem os municipais. Gritem, criem tumultos, se insurjam, estou pronto a combatê-los no Parlamento e nas praças. Até quando tivermos um voto de maioria e um batalhão, não cederemos nem um palmo."

Ora, se esses eram os programas dos representantes mais qualificados da nossa classe política, podemos imaginar que a "idéia" dos três representantes do governo provisório toscano não devesse preocupar muito quem, a partir desse momento, se denominava e constituía o "governo nacional". Sem dúvida, tratava-se de um "contratempo" que o governo considerava facilmente remediável. Tanto que, entre outubro e novembro, fizera a sua "grande colheita" de leis constitutivas da nova estrutura "sardo-gótica" que o reino deveria assumir. Mas o "governo provisório da Toscana" evidentemente não estava disposto a ceder; e Turim tinha que

---

14. Citado in R. Romanelli, *L'Italia liberale (1861-1900)*, Bolonha, Il Mulino, 1979, pp. 31-2.

se limitar a tomar conhecimento da situação. Desse modo, enquanto em 1859 o código penal sardo (com a pena de morte anexada *more pedemontano*) havia sido estendido a muitas outras regiões da península, em 10 de janeiro de 1860, diante do decreto de 30 de abril de 1859, que abolia a pena de morte, diante do relatório da comissão nomeada pelo governo para rever o código penal, considerando que tendo sido abolida a pena de morte para os delitos contemplados no código penal vigente, era necessário "recompor a gradação de todas as penas", forma-se a nova "escala penal" na qual, no código penal comum (para a Toscana), a pena de morte é substituída pela prisão perpétua (art. 13)[15].

A legislação penal italiana ficará, assim, dividida em duas: de um lado, toda a península, com a pena de morte e, de outro, a Toscana sem a pena de morte.

5. A proposta "subversiva" de Carlo Cattaneo

Quase como se jogasse sal numa ferida aberta, no mês de fevereiro, o *extraparlamentar* Carlo Cattaneo – eleito deputado naquele ano (1860), mas prefere não ir à Câmara a jurar fidelidade à monarquia –, no seu jornal *Politecnico*[16], publica o artigo "Da pena de morte na futura legislação italiana", em que propõe estender a toda a Itália a abolição da pena de morte, vigente na Toscana. É uma proposta "subversiva" que, todavia, se tornará a palavra de ordem que a partir de então fundamentará a campanha política para a solução do problema. E Cattaneo será o primeiro a traçar o caminho e a indicar os motivos para se insistir nessa campanha. O artigo gira em torno de dois motivos recorrentes. O primeiro é o de *progresso* e de *civilização*:

---

15. *Bullettino officiale de' decreti del R. Governo della Toscana*, Florença, Stamperia Reale, 1860, I, pp. 45 ss.

16. Extraído do *Politecnico*, fasc. XLIV (fevereiro de 1890), Milão, pp. 1-25. Publicado também em *Scritti Politici*, org. por M. Boneschi, Florença, Le Monnier, 1964, 1, pp. 386-407.

Nosso século acredita na vitória final da humanidade, nosso século acredita no progresso; julgaríamos insensato quem, nos dias de hoje, não acreditasse nisso. Mas nós, cem anos após a publicação do livro de Cesare Beccaria, *ainda acreditamos no patíbulo*. Ora, não basta acreditar no progresso, é preciso honrar a própria fé e agir.

Para "honrar a própria fé e agir", é preciso saber que o "o direito patibular" ainda impera em três quintos da Itália, com adeptos e defensores em todo o território. É preciso convencer-se de que não se pode infligir a pena de morte aos malfeitores, a não ser raramente, "mas pode-se aplicá-la em massa aos adversários políticos". Aos que afirmam que desejam defender-se da mão do assassino com a mão do carrasco, deve-se responder: "Quanta gentileza!" O uso dos suplícios expõe todos nós "a um perigo mil vezes maior". Da brutalidade de um assassino, às vezes, é possível se defender. "Mas uma reação política brutal não poupa *ninguém*. A guilhotina não tem amigos ou inimigos; não conhece nem súditos, nem rei." Por isso não podemos empunhar essa arma, "mas devemos desativá-la e desacreditá-la":

> Na consciência do povo, a força não deve mais ser considerada um instrumento e um símbolo de alta razão e de alta previdência, um sacrifício prestado à eterna justiça; mas um excesso de cruel e covarde hostilidade.

A pena de morte faz parte do "direito dos estados" e do "direito dos tratados", aos quais devemos opor o "direito inato e inalienável das nações". Nessa nova ordem, "o carrasco é um membro da ordem que cai; o carrasco não nos pertence". Quando o povo francês empregou essa arma de terror, perdeu o rumo e, como os heróis das sagas normandas, "exterminou amigos e inimigos e se precipitou no abismo".

Seguindo tal linha ideológica deve-se ler a exaltação "mítica" que ele faz a Beccaria por ser o primeiro italiano na Europa a propor a humanização das penas, embora ele mesmo nem sempre tenha respeitado tal programa, talvez por "necessidade", "ou por uma certa veneração ao poder, do qual ele mesmo participava; ou porque, de todo modo, mesmo uma concepção audaciosa tem um limite: não ousara propor a completa e absoluta abolição do patíbulo". Mas, hoje, temos o dever de progredir e de fazer o que Beccaria não tivera a coragem de propor:

> O que a Beccaria, súdito e conselheiro de príncipes, reinantes por direito de patrimônio e por tratados quase mercantis, podia parecer quase uma ilegalidade, como uma *desordem*, agora se anuncia às nossas mentes como a transição para uma ordem mais elevada e de mais alta razão.

Um escritor de direito penal (Giuliani) reserva a abolição do patíbulo "aos tempos de suprema civilização". Cattaneo não concorda:

> Creio que se essa reforma não avançar, se não se desarmarem os ódios políticos, não se chegará jamais a esse supremo grau de civilização. Seremos, isso sim, catapultados para as cruzadas de Alby e para as insanas chamas dos frades inquisidores.

A segunda razão que apresenta em prol da abolição da pena capital é "experimental" e visa demonstrar que tal pena não serve para diminuir o número de delitos, mas para incrementá-lo; pois é inútil opor violência à violência, porque se obtém apenas a piora e a barbarização progressiva. A Toscana é um exemplo disso. Quando, em 1786 (de fato, desde 1765), o "legislador toscano", através de uma lei, aboliu a pena de morte, os delitos desapareceram. Em 1787, houve apenas dois homicídios, dois em 1788, dois em 1789 e nenhum em 1790. Justamente naquele ano em que o grão-duque, talvez assustado com a expansão da Revolução Francesa, "teve que se reputar no direito de aceitar a infausta licença dada por seu mestre" (Beccaria: *que o grão-duque Leopoldo tenha abolido a pena capital seguindo um conselho de Beccaria é outro "mito" criado pelo próprio Cattaneo*), restabelecendo primeiro a pena de morte para os crimes de "lesa-majestade" e estendendo-a mais tarde também aos crimes comuns. Mas tal restabelecimento permaneceu "uma inócua ameaça" enquanto a Toscana conservou o próprio governo. Tudo muda com Napoleão, que introduz a guilhotina na Toscana. O "renovado pasto dos suplícios" depravou as populações, e – como diz Carmignani – "três guilhotinas fizeram concorrência". Com a queda de Napoleão, o patíbulo desaparece novamente. Tanto que "um professor de direito penal e redator de leis" (Mori), pessoalmente favorável à pena de morte, escreveu que as execuções públicas na Toscana eram impossíveis "pois não era fácil encontrar artesãos que se dispusessem a montar o patíbulo. Assim é o povo"[17]. A conclusão que Cattaneo extrai daí é simples e linear:

> Portanto, ainda não somos dignos de ocupar, hoje, o lugar ocupado pelos toscanos há um século? Não basta sermos superados há mais de um século? E, de todo modo, temos que escolher: devemos alcançar os toscanos ou estes devem retroceder até onde nos encontramos? Queremos, em nome da Itália unida, voltar a introduzir o carrasco na Toscana? E não como ameaça [...] mas de verdade, e suprir, com aqueles braços obcenos, a impotência das nossas leis? [...] Não, não se deve dar espaço a esse injurioso confronto entre a Toscana e o resto da Itália. *Visto que a Toscana não deve ceder, então, vamos em frente, Itália inteira!*

A proposta de estender a toda a Itália a abolição da pena de morte fora lançada. É verdade que provinha de um "republicano" e, portanto, suas palavras não deveriam ter o mesmo peso que teriam se viessem de um representante da ordem constituída, mas Cattaneo era um escritor mais lido do que se desejava admitir, e sua proposta acabou por constituir um dos trunfos que os abolicionistas iriam utilizar com mais insistência para vencer sua batalha.

---

17. Mori, *Sulla scala penale nel diritto toscano*, Livorno, Nanni, 1847, p. 23.

6. A "revolta dos acadêmicos" e o *Jornal pela abolição da pena de morte*

Contudo, o "pior" acontecerá em 1861. Também tomando como ponto de partida a disparidade legislativa em relação à pena de morte, dois penalistas (Pietro Ellero e Francesco Carrara) – entre os mais representativos da escola italiana do século XIX – iniciarão uma batalha abolicionista através de uma revista que já pelo título dá a entender a própria finalidade: *Jornal pela abolição da pena de morte*, que será publicado até 1865. É um fato extremamente importante ("revolucionário") para passar despercebido, justamente hoje em que tanto se "debate" sobre a relação entre os intelectuais e o poder. É a primeira e (talvez) a única vez que juristas "qualificados" ("barões", como são chamados hoje) fazem um acordo para lutar contra o governo, defendendo uma medida tão revolucionária e inovadora.

Além disso, é um fato imprevisível e novo. Como vimos no nosso rápido *excursus* histórico, o jurista está sempre de acordo com o poder. Por isso, nunca tem um pensamento "autônomo", mas apenas "reflexos condicionados". Considere-se ainda que esse é um período áureo, com uma intensa atividade legislativa, e com as vantagens e compensações que o poder sempre dá a quem o serve fielmente (nesse período, o mínimo era uma cátedra universitária ou a possibilidade de ser nomeado senador vitalício; o máximo, ambas as coisas). Do ponto de vista da política cultural, então, tal atitude "subversiva", se é compreensível num escritor independente como Carlo Cattaneo, não o é na *academia jurídica*, "há séculos fiel" aos governos. Seja como for, é um fato, e como tal o descrevemos.

O iniciador dessa atividade é Pietro Ellero (1833-1933), professor da Universidade de Bolonha, que será o mestre de Enrico Pezzi e um dos fundadores da escola positiva italiana, fundador do *Arquivo jurídico* (1865) e, com sua *Tirania burguesa* (1879), um dos mais qualificados representantes do que será chamado "socialismo jurídico"[18].

---

18. P. Ellero, *La tirannide borghese*, org. por V. Accatatis, Milão, Feltrinelli, 1978.

Na abertura do *Jornal pela abolição da pena de morte*[19], Ellero traça um *programa* que ainda hoje merece ser lido, por constituir uma "peça" em que o entusiasmo civil se une ao espírito humanitário que inspira toda a obra desse jurista:

> Para nós, a abolição da pena de morte não é apenas a satisfação de um desejo piedoso, não se inspira somente no interesse de salvar um réu do patíbulo: é um acontecimento muito mais importante por se inspirar em motivos e aspirações mais elevados. Acreditamos que, quando todos os homens forem invadidos pelo horror causado pela dança horripilante entre o estrangulador e o estrangulado, quando deixarem de se estrangular uns aos outros por motivos banais, a humanidade terá dado um passo incomensurável na direção do progresso, e irá se abrir um futuro inesperado. *Não basta diminuir as sanções e as execuções capitais; mesmo se se devesse justiçar um só culpado na face da terra, ainda assim continuaria a ser uma grande derrota para a humanidade.*

E esse programa será levado adiante com uma atividade que tem algo de prodigioso. No campo científico, abre a revista a todos os maiores juristas italianos e estrangeiros (Francesco Carrara, C. G. Mittermayer etc.), tornando-se assim o "porta-voz" da corrente abolicionista na Europa. Contudo, sua batalha não se limitará aos homens de doutrina, pois procurará despertar o interesse e envolver todas as categorias e classes sociais. Escritores famosos (como Francesco Guerrazzi e Niccolò Tommaseo), magistrados, políticos e poetas. A maçonaria italiana aderirá à causa abolicionista, e a loja maçônica *Ação e fé*, de Pisa, fará o seguinte apelo: "Irmãos, finalmente chegou o momento em que o pagamento do carrasco não deve mais fazer parte do orçamento do Estado." Que se faça um plebiscito, "que para

---

19. *Id.*, "Programma", in *Giornale per l'abolizione della pena di morte*, Milão, I, 1861, 1, p. 3.

toda a humanidade será mais importante que aquele que instituiu a unificação da Itália"[20]. Ellero promoverá vários congressos populares contra a pena de morte em Florença, Perúgia, Nápoles e Milão, o mais importante dos quais será organizado no Teatro Municipal de Bolonha (cidade em que na época era publicado o *Jornal*) com a participação de Carducci como orador e a adesão de Carrara. Naturalmente não podia faltar Garibaldi[21] que, numa carta ao diretor, escreverá: "Honra aos senhores que, com fé e constância, combatem por uma finalidade muito nobre: a abolição da pena de morte. Parece incrível que nesta terra eleita, onde nasceu e escreveu Beccaria, a opinião do povo ainda não tenha imposto ao governo um passo tão necessário no caminho do progresso e da humanidade."

Ao lado de Ellero – ou, se se preferir, como guia e condutor do movimento –, encontra-se um outro jurista do século XIX, Francesco Carrara (1805-1888) – líder da "escola clássica", astro brilhante do que Bettiol chamou o "jusnaturalismo católico" –, que à "santa batalha abolicionista" dedicará, a partir de então, grande parte da sua atividade de docente, escritor, polemista e legislador. Nos primeiros dois números do *Jornal* de Ellero, publica *Uma aula dada na régia universidade de Pisa*, na qual expõe as razões "jurídicas" pelas quais é contrário à pena de morte[22]. Como escreverá também em 1866, não são motivos de "conveniência", nem razões utilitaristas. Essa pena é ilegítima por ser contrária ao único fundamento da "razão de punir": o princípio da tutela jurídica, "exigido pela suprema lei da ordem".

Francesco Carrara, Pietro Ellero e Enrico Pessina (1828-1916) serão, nesse momento, os representantes de maior prestígio da tese abolicionista; e o *Jornal pela abolição da*

---

20. "Indirizzo alle logge massoniche", in *Giornale per l'abolizione della pena di morte*, I, 1861, 4, pp. 269-70.
21. *Giornale per l'abolizione della pena di morte*, II, Bolonha, 1862, 2, p. 5.
22. *Giornale per l'abolizione della pena di morte*, Milão, I, 1861, 1, pp. 16 ss.; II, 1862, 2, pp. 227 ss. De Carrara ver também *Programma del corso di diritto criminale*, parte geral, Lucca Giusti, 1875, p. 661.

pena de morte e o *Cesare Beccaria,* publicado a partir de 1864[23], serão seus órgãos de propaganda.

A favor da pena de morte, ao contrário, temos, como seu corifeu, o hegeliano Augusto Vera (1813-1885): professor da Universidade de Nápoles e o maior intérprete da filosofia de Hegel na Itália. Inspirando-se na doutrina do "mestre"[24] – o teólogo laico da burguesia nascente, que afirmara que o Estado não é um contrato, e sua essência substancial não tem como condição absoluta a defesa e a segurança da vida e da propriedade de cada indivíduo, mas é *uma entidade superior* que exige a própria vida e a própria propriedade e *requer* o sacrifício destes –, escreverá na sua obra *A pena de morte*:

> O Estado tem o alto direito de vida e de morte do indivíduo, e é por isso que, assim como tem o direito de declarar guerra e de enviar indivíduos à morte no campo de batalha, também pode enviar à morte no patíbulo.[25]

Em outras palavras, afirmará não só a legitimidade dessa pena como motor da história (sem a pena de morte não é possível explicar nem Sócrates, nem Cristo, nem a Revolução Francesa), mas também como formadora da "virtude" civil, pois um povo que não admite a pena de morte destitui-se do poder de infligi-la aos outros e exclui-se da constante dialética que tem na guerra o seu momento mais representativo. São teses que suscitarão grande clamor e muitas polêmicas: entre os "hegelianos", que não compartilharão uma interpretação tão "despojada" das teses do "mestre"[26], e por

---

23. *Cesare Beccaria,* folha semanal [mensal] da reforma carcerária, Florença, 1864-1870.
24. C. G. F. Hegel, *Lineamenti di filosofia del diritto,* trad. por F. Messina, Bari, Laterza, 1913, p. 100.
25. A. Vera, *La pena di morte,* Paris/Nápoles 1863. Na França será publicado com o título *Essais de philosophie hégelienne: la peine de mort,* Paris, 1864.
26. Ver sobre o tema P. Rossi, *La pena di morte e la sua critica,* Gênova, Libreria Mario Bozzi/Lattes, 1932, pp. 135-66.

parte dos abolicionistas que rebaterão todos os argumentos de Vera (como fará Ellero)[27].

Ao lado dessas duas teses opostas (legitimidade ou ilegitimidade da pena de morte) haverá a tese da *necessidade* desta, que tem como primeiro e principal expositor Pellegrino Rossi (1787-1848): um dos mais famosos publicistas de seu tempo, professor de direito penal em Bolonha (1814) e de direito constitucional em Paris (1834), que, nomeado ministro do Interior e da Polícia por Pio IX, em 1848, morrerá assassinado na frente do palácio da Chancelaria, em Roma. Rossi analisa a pena de morte a partir do ponto de vista da *legitimidade* e da *necessidade*. Quanto à legitimidade, admite sem sombra de dúvida: "A justiça social é um dever; a pena é um elemento desta, um meio necessário e, portanto, legítimo. A pena é um sofrimento, a privação de um bem [...]. O bem que a pena capital elimina é a vida corporal. Será que existe um motivo especial que torna ilegítimo por si só tal meio de punição?" Mas, admitida tal legitimidade, só uma "verdadeira necessidade" pode justificar o emprego de tal pena: "O dever impõe à sociedade o ônus de proteger o direito, de manter a ordem. A justiça é o seu principal meio. A pena é o meio de exercer tal justiça. Imaginem que a pena capital seja *necessária* ao cumprimento desse dever, como é possível afirmar que ela é *ilegítima*?" E a resposta a tal pergunta é:

> Se a morte de um homem, culpado de assassinato, é a única pena que pode deter o braço dos assassinos, que pode produzir os efeitos esperados, sobretudo como exemplo, sendo o meio para atingir a finalidade que o dever impõe à justiça social, como é possível afirmar que o bem da existência não pode ser tirado do assassino?[28]

---

27. P. Ellero, "Ragioni contro l'apologia della pena capitale di Augusto Vera", in *Giornale per l'abolizione della pena di morte*, II, 2, Bolonha, 1862, pp. 73-134.

28. P. Rossi, *Trattato di diritto penale*, Milão, Borroni e Scotti, 1852, pp. 393-4.

Ora, será precisamente a tese da necessidade, ou seja, da oportunidade política de empregar a pena de morte que irá se fortalecer e contra a qual será preciso combater. Em linha teórica, todos os defensores desse princípio (também o general Menabrea) admitirão que, um dia, a pena de morte deverá ser abolida; mas também dirão que este não é o momento. Há muita criminalidade política e comum em aumento para que se possa privar o governo de um meio de prevenção e intimidação tão necessário (e os fatos ocorridos em Gênova, Romagna e no Sul da Itália, somados às estatísticas apresentadas pelo governo, estavam ali para provar que eles tinham razão).

Outro princípio apresentado – e que naquele momento podia conquistar a opinião pública – é o princípio da *unidade da legislação.* Uma única *língua* e um único *código* será o programa que se apresentará como irrenunciável. Mas Carrara será um dos primeiros a observar o quanto de falacioso e de mistificador havia naquele "programa" e se chocará violentamente contra a "mania de unificação exagerada", típica de quem "gostaria de poder ceder a Itália inteira, [...] as asneiras sardo-góticas"[29].

7. A recusa governamental à unificação penal na "memorável" sessão parlamentar de 1865

Enquanto as polêmicas sobre a *legitimidade* ou a *ilegitimidade* e sobre a *necessidade* ou *inutilidade* da pena de morte começam a surgir e se propagam entre os acadêmicos, divididos em facções opostas e inconciliáveis, o governo tinha continuado e continuava a se ocupar do problema da unificação legislativa. Era um problema que preenchia seus pensamentos e era motivo de preocupações. Por uma "contradição singular" (como a chama Aquarone)[30], precisamente

---

29. Citado por A. Mazzacane, "Francesco Carrara", in *Dizionario biografico degli italiani*, Roma, Istituto della Enciclopedia Italiana, 1977, XX, p. 666.
30. A. Aquarone, *L'unificazione legislativa e i codici del '65*, Milão, Giuffré, 1960, p. 24.

no campo penal, no qual parecia mais fácil e era mais útil realizá-la, o governo não conseguira dar à Itália a tão desejada e necessária unidade legislativa e tivera de aceitar dolorosamente a disparidade normativa entre a Toscana e o resto da península. Era um "obstáculo" inesperado, cujas razões eram inexplicáveis. Ainda em 1861, o ministro da Justiça Giovanni Battista Cassinis (1806-1865), ao responder a uma interpelação parlamentar feita ao governo sobre a unificação legislativa, afirmara, com absoluta convicção, que o código penal de 1859 era, naquele momento, o melhor da Europa:

> A pena de morte é aplicada somente em treze casos, sendo que é contemplada em inumeráveis casos em todos os outros códigos. Há códigos em que a pena é aplicada em mais de cem casos.[31]

De todo modo, o ministro que o sucedera, Vincenzo Miglietti, para evitar qualquer discussão, apresentara, em 6 de janeiro de 1862, um novo projeto de lei que visava à unificação do código penal, em que chegara a restringir a aplicação da pena de morte apenas a quatro hipóteses de crime, eliminando até mesmo o crime de infâmia, ainda previsto no código de 1859. Em 1863, com a queda de Miglietti, substituído por Giuseppe Pisanelli (1812-1879) – grande processualista, autor com Mancini e Sciaiola do *Comentário ao código de procedimento civil para os Estados da Sardenha* (8 vols., 1855-1879) – depois de realizar uma pesquisa entre os juristas e os magistrados, incumbira De Falco de elaborar o primeiro livro do novo código penal, enviando-o em seguida para a avaliação dos magistrados (neste primeiro "projeto De Falco", a pena de morte é substituída pela prisão perpétua).

Nesse momento de trabalho de unificação, Pasquale Stanislao Mancini (1817-1888) – internacionalista de reno-

---

31. Câmara dos Deputados, *Discussioni*, sessão de 30 de abril de 1861, p. 769.

me que, como deputado e ministro, fará de tudo para abolir a pena capital, recorrendo a "estratégias técnicas" mais apropriadas – apresentará à Câmara dos Deputados, em 17 de novembro de 1864, um projeto de lei que pretendia resolver o problema. O texto[32] previa:

> Art. 1. – O código penal de 20 de novembro de 1859, com as modificações adotadas através do decreto de 17 de novembro de 1861, estende-se às províncias toscanas, e entrará em vigor a partir de 1º de janeiro de 1866, salvo as disposições dos artigos seguintes.
> Art. 2. – É abolida a pena de morte no Reino da Itália em todos os crimes punidos com ela pelo código penal comum. A pena de morte é substituída pela pena de trabalhos forçados perpétuos. Todos os crimes punidos pelo mesmo código com a pena de trabalhos forçados perpétuos passam a ser punidos com trabalhos forçados por um período determinado de 20 a 25 anos [...].

Era um projeto de lei "subversivo" baseado nas idéias do "republicano" Carlo Cattaneo. O governo não estava preparado para isso. Obrigado a escolher entre a *unidade legislativa* e a *pena de morte*, optava por esta última, e em 24 de novembro, o ministro da Justiça Giuseppe Vacca (1808-1876) apresentava um projeto de lei sobre a unificação legislativa do Reino, que não abrangia o código de direito penal[33]. Desconsiderando a retórica farisaica que caracteriza sua intervenção, a essência da proposta era que o governo não aceitava a proposta de Mancini, preferindo adiar a solução do problema.

Mas ocorre outro fato inesperado. A comissão não só aprova o projeto legislativo proposto pelo governo, como também, ao discutir a proposta Mancini, declara-se *unanimemente* favorável a ela (12 de janeiro de 1865). E a aprova precisamente por aquele princípio de *unificação legislativa*

---

32. In *Discorsi parlamentari di Pasquale Stanislao Mancini raccolti e pubblicati per deliberazione della Camera dei deputati*, Roma, 1893, II, p. 232.

33. Câmara dos Deputados, *Documenti*, sessão 1863-1865, nº 276.

sobre o qual o ministro discorrera e pelo qual tanto se trabalhara naqueles anos.

Quanto à pena de morte, a comissão também se declara *unanimemente* favorável à proposta Mancini, não com base em princípios abstratos, mas por razões de *conveniência* e *necessidade*. A questão – afirma a comissão – resume-se em três hipóteses: 1) manter a pena de morte – como propunha o ministro – em todo o país, excluindo a Toscana, e, nesse caso, nenhuma "destreza de raciocínio" pode nos convencer de que a vida humana tem mais valor na Toscana que nas outras províncias; 2) introduzi-la também na Toscana, unificando assim o sistema penal italiano (entretanto, querer reduzir a obra unificadora a uma "regra de simetria" e ignorar "o maior dos direitos, ou seja, a reconhecida inviolabilidade da [...] vida", para se apresentar em Florença – para onde se transferira a capital do Reino – "com o lúgubre cortejo do carrasco", oferecendo "à gentil e pacata Toscana o patíbulo e seus suplícios sangrentos", constituiria apenas um "grave escândalo" diante de toda a Europa; 3) realizar a unificação, estendendo a toda a Itália a legislação abolicionista da Toscana. E essa é a proposta unânime da comissão, pois:

> Seria difícil acreditar que somente a Toscana, onde não há necessidade dessa pena extrema para a manutenção da ordem pública, se encontre em condições de moralidade, instrução e prosperidade econômica tão superiores às do resto da Itália, a ponto de se supor que nas outras províncias haja a *necessidade* da pena de morte que ali não existe.

Por conseguinte, a comissão aprova as propostas de unificação do governo, mas aprova também a proposta Mancini de abolição da pena de morte.

Em 9 de fevereiro de 1865, tem início na Câmara a discussão do projeto de lei de unificação legislativa do Reino que se concluirá com a sua aprovação no dia 22 do mesmo mês[34].

---

34. *Raccolta ufficiale delle leggi e dei decreti del Regno d'Italia*, lei de 2 de abril de 1865, n.º 2215.

De 24 de fevereiro a 13 de março, discute-se o projeto de lei de abolição da pena de morte, apresentado por Mancini. Essa será a sessão que os parlamentares "abolicionistas" sempre recordarão como "memorável". Não é possível resumir aqui todas as intervenções. Os deputados demostram ser bem informados. Os nomes de Rousseau, Montesquieu, Filangeri, Romagnosi, Vera (por parte dos não-abolicionistas) e os trechos do Evangelho e de Thomas More, ou o exemplo abolicionista do grão-duque Leopoldo (pelos abolicionistas) são citados para confirmar o próprio discurso. Beccaria e Pellegrino Rossi, ao contrário, são autores "em parceria": são citados por ambas as partes, e cada uma evidencia a passagem que mais lhe convém.

Mas os argumentos sobre a legitimidade ou sobre a ilegitimidade da pena de morte são superados pelos argumentos sobre a *necessidade* ou sobre a *inutilidade*: o dever da Itália de dar o exemplo às grandes nações da Europa, apresentando uma legislação de vanguarda, ou (ao contrário) a necessidade de não comprometer a obtida unidade política com uma medida apressada; a situação da *ordem pública*: desastrosa para alguns, normal para os demais; a falta de prisões, a necessidade de pessoal preparado etc. são usados com profusão de dados e infinitas citações de autores. Tudo isso tem sempre como moldura a necessidade de realizar a *unidade penal* para coroar essa política. Mas muitos abolicionistas usarão exatamente a tese da necessidade da unificação legislativa (defendida pelo ministro) para afirmar a necessidade da aprovação do projeto Mancini; e assim o argumento "ministerial" transformou-se num bumerangue. Portanto, para se saber se a pena de morte é necessária, Mancini afirma que é indispensável considerar: 1) as *conseqüências experimentais* da sua aplicação; 2) o *estado da opinião pública*.

Quanto ao primeiro ponto, os defensores de tal pena afirmam que o *efeito positivo* mais importante é a sua eficácia *preventiva* ou *intimidatória*. É isso que a torna necessária. Porém, sempre houve todos os tipos de crime ao longo da história – rebate Mancini – e a prova de que tal instrumento é ineficaz é que a pena de morte nunca evitou que tais crimes ocorressem. À hipotética objeção: "Quem garante que os horríveis crimes sangrentos não se teriam multiplicado desmesuradamente se não se tivesse empregado tal instrumento, e se a pena de morte não fizesse parte dos códigos?", Mancini responde:

> Tal objeção [...] é um círculo vicioso. Quando se diz aos defensores da pena de morte: suspendam a aplicação dessa lei sangrenta e contraponham à experiência de seis mil anos, a aplicação, ainda que breve, de um sistema oposto, eles se recusam a fazê-lo. Por quê? Precisamente porque alegam *não existir ainda uma experiência* que ateste que um sistema diferente possa obter resultados melhores e mais eficazes. Desse modo, *acreditam na eficácia da pena de morte porque não existe uma experiência diferente e não permitem que tal experiência se realize porque acreditam na eficácia da pena de morte*. Eis a que se reduz a admirável lógica dos defensores do carrasco e do patíbulo!

Quanto ao segundo ponto, é preciso admitir que, para uma parte da opinião pública, a previsão e o terror de que o número de delitos aumente com a abolição da pena de morte constitui um "preconceito", uma "tradição" transmitida desde sempre, de geração em geração, sem nenhuma prova, "é uma herança secular de credulidade e ignorância". É um sentimento respeitável, pois provocado pelo horror do delito, mas não deixa de ser um "preconceito". Como o era a tortura através da qual por tanto tempo acreditou-se poder descobrir os culpados dos crimes. Então, afirmava-se: "Se a tortura for eliminada, a justiça ficará desarmada e a impunidade dos culpados será garantida." A tortura era considerada pelos seus defensores um instrumento de justiça "eficaz e necessário", para se descobrir a verdade e "fazer triunfar a justiça". Hoje ninguém mais pensa assim. Atualmente a grande maioria das pessoas é favorável à abolição da pena de morte – afirmará ainda.

Há uma longa série de petições, expressão de sentimentos de classes, cidades e províncias, "tochas acesas para iluminar o caminho da opinião pública". Mancini tende a evidenciar sobretudo a acolhida favorável por parte de camadas e classes sociais tão diferentes:

> Entre essas petições, algumas são dignas de atenção por indicarem o grau de civilização de muitas classes do povo italiano; há petições assinadas por personagens políticos, cientistas, respeitáveis pais de família; *uma petição foi assinada por cinco mil mulheres italianas*, na maior parte lombardas, uma petição vem da *associação dos operários italianos* que se encontra em Constantinopla, e, deixando de citar outras, uma petição, se não me engano, apresentada pelo deputado Scalini ontem, foi assinada por aproximadamente *quinhentos cidadãos de Como* e, com nobre ato de independência, por todo o Tribunal daquela cidade.[35]

Mancini e a comissão haviam baseado sua clara tomada de posição abolicionista não tanto na defesa aberta do princípio, quanto na demostração da inoportunidade política e da inutilidade da manutenção da pena de morte. Passara-se – deliberadamente – da discussão sobre os princípios ideológicos ("utopistas", como dissera Mancini) ao exame dos fatos. E fora uma tomada de posição corajosa e acertada. Mas também significava percorrer um campo minado, ou seja, defender a posição elaborada por Pellegrino Rossi e que, divulgada por Chaveau e Helie – na época muito influentes –, dizia:

> A dúvida [se abolir ou não a pena de morte] entrou no espírito de muitas pessoas; e os verdadeiros princípios do direito penal a reforçam, mas o legislador, antes de pronunciar a abolição definitiva dessa pena, deve começar a restringir a sua aplicação, aguardando que a abolição seja aceita pela consciência geral; ele não pode antecipar-se à sociedade, mas deve segui-la.[36]

---

35. *Discorsi parlamentari di Pasquale Stanislao Mancini*, cit., pp. 233-85.
36. Chaveau – Helie, *Teoria del Codice penale*, cit., p. 85.

Entre todas as fórmulas antiabolicionistas, essa era a mais inteligente e também a menos vulnerável. Por princípio, afirmava não ser favorável à pena de morte, mas deixava a sua abolição ao prudente arbítrio de quem detinha o poder. Era uma maneira bem educada de dizer não. Também o ministro da Justiça afirma que não se trata de uma questão de princípios, porque não existe oposição. Ele afirma ainda ser favorável à abolição da pena de morte, com um "mas" renegador, seguido de três adjetivos: "Sou favorável, e o afirmo abertamente, à abolição da pena de morte, mas *progressiva, gradual, condicionada*." Contudo, afirmar ser favorável à abolição "progressiva e gradual" significa admitir que se é favorável à manutenção da pena de morte ao menos por enquanto. É preciso conhecer quais são as "condições" a que deverá ser submetida a futura abolição. O ministro afirma:

> Creio [...] que a questão da oportunidade da pena de morte depende de três condições: revisão da escala penal; reforma do regime penitenciário; condições de segurança pública que permitam eliminar do código a pena de morte sem comprometer gravemente a ordem social.

Ora – excetuando o que se diz sobre a revisão da escala penal, que é evidentemente um pretexto –, afirmar que a reforma penitenciária "é algo que não se improvisa, mas exige tempo, vários estudos e despesas"; perguntar-se "se realmente podemos afirmar conscientemente que as condições de segurança pública na Itália são tão tranqüilizantes e encorajadoras a ponto de garantir que o poder preventivo e o poder punitivo têm plena liberdade de ação para funcionar normalmente", é simplesmente repetir que o poder executivo não está nem um pouco disposto a aceitar a abolição da pena de morte, a pretexto das habituais "razões de ordem pública".

Pode-se constatar que a Câmara não se convencera com as respostas do ministro (e de seus defensores), em 13 de março, quando o artigo relativo à abolição da pena de morte foi aprovado por 150 votos a favor, 91 votos contra e 3 abstenções. O projeto todo será aprovado no dia 16 do mesmo mês por 126 votos a favor, 96 votos contra e uma abstenção. Entretanto, a lei, apesar da vitória na Câmara dos Deputados, não passará. No Senado – onde "se reúnem as principais virtudes e capacidades do Reino", como o definira Vitório Emanuel II – não a aprovará, formulando em seu lugar um projeto de lei diferente (aprovado com 76 votos a favor e 16 contra) que mantinha a pena de morte, limitando-a somente a quatro hipóteses de crime, e a estendia também à Toscana. A batalha pela abolição da pena de morte começara.

8. O projeto abolicionista de 1868

Logo após a rejeição do projeto abolicionista pelo Senado, quase como uma prova tangível da vontade política de querer dispor de outro modo, o executivo nomeou, em pouco tempo, não uma, mas *duas* comissões. A primeira, com o decreto real de 15 de novembro de 1865, é "encarregada de reestruturar e completar os estudos sobre a reforma do sistema e da escala das penas, que servirão de base para o futuro projeto de código penal"; a segunda, nomeada com o decreto de 12 de janeiro de 1866, é "encarregada de redigir o projeto do código"[37]. A tarefa conferida à primeira comissão não é muito clara e não se compreende exatamente se deve "reestruturar [...] os estudos sobre a reforma" (ou seja, refazê-los, estabelecendo critérios diferentes), ou *completar* aqueles estudos (ou seja, analisar seus resultados e redigir as conclusões). De todo modo, parece evidente que a segunda comissão não pode começar a trabalhar antes de receber os resultados obtidos pela primeira e, visto que os componentes da segunda comissão são cientificamente

---

37. *Il progetto del Codice penale italiano pel Regno d'Italia*, I, Florença, Stamperia Reale, 1870, p. 2.

mais qualificados (é integrada por Carrara, Ellero, Pessina etc.), é claro que esta é que guiará os trabalhos e não a primeira. Ora, para compreender esse primeiro contratempo do contraste ou da dependência das duas comissões, é necessário um breve esclarecimento sobre a "técnica paulina" ou "tridentina" com que elas foram nomeadas.

Na Itália, quando não se desejam implementar certas mudanças, mas não é possível declará-lo abertamente, nomeiam-se uma ou várias comissões (governamentais ou parlamentares) que deverão estudar o problema, discuti-lo, destrinçá-lo, para, ao final, redigir seu competente relatório. É uma técnica politicamente inatacável. O governo ou o parlamento, ao nomear uma comissão, demonstram que estão interessados no problema, a ponto de confiar o estudo deste aos "especialistas". Se estes não chegam a um acordo, a questão permanece sempre aberta e se tentará resolver o impasse, nomeando-se outras comissões. Começa, assim, o "jogo do adiamento". Se, ao contrário, eles chegam a um acordo, mas exprimem um parecer que não é bem aceito ou não corresponde aos desejos de quem os nomeou, a solução proposta é submetida ao exame de outras categorias interessadas em resolver a questão, e estes, por sua vez, debaterão e redigirão a sua competente resposta.

Mas voltemos às duas comissões. Estas resolverão o problema a elas confiado, trabalhando de comum acordo, sem dar importância a precedências, e ao final dos trabalhos apresentarão um relatório único (por isso, as tratamos aqui como uma única comissão). Ela é composta pelos melhores nomes, quanto a autoridade política e dignidade científica, de que a Itália dispõe naquele momento.

Há três ex-ministros de Graça e Justiça: Giovanni De Foresta, ministro no governo D'Azeglio (1851-1852); Raffaele Conforti, ministro no primeiro governo Rattazzi (1862); e Giovanni Pisanelli, ministro no governo Farini (1862-1863), que será presidente da comissão. Há também os mais qualificados expoentes do campo da "ciência" penal. Além de Baldassare Paoli (1811-1899), Pier Paolo Tolomei (1814-

1893), Francesco Saverio Arabia (1821-1899), há também Francesco Carrara (1805-1888), acompanhado por outro corifeu da "escola clássica", o napolitano Enrico Pessina (1828-1933). Como representante da corrente científica oposta lá está Pietro Ellero. Entre os dois grupos pode-se colocar Pasquale Stanislao Mancini, que apresentou o projeto de lei abolicionista. Acrescente-se que, também do ponto de vista da oportunidade política, os componentes haviam sido escolhidos com muito cuidado, a ponto de poder ser considerados representantes das forças intelectuais da Itália na época. Mancini, Pisanelli, Conforti, Arabia e Pessina simbolizavam muito bem o Sul; Francesco Carrara e Baldassare Paoli, "a gentil Toscana"; Pier Paolo Tolomei, o Vêneto; Filippo Ambrosoli (1833-1872) – grande técnico e secretário de muitas comissões –, a Lombardia; e Giovanni De Foresta, os Estados do ex-reino da Sardenha. Se acrescentarmos que dois deles haviam sido condenados à morte à revelia pelo governo dos Bourbon (Pisanelli e Conforti); que um outro, Arabia, cumprira dez anos de pena nas prisões bourbonistas; e que, por fim, Ellero fora perseguido pelo governo austríaco devido a suas idéias abolicionistas, teremos um quadro bem completo de quais deviam ser as idéias dos componentes da comissão acerca da pena de morte.

E essas idéias são muito claras, como se pode constatar já na sessão de 25 de março, quando, por proposta de Carrara e de Pessina, a comissão toma a seguinte decisão sobre a "escala penal":

> A comissão delibera dever-se constituir, no novo código penal, uma escala de penas, em que não conste a pena de morte.[38]

E o mais interessante é que essa deliberação é aprovada por unanimidade, até mesmo com a participação dos dois ex-ministros De Foresta e Conforti, embora este último tivesse

---

38. Câmara dos Deputados, *Documenti*, sessão de 25 de março de 1866, ata n.º 17, p. 126.

combatido a tese abolicionista na sessão de 1865, como muitas vezes lhe dirão abertamente. Sua "conversão" não era "aparente" ou por oportunismo, mas convicta e seriamente abraçada, como demonstra o ocorrido na sessão de 22 de dezembro. Naquela ocasião, ao se discutir como denominar a "prisão perpétua", Tolomei propõe a expressão "deportação numa ilha e prisão perpétua", Carrara sugere "extremo suplício" e De Foresta opõe-se pois "a palavra *suplício* não soaria bem no código italiano e não corresponderia ao *conceito humanitário* que deve caracterizá-lo"[39] (como se nota, o neófito é sempre mais intransigente que os homens de antiga fé).

9. *Intermezzo* ministerial (exceto os professores)

Para desmantelar esse projeto abolicionista, concebido pelos mais qualificados representantes da escola criminalista italiana, e para preparar um projeto diferente, o executivo empregará seis anos – de 1868 a 1874 –, durante os quais deverá encontrar as novas idéias e os novos homens prontos a reverter a orientação demasiado inovadora que sobretudo os professores universitários de direito penal haviam conferido ao código penal projetado. Não será uma tarefa fácil, pois o comportamento dos docentes fora um acontecimento imprevisto e imprevisível. A grande maioria dos professores universitários era (e continua a ser) abolicionista, como demonstrou o congresso jurídico de 1872, em Roma, em que se votou unanimemente a favor da abolição da pena de morte[40], e a lista elaborada em 1876 pelo senador Tecchio, que indicava a orientação ideológica de cada professor acerca da pena de morte[41]. Com exceção de três professores, dois dos quais livre-docentes, todos os outros – princi-

---

39. Câmara dos Deputados, *Documenti*, sessão de 22 de dezembro de 1866, ata n.º 22, pp. 159-60.
40. *Atti del I Congresso giuridico italiano*, Roma, 1872, p. 516.
41. Senado do Reino, *Le fonti del codice penale italiano*, I, Roma, Tipografia Eredi Botta, 1875, p. 364.

palmente os "mestres" – eram abolicionistas: Francesco Carrara em Pisa, Pietro Ellero em Bolonha, Antonio Bucellati em Pavia, Gian Paolo Tolomei e Giuseppe Manfredini em Pádua, Enrico Pessina em Nápoles, Luigi Lucchini em Veneza, Sebastiano Vivalli-Brancati em Messina, Vincenzo Sereni em Perúgia, Giorgio Turbiglio em Ferrara, Achille Giovannetti em Camerino, Giuseppe Catalano em Catânia, Gian Battista Strani em Modena, Pietro Pellegrini em Macerata, Mariano Mucciarelli em Palermo, Alfonso Cavagnari em Parma, Bernardino Bernardi em Urbino, Gavino Scano em Cagliari e Camillo Paglicci em Siena. Todos abolicionistas e, portanto, contrários ao governo.

Diante de tal situação, o executivo – durante o governo do general Luigi Federico Menabrea (1867-1869), antiabolicionista declarado e convicto – toma a única decisão sábia: muda de estratégia, ou seja, escolhe um outro interlocutor. Passa do mundo acadêmico à vida concreta. Deixa os professores e volta-se para os juízes. Abandona as teorias e mira à prática.

Logo depois de receber o projeto, o ministro de Graça e Justiça, Gennaro De Filippo – o mesmo que integrara a comissão abolicionista de 1868 – toma a iniciativa de submeter o estudo do projeto de código penal ao "sábio parecer" dos magistrados e dos supremos tribunais de justiça e das cortes de apelação.

Os magistrados compreendem a mensagem, reúnem-se com solicitude e respondem imediatamente. A maioria "opina" pela manutenção da pena de morte. É o que fazem os supremos tribunais de justiça de Palermo, Turim, Veneza; e as cortes de apelação de Nápoles, Palermo, Trani, Catanzaro, Turim, Casale, Gênova, Cagliari, Bolonha, Parma, Veneza e Ancona. O Conselho de Estado, interpelado em assembléia geral, "opina em sua maioria" pela manutenção da pena. Somente o supremo tribunal de Florença (com a maioria de um voto) e as cortes de apelação de Florença, Lucca, Milão, Brescia e Aquila se declaram contrárias[42].

---

42. *Il progetto del codice penale pel Regno d'Italia*, II, p. 19.

Dada a situação inicial, é um bom resultado. Entrementes, o novo ministro de Graça e Justiça, Michele Pironti, com o decreto de 3 de setembro, providencia a nomeação da nova comissão que deverá examinar atentamente as respostas e eventualmente efetuar a correção do projeto anterior. O governo mostra que aprendeu a lição e está decidido a não repetir o erro precedente. Não só nomeia uma comissão de apenas três pessoas, mas não inclui nela nenhum professor universitário, escolhendo os componentes entre o pessoal do ministério público, que por lei depende diretamente do ministro. Resta, da comissão anterior, somente o advogado Ambrosoli – secretário juntamente com Criscuolo. Os outros são: Giuseppe Borsani, então procurador-geral de Palermo e, no momento da nomeação, *advogado-geral militar*, que será o presidente; Sante Martinelli, conselheiro e presidente do ministério público da corte de apelação de Nápoles; e, por fim, Giacomo Costa (nomeado pelo ministro Vigliani), procurador-geral substituto da corte de apelação de Milão. Mais do que membros de uma comissão legislativa, parecem os componentes de um tribunal especial ou de uma corte de justiça. E, com efeito, tudo corre bem desde o início. Os trabalhos começam em 12 de outubro e já na sessão do dia 19 "a comissão conclui que a pena capital deve ser incluída no código penal".

No artigo 13 afirma-se: "A pena de morte, para os crimes previstos por este código, é executada em público através da decapitação."

Se o governo, até 1876, era favorável à pena de morte e pretendia levar adiante seu projeto, também a corrente abolicionista não estava disposta a ceder. Carrara, aliás, ataca diretamente o executivo. No primeiro volume da *Biblioteca do Abolicionista* (que publicará as obras de Mittermayer, Lucas, Weber, Rolin, ou seja, o melhor do que se escrevia na época contra a pena de morte) no prefácio à obra de Augusto Geyger, Carrara escreverá:

> Aos abolicionistas ameaça-se uma derrota com a prova de que a pena de morte se encontre em 1870 no parlamento

italiano. Os homens que chegaram ao poder, tenazmente ligados à idolatria do carrasco, usam todos os artifícios, todas as estratégias parlamentares, lançam mão de todos os dispositivos para ir à luta com o maior arsenal possível. Votos dos altos funcionários do executivo, votos das altas magistraduras, votos dos conselhos supremos foram preparados e se preparam, nas quais até a hesitação é freqüentemente vencida pela influência das altas esferas. Em seguida, a questão será apresentada no Senado, onde o patíbulo, como em experiências anteriores, tem confiança de receber melhor acolhida. Portanto, munidos de tantas deliberações preconceituosas, se provocará uma avalanche para conduzi-la à Câmara e arrancar do Parlamento italiano a revogação do voto memorável e santo do Parlamento subalpino.[43]

É a descrição exata do que estava acontecendo (Carrara escreve em 1869) e a intuição profética do que acontecerá no Senado onde a lei será apresentada pelo ministro Vigliani em fevereiro de 1874.

10. O restabelecimento "moderado" da pena de morte no projeto Vigliani

O governo tentará sufocar "aos poucos" o "voto admirável e santo do Parlamento subalpino", através da apresentação do projeto Vigliani, em que se justifica a manutenção da pena de morte com os habituais motivos de oportunidade política e com a exaltação do lugar-comum, elevado a categoria intelectual válida e politicamente responsável.

O projeto não apresenta nenhuma novidade substancial e se baseia totalmente no anterior, preparado em 1869, diferenciando-se dele apenas em alguns detalhes formais. Diferentes são, contudo, o método de apresentação e as razões ideológicas aduzidas para justificar a pena de morte.

---

43. A. Geyger, *Sulla pena di morte*, org. pelo professor Francesco Carrara, Lucca, 1869, p. IV.

Quanto ao método, é a primeira vez que vemos empregado, sem parcimônia (e consagrado) aquele "moderantismo" nebuloso e infectante com o qual o homem político italiano – sobretudo quando está no poder – exprime o seu *conformismo ideológico*, que foge sempre das *posições extremas* (como se dizia no século XIX), ou dos *extremismos opostos* (como se diz hoje), para seguir "a via intermediária", ou como dizia Vigliani, "a justa medida". Ora, sobre a pena de morte, ser "moderado" significa não ser contrário de modo absoluto à sua abolição (que, como vimos, os mais inteligentes admitem que um dia, talvez, poderá ser abolida), mas afirmar que ainda não é o momento; que não chegou a hora; que muitos obstáculos se interpõem ainda para tal mudança, ideologicamente correta, mas não atual. O ministro explica:

> Procuramos estabelecer penas não somente *justas*, mas também *morais* e *corretivas* dos criminosos, para devolvê-los à sociedade melhorados e, o mais humanamente possível, regenerados para a *virtude* e para o *trabalho*.[44]

Entretanto, para compreender o que o governo entende por "justa medida", deve-se considerar que a pena de morte foi restabelecida; ou, para conhecer quais são as "medidas morais e corretivas", podemos ler o artigo 13 dedicado à prisão perpétua:

> A pena de prisão perpétua deve ser cumprida num estabelecimento situado numa ilha do reino, onde o condenado permanece numa cela em *isolamento contínuo dos outros condenados* tendo a *obrigação* de trabalhar.

Quanto ao efeito *regenerador* do trabalho, eis o que estabelecia o segundo parágrafo do artigo anterior:

---

44. Senado do Reino, *Progetto del Codice penale del Regno d'Italia preceduto dalla relazione ministeriale presentato al Senato nella tornata del 24 febbraio 1874 dal ministro di Grazia e Giustizia* (Vigliani), Roma, Stamperia Reale, 1874, 2a, Doc. n.º 35, p. 7.

Depois de *dez anos de isolamento contínuo*, o condenado à prisão perpétua que *tenha demostrado ter-se regenerado*, pode fazer parte dos grupos de *trabalho em comum* [...] durante o dia, com a obrigação de ficar em silêncio.

Ao ler essas disposições de lei, é difícil encontrar, não um pouco daquele espírito humanitário que deu fama ao século XIX, mas até mesmo o mínimo indício de pena para a recuperação de um condenado. Estamos diante de medidas monstruosamente repressivas e vingativas. A pena continua a ser, como sempre, vingança e terror. Só que agora não se admite que seja assim. Aliás, como vimos, diz-se o contrário. Além disso, o governo atribui a necessidade de medidas tão duras às informações dos "técnicos".

Por isso a conclusão a que chega o ministro parece quase óbvia, quando declara não poder submeter ao parlamento "a supressão de uma pena" que todos consideram válida e necessária. Assim, utilizando habilmente essa técnica "moderada" (ou de conformismo ideológico), dá-se a impressão de que o governo está tomando uma decisão grave, quase contra a vontade e a contragosto, obtendo dois resultados: 1) consegue-se repropor a pena de morte "sutilmente", sem se declarar abertamente a favor (tanto que alguns deputados afirmarão que o ministro, pessoalmente, é abolicionista); 2) evita-se ao governo a fama de "reacionário" porque se limitou a tomar uma posição diante de uma situação "objetivamente" difícil que não se podia resolver ou controlar de outra maneira.

A nova ideologia "nacionalista", que floresce nesse período, poderia ser resumida na fórmula: *quem é contra a pena de morte é contra a Itália unida*, e pode ser apresentada sob o nome de *precedente germânico*.

O parlamento da confederação da Alemanha do Norte, durante a sessão de 1º. de março de 1870, apesar da oposição de Bismarck, votara pela abolição da pena de morte com uma maioria de 118 votos contra 80. Em seguida, quando se retomou o problema por determinação de Bismarck, numa outra sessão, o mesmo parlamento mudou de direção e aprovou a pena de morte com maioria de 9 votos. Com essa nova votação, pôde-se estender a pena de morte a todos os Estados, incluindo os que antes eram abolicionistas (como o ducado de Nassau, o reino da Saxônia, o estado de Oldenburg, de Anhalt e da cidade livre de Bremen).

Esse fato provocara espanto e escândalo entre os abolicionistas. Lucas – que naquele momento podia ser considerado o porta-voz mais autorizado dos abolicionistas – provocou grande polêmica na Europa, dizendo que se tratava de um *delito de lesa-humanidade*; e destacara o triste espetáculo oferecido por uma grande assembléia que de repente, sem nenhuma justificação, mudava de tendência para satisfazer a razão de Estado[45].

Mas as correntes não-abolicionistas responderam a essa propaganda com o mito da *unificação legislativa*. O próprio Bismarck afirmara que essa era a principal meta a ser atingida. O resto passava a ser secundário.

Ora, esse *precedente germânico* parecia confeccionado sob medida para ajudar as correntes não-abolicionistas italianas. Por isso, o ministro, no relatório de seu projeto, pôde enfatizar:

> A confederação alemã que, unificando o seu direito penal, restabeleceu a pena de morte em quatro dos Estados confederados que a tinham abolido, *dá à Itália o exemplo de como, em condições semelhantes, o grave problema deve ser resolvido.*

E o relator da lei no Senado repete:

> É inútil repetir o que está na consciência de todos os italianos, ou seja, o que foi dito perfeitamente pelo ministro no seu discurso de apresentação do projeto: *é necessário que cesse de vez a absurda pluralidade das nossas leis*, e seja eliminado esse último vestígio das seculares divisões políticas da nossa pátria.[46]

---

45. C. Lucas, *Lettre à M. le Comte de Bismarck*, Paris, Cotillon, 1870.
46. Senado do Reino, *Relazione della commissione per il progetto di legge per l'approvazione e attuazione del Codice penale del Regno d'Italia*, Sessão 1873-1874, Doc. n° 35A.

A partir desse momento o problema da *unificação penal* passa a ser o motivo sempre evocado. Não mais se questiona a legitimidade. Não se luta pela defesa de um princípio de "civilidade". Não. Toda a polêmica e toda a força de argumentação está voltada para esta única meta: a unificação legislativa da Itália. Vigliani escreve:

> Três códigos imperam simultaneamente nas nossas províncias [...] e, assim, na justiça penal viola-se, necessariamente, todos os dias, por uma necessidade deplorável, o grande princípio da igualdade de todos os cidadãos perante a lei.[47]

O senador Pica, ao expressar o parecer da maioria "moderada", afirma: mesmo se para a Toscana a pena de morte pode parecer desnecessária, todavia ela não deve aspirar ao *odioso privilégio* de ser a única região imune à aplicação das penas estabelecidas pelo novo código penal comum a todos os italianos[48].

Além desses motivos "políticos", há os argumentos dos "homens comuns" que parecem os mais aptos a convencer os senadores, cuja maioria, por formação mental, é saudosa do passado, vinculada à família reinante, servil à vontade do governo, respeitosa das tradições e das leis dos "bons tempos antigos", contrária às inovações "jacobinas", em suma, é *a favor da lei e da ordem*. "Lei e ordem", essa será a regra que terá no general Menabrea – pai adotivo da lei e um dos seus mais valorosos defensores – o orador mais brilhante e o mais sábio mentor.

Por outro lado, muitos estão convencidos de que o problema da pena de morte é "assunto encerrado". O que importa agora são os votos dos "indecisos", dos inseguros, dos hesitantes, dos "oportunistas", de todos os que não são pró ou contra a pena de morte por uma questão de princípio, mas se tornam favoráveis ou contrários a ela por convicção

---

47. *Progetto del Codice penale* (Vigliani), cit., 1.
48. Senado do Reino, *Le fonti del Codice penale italiano, Discussione* (sessão de 18 de fevereiro de 1875), Roma, Tipografia Eredi Botta, 1875, pp. 397 ss.

ou conveniência momentânea. Eis por que os argumentos de Menabrea vêm a calhar por sua rusticidade intelectual. Ele divide a sociedade em duas alas. A dos *cavalheiros* e a dos *vigaristas*. Ou – tomando como modelo a vida militar – divide-a em dois exércitos. Há os homens pacíficos, que desejam viver tranqüilos, trabalhando honestamente. Estes constituem a maioria e formam o que ele chama o *exército dos honestos*. Do outro lado, há o *exército dos desonestos*, composto por trapaceiros, ladrões, assassinos e criminosos de todos os tipos, que "são perpetuamente hostis à sociedade e [...] usam todos os meios para insidiá-la"[49]. Nessa situação não se pode de modo algum eliminar do código a pena de morte para não se tornar cúmplices dos assassinos.

Além disso, há a estatística que nesse período começa a ser utilizada como um instrumento certo e indiscutível. Menabrea a usa e lê os últimos dados sobre o aumento dos delitos:

> Assassinatos: em 1873, 625; em 1874, 637.
> Homicídios voluntários: em 1873, 1.579; em 1874, 1.700.
> Roubo à mão armada com homicídio: em 1873, 126; em 1874, 277.

A conclusão é previsível: "Devemos dar ouvidos antes de mais nada ao *bom senso*, sem nos deixar levar pelo sentimentalismo." E é talvez como prova de seu bom senso que ele faz este comentário assustador: "Lembro-me do caso de um homem perspicaz, que participava de uma discussão sobre a pena de morte. Ele dizia: eu gostaria de abolir a pena de morte, desde que os assassinos fossem os primeiros a dar o exemplo; mas como esses senhores ainda não o fazem, creio que é preciso mantê-la."

Contra as razões apresentadas pelos defensores da pena de morte, os abolicionistas respondem de modo mais nobre e fervoroso. Recorrem a um discurso mais moral que jurídico. Enunciam claramente o princípio de que o homem

---

[49]. *Ibid.*, pp. 354 ss.

não pode matar. "A lei que autoriza a pena de morte é diametralmente oposta às leis e ordens da sabedoria e justiça divina", como declara o senador Musio[50], um velho juiz pertencente à magistradura criminal do reino. Nenhuma lei pode ter valor se é contrária a esse princípio sagrado. "Sim, o direito é Deus, não o homem; o direito é a própria razão divina traduzida em regra das ações humanas; e o direito é a suprema lei de Deus, é a ordem da sua sabedoria, sendo guia, farol, mestre da consciência legislativa; portanto, é o direito que cria a lei, e não a lei que cria o direito."

Falar de "direito da força" é um contra-senso. É a consagração do despotismo. Falar de uma lei que autoriza a pena de morte é contra a natureza, pois "a lei que autoriza a pena de morte é contrária às leis e ordens da sabedoria e justiça de Deus".

Mas se, de acordo com o primeiro silogismo, a pena de morte é contrária à lei divina, de acordo com o segundo silogismo ela é também contrária ao Estatuto do Reino. Em nenhuma parte do texto do Estatuto se fala de uma renúncia do direito à vida por parte do homem e isso porque toda a organização social visa somente garantir a vida do indivíduo, e portanto não precisa "ser demonstrada ou prescrita, pois, ainda que tácita, continua clara como a luz do dia".

Alguns fazem o seguinte silogismo: "tudo o que é necessário para manter a segurança social é justo; a pena de morte é necessária para a manutenção da segurança social, portanto, a pena de morte é justa". Ora – afirma Musio – é preciso confessar que a *necessidade* alegada pelos defensores da pena de morte fora "o falso e não o verdadeiro motivo que a levou a ser restabelecida em alguns Estados que a haviam abolido". A Dieta de Frankfurt proclamara em 1848 a inviolabilidade da vida humana. Se, mais tarde, a pena de morte foi restabelecida na Alemanha, isso se deveu a uma tentativa de "escorar com aquele espectro os tronos vacilantes que depois caíram". Sabemos que, se a pena de morte

---

50. *Ibid.*, pp. 322 ss.

foi restabelecida nos quatro Estados germânicos, nos quais, malgrado a reação, se respeitara sua abolição, "isso se deveu à autoridade imponente do Estado que a lidera [a Prússia, n.d.R.], que quis igualar a si os membros que haviam mantido a abolição".

Quanto ao problema da unificação da legislação, Musio enfatiza o argumento e responde:

> A unidade da legislação pode ser obtida ou estendendo a toda a Itália o sistema vigente na Toscana, ou estendendo à Toscana o sistema da pena de morte vigente em todo o reino. Portanto, pergunto: por que preferir um sistema maldito e desumano a um sistema benéfico e abençoado?

A quem lhe objetara que a Toscana representava somente 15 por cento do reino e que, portanto, seria mais natural que fosse esta e não aquela a ter que se adaptar, Musio responde: "Compreendo a igualdade que consiste na transmissão do bem a quem possui o mal, mas não compreendo a igualdade que consiste em transmitir o mal a quem possui o bem."

Mas o Senado, na sessão de 25 de maio, aprovará o texto do Código como fora apresentado pelo ministro Vigliani, por 74 votos favoráveis, 18 contrários e 1 abstenção. Uma derrota. Mas, se a compararmos com a discussão de 1865, constataremos que o número dos votantes favoráveis à abolição passou de 4 a 18, o que significa que nem todos os discursos deixaram inalterada a situação. Também entre os senadores algo começava a se mover.

11. A afirmação do "direito à vida", do projeto Mancini ao Código Zanardelli

Em 18 de março cai o governo Minghetti e em 25 de março de 1876 Agostino Depretis o sucede. A "esquerda" chega ao poder. Como ministro de Graça e Justiça é nomeado Pasquale Stanislao Mancini, eterno paladino da abolição da pena de morte e um dos homens que dedicara à batalha abolicionista grande parte de sua atividade política e de seu trabalho parlamentar. Esses dados por si sós não significam muito. Todos os homens da "esquerda" sempre lutaram contra a pena de morte.

Mas falar das bancadas da oposição não é o mesmo que governar. O primeiro decreto sobre a residência forçada – com seu respectivo regulamento – será assinado precisamente por Depretis, que lutara contra essa "medida" nas mais fervorosas batalhas no campo da oposição. Também Crispi, que sempre foi um adversário de tal medida, em 1889, embora declarando querer modificá-la, deixa-a idêntica na sua parte substancial.

Portanto, o fato de Mancini ter sido contrário à pena de morte poderia não significar nada. Na Itália, um programa de "direita", para ser vitorioso, sempre precisou da aprovação dos homens que se qualificam como sendo (ou que foram) de "esquerda".

Justamente por causa dessa tendência de muitos homens políticos ao "arrependimento" ideológico e ao "colaboracionismo", o caso de Pasquale Stanislao Mancini é "anômalo" na história do século XIX. Essa coerência entre ideologia e prática – entre o que se afirma quando se está na oposição e o que se afirma quando se têm responsabilidades de governo – é uma das maiores qualidades de Mancini e merece ser lembrada.

Sua ação política irá se concretizar através do emprego de duas "técnicas". Com a primeira, como homem de governo, empregará os mesmos "instrumentos" utilizados pelos ministros anteriores (e a hipocrisia jurídica será um meio privilegiado). Com a segunda, assumirá pessoalmente a responsabilidade da mudança que propõe, defendendo abertamente a abolição da pena de morte. De um lado está o ministro da Justiça, que segue em tudo os comportamentos "técnicos" dos seus predecessores não-abolicionistas. Estes haviam afirmado que, para poder prosseguir, era preciso consultar antes a opinião dos técnicos; o mesmo dirá

Mancini. Os primeiros, para poder mudar o projeto abolicionista de 1868, haviam requerido o parecer dos magistrados do supremo tribunal de justiça; Mancini, além de se dirigir aos magistrados do Supremo, dirige-se também aos juízes da corte de apelação, aos professores de filosofia do direito de todas as faculdades italianas, aos integrantes do conselho da ordem e aos professores de medicina legal.

A diferença é que o *festina lente* ("apressa-te devagar"), ou o "tempo tridentino" que sempre caracterizou a lentidão para levar a termo essa reforma, sofre uma repentina aceleração que pareceria inacreditável, não fosse atestada pelas atas.

O ministro, encontrando-se diante do projeto Vigliani, aprovado pelo Senado, no momento do exame da comissão da Câmara, decide incluir nele algumas "emendas" ou "modificações", para evitar atrasos ao novo projeto e também para demonstrar o "devido" reconhecimento ao trabalho dos senadores (e começamos com a hipocrisia jurídica). A comissão que o ministro nomeia[51] imediatamente e que agirá sempre sob a sua presidência é uma "obra-prima", tendo em vista os seus membros. Entre os políticos, a maioria é composta de senadores (há apenas um deputado): Raffaele Conforti, Giovanni De Falco, Sebastiano Tecchio, Baldassare Paoli, Francesco Carrara, mas todos são abolicionistas. Evidencia-se, assim, a parte abolicionista do Senado e evitam-se as fraturas entre uma câmara e outra.

Também a escolha dos professores de direito penal recai somente sobre os abolicionistas: Enrico Pessina, Luigi Zuppetta, Giampaolo Tolomei, Pietro Ellero, Antonio Buccellati, Pietro Nocito, Emilio Brusa e Luigi Lucchini.

A comissão é nomeada pelo decreto de 18 de maio de 1876 e, de 31 de maio a 6 de junho, "em apenas nove, mas laboriosas, sessões", conclui o trabalho de revisão do primeiro livro do código penal. Entre essas "emendas" (para

---

51. *Progetto del Codice Penale...*, com relatório ministerial de Mancini, livro I, Roma, Stamperia Reale, 1877, p. 14.

usar a cautelosa linguagem de Mancini) há a importantíssima emenda que elimina a pena de morte[52].

É preciso, porém, continuar toda a operação "técnica" para transformar esse voto num projeto de lei que possa contar com o mesmo consenso que os não-abolicionistas haviam considerado necessário para a sua deliberação.

Em 4 de novembro de 1876, Mancini envia uma circular aos reitores das universidades, pedindo-lhes para convidar os corpos acadêmicos, principalmente as faculdades de direito, a expressar as suas "sábias observações" e a trazer sua iluminada cooperação sobre as "emendas" incluídas no primeiro livro, de tal maneira que o "projeto do código penal possa ser aperfeiçoado e a unificação legislativa possa proceder com maior segurança rumo à meta desejada"[53]. O parecer destes deverá ser expresso em vinte dias. Uma outra circular semelhante, de 6 de novembro, convida todos os magistrados do supremo tribunal de justiça e da corte de apelação. Nesse caso, porém, o ministro julga necessário justificar-se por esse segundo pedido:

> Visto que o ponto certamente mais importante do novo texto é o que se refere à pena capital, sobre cujo quesito as cortes interrogadas em 1869 já emitiram o próprio parecer [que, como se recordará, era favorável à manutenção da pena de morte, n.d.R.], acredito que faltaria com o devido respeito que professo a esses corpos judiciários, se hoje ousasse quase obrigá-los a voltar ao mesmo tema para um novo exame, com a idéia de obter uma solução diferente. Considerando que os membros das cortes não são os mesmos e que, depois de sete anos, foram recolhidos novos elementos para a decisão da árdua questão, se algumas cortes e alguns de seus membros acreditarem que existam boas e fortes razões para aconselhar atualmente um voto favorável à abolição da pena capital,

---

52. *Ibid.*, *Sunto delle osservazioni e dei pareri della magistratura del Consiglio dell'Ordine degli Avvocati, delle Accademie mediche, dei cultori di medicina legale e psichiatria, sugli emendamenti al primo libro.* Anexo do relatório Mancini ao primeiro livro do Código penal, Roma, Stamperia Reale, 1877, pp. 10 ss.

53. *Ibid.*, pp. 60 ss.

mesmo se a votação for no sentido contrário ao voto expresso outras vezes, *decerto não tenho intenção de impedir essa livre e espontânea manifestação de tal convicção sobre uma controvérsia que reflete os mais preciosos direitos da humanidade* [...].

Em caso de juízo positivo, não é necessário nem mesmo enviar um texto detalhado; basta "enviar um aviso genérico de adesão". Aqui também, se eliminarmos toda a hipocrisia jurídica, é evidente que o ministro acolhe com satisfação todos os arrependidos. Envia o mesmo comunicado, na mesma data, aos presidentes das ordens dos advogados do reino, às faculdades de medicina e aos especialistas de patologia mental.

As respostas não tardam a chegar também nesse caso, e *todas são favoráveis à abolição da pena de morte*[54]. E mais detalhadamente: entre as 22 faculdades de direito, 16 são favoráveis à abolição da pena de morte, sendo que em Bolonha, Ferrara, Módena, Pádua, Pavia, Perúgia, Turim, Urbino há; em Cagliari, Catânia, Gênova, Macerata, Messina, Nápoles, Parma, Pisa e Roma, *a maioria* é favorável à abolição; 3 universidades são favoráveis à manutenção da pena capital: Camerino, Palermo, Sassari; em Messina e Siena há empate (5 a 5). Entre os 122 conselhos das ordens dos advogados, 43 aprovam *por unanimidade* a abolição; 41 contam com *a maioria*; 35 declaram-se contrários e em 3 há empate. Na magistratura, embora a votação não tenha sido tão decididamente favorável na direção abolicionista, Bolonha, Trani e Veneza, que antes tinham optado pela pena de morte, desta vez, escolhem a abolição desta. Outras cortes, que em 1865 não haviam se manifestado, votam pela abolição (Roma, Catânia, Potenza, Perúgia). Também a maioria das cortes de apelação e das procuradorias-gerais votam a favor da lei. Enfim – como afirmará Mancini – a magistratura também "ofereceu prova certa de que ela mesma não pôde evitar tal progresso de idéias"[55].

---

54. *Ibid.*, pp. 53 ss.
55. *Ibid.*, p. 411.

Em 25 de novembro, o novo projeto de Código Penal "emendado" é apresentado pelo ministro Mancini à Câmara dos Deputados, acompanhado de um relatório em que a idéia "abolicionista" não é somente defendida, mas é apresentada como a única possível naquele contexto. Se até então o Ministro fora obrigado a se comportar de modo "político" e a não afirmar claramente o objetivo da sua ação, nesse relatório o cientista se associa ao ministro e redige um texto que pode ser considerado antológico (mesmo hoje).

A partir desse momento, a linha abolicionista do relatório de Mancini será seguida por todos os ministros, até se impor, obtendo a aprovação nas duas Câmaras. Mas, devido à "técnica tridentina" que caracteriza qualquer mudança na Itália, será uma linha que, antes de se afirmar, terá de passar pelo crivo, pela aprovação e retificação de nove ministros – de Conforti a Tajani, de Varé a Villa, de Zanardelli a Giancuzzi, de Savelli a Ferracciù, de Pessina a Tajani e, por fim, novamente por Zanardelli, ministro da Justiça de 7 de agosto de 1887 a 6 de fevereiro de 1891, que conseguirá levar a termo a tão combatida abolição.

12. O motivo de uma vitória

"A Câmara, confirmando os seus votos de 13 de maio de 1865 e 28 de novembro de 1887, aplaude a abolição e a eliminação da pena de morte do código penal italiano unificado."

Em 8 de junho de 1888, com essa ordem do dia de Pasquale Stanislao Mancini, aprovada unanimemente pela Câmara dos Deputados "por aclamação", a pena de morte entrou em coma no código penal italiano[56]. A morte "oficial" ocorrerá em 1º de janeiro de 1890.

É um acontecimento de grande importância. Na verdade, do ponto de vista da civilização jurídica, é o *único* acontecimento daquele século (embora isso nunca tenha sido

---

56. Câmara dos Deputados – Legislatura XVI, 2ª Sessão, *Discussione*, pp. 3.390 e 3.397.

evidenciado) que será protagonizado pela Itália entre as grandes nações européias.

A abolição – devido à qual a Itália permanecera sem um código penal "único" até o final de 1890 – fora realmente uma batalha de civilização vencida por todos. Vejamos por quê.

Não deve ser atribuída à vontade iluminada de uma casa reinante, pois vimos quais eram as idéias da família Savóia a esse respeito.

Não pode ser atribuída ao espírito "humanitário" da classe política do século XIX, pois naquele século – tanto na Itália, quanto na Europa – a morte, como instrumento de luta política, foi usada tanto ou talvez mais que nos séculos anteriores. A idéia de que o século XIX fosse "humanitário" é uma mentira deslavada sem provas a seu favor. Toda a luta política (também) naquele século só pode ser explicada se conferimos a parte que cabe à pena de morte (por um lado) e (por outro) à violência terrorista, que se torna o efetivo centro propulsor de muitas ações com que começou, atuou e terminou o "*Risorgimento*" italiano. A *Carbonária* e a *Jovem Itália* são (originalmente e por muito tempo) associações "subversivas" e terroristas, e não perdem essa qualificação "jurídica" por ter alcançado o objetivo pelo qual foram criadas. A Expedição dos Mil* não pode ser compreendida sem o terrorismo manipulado pelo governo piemontês que a promove e financia. Assim como todas as ações antiterroristas da Itália unida só podem ser compreendidas se considerarmos a luta "contra o banditismo" com a qual a Itália defenderá o novo sistema político, com fuzilamentos, prisão e residência forçada, fazendo a tradicional distinção – sempre usada por todos os vencedores – entre *violência justa* (a usada pela "nova Itália") e *violência injusta* (a da classe despos-

---

* "Em 1860, Giuseppe Garibaldi reuniu voluntários e organizou a chamada Expedição dos Mil ou das Camisas Vermelhas, destinada a combater o Reino das Duas Sicílias. Tomou Nápoles, onde acolheu Vitório Emanuel II, o rei da Sardenha, o que permitiu a criação do Reino da Itália, em 17 de março de 1861". [N. da R.]

suída). Ou seja, a violência (legal e ilegal) foi um dos meios efetivamente determinantes na luta política de todo o século XIX (e um dia será preciso começar a encará-la e a estudá-la como um fato "histórico", isto é, como um instrumento do passado).

Mas se não é possível explicar a abolição da pena capital a partir do comportamento da nossa classe governante, isso não significa que ela seja o resultado do ensinamento dos grandes juristas, muito lidos e estudados, porque bastaria lembrar de Romagnosi e Pellegrino Rossi – ambos favoráveis a tal pena – para encerrar o assunto. E não é possível nem mesmo atribuí-la a um comportamento "diferente" do pensamento católico, porque basta ler De Maistre (ver acima), ou o jesuíta Taparelli d'Azeglio ("o inspirado legislador do povo santo inscreveu por determinação de Deus a pena de morte entre as leis políticas, portanto por revelação divina a pena de morte é lícita na sociedade"), ou o próprio Gioberti, que repetia o que escrevera Pellegrino Rossi: "a pena capital é certamente justa quando é absolutamente necessária para a saúde da república", para compreender como também essa explicação é inaceitável.

Tampouco se deve crer na influência determinante que teria tido na Itália o exemplo alemão, naquela época muito apreciado principalmente no campo filosófico e jurídico. Os ensinamentos que – a esse respeito – provinham da grande cultura alemã eram (à primeira vista) imediatamente "indigeríveis". Kant escrevera: "Se o criminoso cometeu um homicídio deve morrer... É necessário, contudo, que essa morte seja desprovida de quaisquer maus-tratos que poderiam degradar a qualidade humana do paciente." (É o mesmo tipo de discurso "humanitário" feito por Montaigne.) Hegel, do alto da sua especulação filosófica, justificara a pena de morte como uma manifestação da dialética do Espírito. Assim, os seus corifeus na Itália (como Vera) foram classificados como seguidores de um modo de pensar "bárbaro" (como Luigi Aponte afirma na sua "carta crítica": *Contra a apologia da pena de morte publicada por Augusto Vera*, 1863).

Se, porém, acreditamos poder explicá-lo pela particular influência que teria exercido a nova escola positiva – que entre seus fundadores contara com Ellero –, deparamo-nos com uma certa corrente que considera a pena de morte um instrumento "natural" de "melhoria" dos povos. Cesare Lombroso (1835-1909), no livro *O criminoso em relação à antropologia, à jurisprudência e às disciplinas econômicas* (1876), afirmava que "a maior civilização dos costumes depende do aperfeiçoamento da raça através do uso antigo da pena de morte em grande escala"[57]. Raffaele Garofalo (1851-1934) – um dos fundadores da escola positiva, pai da *criminologia* (com uma obra com o mesmo título, publicada em 1885) – escrevia com absoluta imperturbabilidade científica[58]:

> Não vemos qual a utilidade de se manter vivos seres que não devem mais fazer parte da sociedade, não se compreende a finalidade de se conservar essa vida puramente animal, não se explica por que os cidadãos e, por conseguinte, a própria família das vítimas, devam pagar um aumento de impostos para dar teto e alimento a eternos inimigos da sociedade.

E, com perfeita lógica, antecipava as teorias sobre a "defesa da raça", afirmando:

> O patíbulo, ao qual todos os anos se conduziam milhares de malfeitores, impediu que a criminalidade se difundisse mais amplamente entre a população nos dias de hoje. Quem pode dizer como seria hoje a humanidade se *aquela seleção* não tivesse sido feita, se os criminosos *tivessem podido proliferar*, se tivéssemos entre nós a *progênie* inumerável de todos os ladrões e assassinos dos séculos passados?

Se assim pensavam os mais elevados magistrados "positivistas" (Garofalo chegou ao grau de primeiro presidente

---

57. Rossi, *Trattato di diritto penale*, cit., p. 177.
58. R. Garofalo, *Criminologia*, Turim, Bocca, 1885 (2ª ed. 1891), pp. 58 ss. e 245 ss.

do Supremo Tribunal de Justiça), não era diferente a tendência da maioria dos juízes, provenientes da experiência judiciária do Piemonte ou dos Bourbons. Por outro lado, a chamada "apoliticidade" do juiz se manifestava (também naquele tempo) sobretudo ao respeitar as indicações provindas do poder político. (Veja-se o resultado do primeiro *referendo* favorável à pena de morte, realizado por um governo não-abolicionista e o daquele realizado sob um governo de maioria abolicionista quando Mancini era ministro.)

Mas, assim como se pode afirmar que a abolição da pena de morte não se realizou com a contribuição das ideologias que esses homens professavam, também se pode afirmar que ela se realizou com a participação de outros homens que compreendiam essas ideologias de maneira diferente.

A abolição da pena de morte, portanto, é um *fato de civilização* tão grande que passa por todas as doutrinas e escolas, subvertendo-as inteiramente.

Os kantianos "abolicionistas" insistirão que foi precisamente Kant, com seu imperativo categórico ("age de modo a tratar tua humanidade e a dos outros sempre como fim e nunca como meio"), quem transformou a pessoa humana num valor e, como tal, sagrado e inviolável, e farão todas as mais temerárias acrobacias intelectuais para demonstrar que aquelas palavras de Kant sobre a pena de morte tinham que ser interpretadas em sentido diferente (talvez como morte civil)[59].

Os hegelianos "abolicionistas", por sua vez – e o mais representativo deles é Pasquale D'Ercole, com *A pena de morte e a sua abolição declarada teórica e historicamente segundo a filosofia hegeliana* (1875) – procurarão demonstrar que a pena de morte não condiz de maneira alguma com os princípios fundamentais da teoria hegeliana, e que, portanto, a abolição não contraria os "verdadeiros" princípios da própria doutrina.

Os católicos, de sua parte, contarão com um escritor como Nicoló Tommaseo, declaradamente abolicionista e,

---

59. Ver Rossi, *Trattato di diritto penale* cit., pp. 84 ss.

sobretudo, com Francesco Carrara. Os positivistas terão Ellero. Os escritores "laicos", Francesco Guerrazzi; e o "guru" do momento, Giosué Carducci; os magistrados, Conforti e Musio (ver acima), Matteo Pescatore, Giuseppe Saetti etc. Cesare Cantù permanecerá numa posição "ambígua", favorável e contrária, ao mesmo tempo, com seu ensaio *Beccaria e o direito penal*, de 1862.

Deve-se mencionar também o "mundo acadêmico", – o "estado-maior" dessa longa batalha – que, ao contrário do que ocorrerá durante o fascismo, se empenhou (talvez pela primeira vez) com todas as suas forças e capacidades, transformando a abolição da pena de morte na Itália numa grande batalha científica e de civilização, que envolveu toda a Europa, tendo como aliados franceses, alemães, suecos etc. (citamos somente Charles Lucas, que dedicará à questão italiana seu escrito: *A pena de morte e a unificação penal. A propósito do projeto de código penal italiano*, de 1874).

E será uma batalha combatida não só a partir da cátedra com ensaios e congressos científicos, mas também com um conjunto de publicações dedicadas exclusivamente ao problema abolicionista. Além do *Jornal pela abolição da pena de morte*, que já mencionamos, há o jornal *Cesare Beccaria*, a *Sociedade pela abolição da pena de morte*, de Milão, a *Biblioteca do abolicionista*, de Lucca, dirigido por Carrara. E, ao lado dessas publicações específicas, há revistas jurídicas que dedicarão toda atenção e fervor ao problema da abolição. Basta consultar os anais da *Revista penal*, dirigida por Luigi Lucchini, para se ter uma idéia do que se publicava e se fazia na Europa sobre o assunto, com o comentário crítico do seu diretor. Como é suficiente também consultar o Pagliaini[60], para se ter uma idéia do que era impresso na Itália na época. E isso não é nada se comparado com os artigos e as notícias que a imprensa cotidiana (de tendências opostas)

---

60. A. Pagliaini, *Catalogo generale della libreria italiana dell'anno 1847*, índice por matérias, sob o verbete "Pena (di morte)", Milão, Associazione Tipografica Libraia, 1915. Ver também O. Viora, *Bibliografia italiana della pena di morte*, s. l., 1904.

publicou (que poucos estudiosos consultaram e ninguém catalogou ainda). (Veja-se, por exemplo, toda a campanha abolicionista feita pelo jornal *La Nazione*, de Florença.) Tudo isso para dizer que não se combateu essa batalha apenas nas salas parlamentares, nos congressos científicos, nas revistas "acadêmicas", mas ela envolveu principalmente a opinião pública nacional (em reuniões, conferências, comícios, debates), com um fervor e um entusiasmo que os italianos jamais haviam demonstrado por um problema jurídico, o qual, também naquele momento, se prestava às mais diversas avaliações: com a Itália recém-unificada e com as classes destronadas decididas a fazer "guerrilha" e os "piemonteses revolucionários" dispostos a não se deixar subjugar, recorrendo para tanto até à ação pacificadora do pelotão de fuzilamento.

Se tivéssemos de dizer quem quis a abolição da pena de morte, poderíamos responder que ela foi promovida e defendida por todas essas forças juntas: por homens e mulheres (creio que essa foi a primeira vez que *cinco mil mulheres* apresentaram uma moção contra a pena capital), por integrantes da classe burguesa e do proletariado, por professores universitários e operários emigrados, por magistrados e simples cidadãos, por monarquistas e republicanos, por liberais e anarquistas, por católicos e maçons. Todos, por razões diferentes e muitas vezes opostas, e cada qual vendo aquela solução de um ponto de vista particular, empenharam-se numa batalha de civilização e de progresso civil que passa pelo lucro econômico, pelo interesse político, pelas diferenças partidárias, pelos egoísmos de classe, pelos conflitos de categoria para se impor – através do parlamento – como expressão daquela vontade geral que via no *direito à vida* um bem irrenunciável e um direito individual inalienável e insuprimível.

Por tal razão, essa grande vitória democrática é diferente de todas as outras e não pode ser atribuída somente à vontade de uma pessoa, de um grupo ou de uma classe social. É uma vitória de todos e para a qual todos (cada um com suas próprias forças) contribuíram. E é talvez por essa sua característica que os historiadores – de ontem e de hoje – sempre a relegaram entre os acontecimentos de pouca importância. Na verdade, trata-se de um grande episódio da vida política do século XIX, em que é possível encontrar a indicação de um meio de convivência direto, mas tanto os antigos quanto os novos métodos historiográficos não estavam e ainda não estão preparados para compreendê-lo.

V. O sobe-e-desce contemporâneo

1. O retorno de sua sombra

Se, do ponto de vista do direito à vida, substituir a pena de morte pela prisão perpétua representara reconhecer o valor insubstituível da pessoa humana, do ponto de vista da efetividade, constituía um modo diferente de matar. Nunca houve dúvidas sobre essa natureza da variante. Até mesmo a comissão encarregada de preparar o código francês de 1791, embora admitisse a pena de morte, afirmara que a pena de detenção devia ser temporária, mesmo se longa (no mínimo doze anos e no máximo vinte e cinco anos), pois, do contrário, seria uma pena "bárbara". Também os nossos políticos – abolicionistas e antiabolicionistas – sempre concordaram que a prisão perpétua era uma "barbárie". Sobre a prisão perpétua, o relatório da comissão (abolicionista) de 1868 dizia:

> Contudo, a pena que a substituiu não é menos assustadora [...]. Aliás, houve quem reprovasse a comissão por ter criado uma pena *atroz* e *quase desumana*; [...] Mas pelo menos cessará o terror que cria a dúvida de uma injusta condenação capital.[1]

---

1. *Il progetto del Codice penale*, cit., p. 608.

O deputado Trombetta (abolicionista), ao discutir o projeto Vigliani, definira a prisão perpétua "uma angustiante e prolongada agonia, mais assustadora que o próprio suplício"[2]. E não era diferente o parecer dos representantes da corrente oposta. O general Menabrea afirmara:

> O que é substancialmente a pena de prisão perpétua, senão a *condenação a uma morte lenta*, a uma morte moralmente mais dolorosa? [...] Na prisão de Alessandria, a vida média do prisioneiro é de *quatro anos*; um indivíduo é condenado, portanto, a *morrer a fogo lento* em 4 anos [...]. Dureza por dureza, julgo menos dura a pena de morte, que é imediata e tem um efeito mais eficaz do que a prisão perpétua que, sob sua aparência mais branda, esconde efetivamente uma crueldade maior[3].

Com a prisão perpétua, portanto, a pena de morte fora dignamente substituída por um instrumento igualmente duro, eficaz, exemplar e aterrorizante. Faltara o salto de qualidade. O objetivo final da pena permanecia exatamente o mesmo teorizado pelo *ancien régime*.

Por outro lado, se a pena de morte fora abolida do código comum, continuava inalterada no código penal militar. E a classe política (de direita e de esquerda) nunca hesitara em instituir o "estado de sítio interno" – como será chamado pela doutrina esse estranho instituto jurídico, não previsto por nenhuma lei – que, legitimado por um decreto régio com que se suspendiam todas as garantias constitucionais, autorizava os tribunais do régio exército a "resolver" os conflitos políticos e sociais por meio da corte marcial. E foi uma "invenção" usada com certa freqüência. Em 1849 em Gênova, em 1852 em Sassari, em 1862 nas províncias sicilianas e napolitanas, em Palermo em 1866. Depois da promulgação do novo código, foi proclamado em 1894, na Sicília e, em 1898 – quase para celebrar os cinqüenta anos do

---

2. *Il progetto del Codice penale* (Vigliani), cit., p. 349.
3. *Ibid.*, p. 356.

Estatuto –, em Florença, Livorno, Nápoles e Milão, onde os operários que pediam trabalho tiveram como resposta 118 mortos e 450 feridos (segundo fontes governamentais) e mais de 800 mortos e milhares de feridos (segundo outras fontes). (Somente quando houve a "Marcha sobre Roma"* "sua majestade, o rei" recusou-se a assinar o decreto de estado de sítio, talvez para não violar o Estatuto!)

Seria necessário considerar, além disso, toda a "legislação paralela", sempre à disposição do governo, com a qual, mediante a censura e residência forçada, tiravam-se de circulação e confinavam-se numa ilha todos os opositores demasiado incômodos. Um governo que dispunha de um arsenal "liberal" desse tipo não era certamente um governo fraco e desarmado. E, no entanto, uma das propostas que serão apresentadas, principalmente na primeira década do século XX, será prever, como absolutamente necessário e útil, o restabelecimento da pena de morte no código penal comum, como solução indispensável para controlar a crescente "criminalidade". Começaram-se a confundir os efeitos com as causas. Afirmou-se que um Estado que se respeite tem o dever social e político de dispor desse instrumento para ter o remédio certo para o mal-estar provocado pelos costumeiros facciosos e subversivos da ordem constituída. E, naturalmente, assim como os primeiros a defender a abolição da pena de morte foram os professores universitários, dessa mesma fonte partirão os primeiros sinais para o restabelecimento dessa pena, baseados no critério da "necessidade".

O líder (para a escola clássica) será Vincenzo Manzini (1882-1957), professor universitário de direito e procedimento penal, mas, na época, ainda um "acadêmico" em início de carreira, que se oferecia ao poder por suas idéias conservadoras. Será ele o autor do projeto do atual código de

---

* Em outubro de 1922, Benito Mussolini, numa demonstração de força, promoveu uma passeata de 50 mil camisas-negras em Roma. O rei Vitório Emanuel III, pressionado, encarregou Mussolini de formar um novo governo. A passeata, que passou à história como Marcha sobre Roma, assinala, portanto, o início do fascismo na Itália. [N. da R.]

procedimento penal, que num artigo ("A política criminalista e o problema da luta contra a criminalidade comum e o mundo do crime")[4], proclamará a necessidade absoluta do restabelecimento da pena de morte. No início, julgou-se que se tratava apenas de uma "nova" tendência acadêmica. E ela conquistou principalmente os aspirantes "acadêmicos", a maioria de formação alemã e inclinados a ver o direito penal sob a perspectiva do idealismo bismarckiano. Mas, somente em 1926, com o fascismo no poder, essa tendência "científica" irá se afirmar efetivamente. O pretexto será o malogrado atentado a Benito Mussolini, em 11 de setembro de 1926, o terceiro em dez meses. Diante dos camisas-negras, que o aclamavam por sobreviver ao perigo, o "cabo" Mussolini prometeu realizar rapidamente o que o "general" Menabrea não conseguira:

> Assim como abolimos o sistema das greves rotativas e permanentes (*risos*), pretendemos acabar com a série de atentados, recorrendo também à aplicação da pena capital (*aclamações entusiastas*). Desse modo, será sempre menos fácil pôr quase [sic!] em perigo a existência do regime e a tranqüilidade do povo italiano (*aplausos fragorosos*).[5]

Fora dada a "palavra de ordem"; só faltava "pôr-se a caminho" para atingir a "meta" indicada pelo "*Duce*".

2. Rocco e seu irmão

Os primeiros a se pôr a caminho serão os deputados fascistas. Em 13 de setembro, reúnem-se em Montecitorio e votam uma ordem do dia que dizia:

> Os deputados fascistas presentes em Roma, seguros intérpretes da Nação, requerem a convocação extraordinária do

---

4. *Rivista penale*, LXXIII, 1910, 1, pp. 5 ss.
5. B. Mussolini, *Opera Omnia*, org. por Edoardo e Duilio Susmel, XVI, Florença, Editrice La Fenice, 1957, p. 200.

Parlamento para sancionar medidas legislativas a fim de prevenir e reprimir com a pena capital os crimes contra o Chefe de Estado e o Chefe de Governo.

Foram apoiados imediatamente por toda a imprensa – até mesmo pela que antes fora abolicionista, como *La Nazione* de Florença –, que cumpriu seu dever com sagacidade. Imprimiu manchetes contra a criminalidade "política" e afirmou, peremptoriamente, que a única solução era a volta da pena de morte. Como subtítulo e como certificado de garantia, apresentou o parecer análogo de todos os maiores penalistas que então ocupavam a cátedra.

O "sim" será dado em 15 de setembro por Giuseppe Bottai, diretor da *Critica Fascista*, com um artigo intitulado: "Pela defesa do Regime"[6], em que, sem muitos rodeios, afirma:

> A necessidade [...] cria o problema. Coloca-o de maneira explícita. A Revolução deve defender a vida do seu Chefe revolucionário. A pena de morte é o fundamento lógico desse raciocínio.

É, em suma, o hino ao carrasco de De Maistre, expresso de maneira mais filosófica. E, a partir do número seguinte da revista, começa a *protestatio fidei*[7] por parte dos mais qualificados expoentes do mundo universitário. Em 1º de outubro, Ugo Conti – então titular da cátedra de direito e procedimento penal na universidade de Pisa, já ocupada em outros tempos por Carmignani e Carrara –, num artigo ambíguo e evasivo intitulado "Sobre o restabelecimento da pena de morte na Itália", concluirá o seu discurso, repetindo a frase de Garibaldi em Bezzecca: *Obedeço*[8]. Em 15 de outubro, será a vez de outro acadêmico, também da Universidade

---

6. *Critica fascista*, IV, 15 de setembro de 1926, 18, p. 341.

7. A *protestatio* é a declaração de obediência e de submissão absoluta à Igreja que todos os "mestres" inquisidores inseriam em seus manuais dedicados à descrição da perseguição da heresia. Cf. Mereu, *Storia dell'intolleranza in Europa*, cit., pp. 91-5.

8. *Critica fascista*, IV, 1º de outubro de 1926, pp. 364-7.

de Pisa, Vincenzo Miceli (1858-1932) – professor de direito constitucional – com um artigo intitulado "A necessidade da volta da pena de morte", no qual se posiciona contra certas teorias "pseudo-humanitárias" que protegem os "criminosos da pior espécie" que,

> disfarçados de anarquistas ou socialistas, realizam atentados gravíssimos e crimes inqualificáveis, dispostos a subverter a ordem social e o Estado, lançando bombas em teatros, nas ruas, contra Chefes de Estado e de Governo, que podem fazer centenas de vítimas.[9]

Ao mesmo tempo, no jornal *L'Impero* pronunciam seu ato de fé os mais importantes "aiatolás" do direito penal. Em 7 de outubro, Arturo Rocco (1876-1942) – titular da cátedra de direito e procedimento penal em Milão, inventor do método "técnico-jurídico" com o qual se afirma que o jurista deve ser "apolítico", dedicado unicamente a coordenar as normas como faz o encanador com os canos da água, no artigo "Sobre o restabelecimento da pena de morte na Itália", com muita gravidade acadêmica e altiva superioridade, afirma que a pena de morte, "reclamada pela consciência nacional", invocada pela Câmara dos Deputados, decidida pelo Governo, "satisfaz um antigo voto da ciência italiana que, desde Filangeri [...], Romagnosi [...], Pellegrino Rossi [...], Vera [...], Manzini [...], Garofalo [...], Lombroso [...], há tempos – sem distinção de orientação ou de escola – declarou-se contrária à abolição ou favorável ao restabelecimento da pena capital"[10]. E, depois de ter citado, entre outros, o parecer análogo de De Maistre e daquele grande "liberal" que foi Bismarck, conclui:

> Portanto, não é verdade que a pena de morte é uma instituição condenada pela humanidade ou, ao menos, pela

---

9. *Critica fascista*, IV, 15 de outubro de 1926, 20, pp. 389 ss.
10. Republicado in A. Rocco, *Opere giuridiche*, III, *Scritti giuridici vari*, Roma, Società Editrice del "Foro Italiano", 1933, pp. 545-6.

grande maioria da doutrina, como comumente se diz. Aliás, é exatamente o oposto. O próprio Beccaria, que muitos aceitam como o mais fervoroso, respeitável e absoluto defensor da abolição da pena capital, a admitia [...] para certos delitos mais graves.

Segue-se a *protestatio fidei*:

De minha parte, sou antigo e decidido defensor da pena de morte, pois estou convencido de que ela tem a seu lado a autoridade da história e a autoridade da razão.

Em 8 de outubro, na sua "declaração" pública, Manzini exibe-se num exercício dialético ainda mais temerário. Arrasa a propaganda "humanitária" e afirma que, do ponto de vista jurídico, a pena de morte não só é justa, mas pode ter também um *caráter retroativo*[11]. De Garofalo nem é preciso falar. Elevado às honras dos altares acadêmicos por Rocco, é agora consagrado entre os "pais" dessa pena. Mas também Enrico Ferri, que até o momento mantivera uma posição flutuante, na edição de setembro da *Scuola Positiva* faz a sua bela profissão de fé "mortal":

Pediram-me para exprimir publicamente a minha opinião sobre essa questão, e, ao invés de me colocar numa cômoda mas pouco leal posição de silêncio, demonstrei abertamente a minha aprovação do restabelecimento da pena de morte em caso de atentados homicidas contra o Rei e o Chefe de Governo.[12]

Benito Mussolini, iluminado e apoiado, confortado e abençoado por tão responsável "conselho de credenciamento", em 9 de novembro de 1926, apresenta à Câmara o projeto de lei *Medidas para a defesa do Estado*, que será apro-

---

11. V. Manzini, "Della pena di morte e della sua retroattività", em L'Impero, 8 de outubro de 1926.
12. E. Ferri, "Pena di morte e difesa di Stato", in *La scuola positiva*, n.s., VI, 1926, Primeira parte, pp. 390 ss.

vado num piscar de olhos. No mesmo dia, a comissão, cujo relator é Manaresi, redige seu relatório favorável que, sempre no mesmo dia, é "discutido" e aprovado. É apresentado ao Senado em 16 de novembro; no dia 18, Garofalo apresenta o relatório de apoio da comissão e, no dia 19, o Senado o discute e o aprova. O projeto torna-se, assim, lei do Estado, com todas as bênçãos da legalidade formal (eis outro exemplo do que chamo *legalismo de câmara de gás*).

Mas leiamos pelo menos dois artigos dessa medida *fundamental* para a legislação penal fascista, pois, ao contrário do que se afirma, é justamente a partir daqui que todo o sistema penal será transtornado e o fuzilamento será previsto em muito mais hipóteses do que se acredita. Diz o artigo 1:

> Qualquer pessoa que comete um ato contra a vida, a integridade e a liberdade pessoal do Rei ou do Regente é punido com a morte. A mesma pena se aplica se o ato for cometido contra a vida ou a integridade pessoal da Rainha, do Príncipe herdeiro e do Chefe de governo.[13]

Até aqui a inovação radical em relação ao código napoleônico reside no fato de – como no século XVI – serem equiparadas, na punição, tanto as ofensas ao príncipe quanto aos seus "secretários". A lei se torna abjeta no artigo 2, assim formulado:

> São igualmente punidos com a morte os delitos previstos pelos artigos 104, 107, 108, 120 e 252 do código penal.

Com esse artigo, muito mais grave que o anterior, o *crimen lesa maiestatis* é reabilitado, em toda sua extensão e brutalidade. Se no artigo 104 aplica-se a pena de morte (e não a pena de prisão perpétua) a quem comete um ato destinado a submeter o Estado ao "domínio" estrangeiro, com

---

13. Lei de 25 de novembro de 1926, n.º 2008, *Provvedimenti per la difesa dello Stato* (publicada na *Gazzetta Ufficiale*, de 6 de dezembro de 1926, n.º 281).

o artigo 107 (*Quem revela segredos, políticos ou militares, relativos à segurança do Estado* etc.), dos três a quinze anos previstos pelo Código Zanardelli, se passa à pena de morte (um verdadeiro "salto mortal"). Sempre com a pena de morte (em vez dos 15 anos do artigo precedente) é punido quem "revela ou facilita a divulgação de segredos" (art. 108). Com o artigo 120 (*Quem comete um ato destinado a sublevar os habitantes do reino* etc.), dos seis aos quinze anos (e nos casos mais graves com penas não inferiores aos dezoito anos), aqui também se passa à pena de morte. E assim também com o artigo 252 (*Quem comete ato destinado a suscitar a guerra civil ou a provocar devastação e tragédia em qualquer parte do reino* etc.), dos três aos dezoito anos, se passa à pena de morte.

Mas essa lei é muito importante, não só pela renascida brutalidade das penas e pela excepcionalidade dos procedimentos – o presidente devia ser sempre um general, os juízes eram apenas os cônsules da milícia fascista, e as sentenças eram inapeláveis –, mas também porque é precisamente seguindo esses critérios "mortíferos" e aterrorizantes que Mussolini dará a *ordem* para elaborar o novo código penal. Aqui também será o *"Duce"* que "preparará o terreno", mas serão os juristas a levar a termo o trabalho, respeitando a regra enunciada pelo historiador Alexis de Tocqueville, para quem, em todos os países civilizados, "ao lado de um déspota que manda, há quase sempre um jurista que legaliza e sistematiza a vontade arbitrária do primeiro [...]. Quem tem apenas a experiência de príncipe, sem a do jurista, conhece apenas um lado da tirania. É preciso fazer referência a ambos para se ter uma compreensão global"[14].

Os dois irmãos Alfredo e Arturo Rocco – o Castor e o Pólux do direito penal fascista – serão seus dióscuros e darão ao regime (o primeiro, Alfredo, 1875-1935, como ministro da Justiça de 1925 a 1932, o segundo, Arturo, como um

---

14. A. De Tocqueville, *Fragments historiques sur la révolution française*, citado por M. Sbriccoli, *Crimen lesae maiestatis*, Milão, Giuffré, p. 1.

de seus principais redatores) o código tão esperado, ao qual até mesmo a *Civiltà Cattolica*[15], já em 1927, dedicará um elogio incondicional sobre o valor e a importância da nova reforma penal:

> Temos certeza de que a obra moralizadora do Governo, consagrada no novo Código, receberá a adesão e a aprovação universal. A nova reforma honra a escola italiana, demonstra a vitalidade e a força evolutiva do nosso direito, representa verdadeiramente um passo adiante na história da legislação.

O pacto entre Estado e Igreja ainda não foi assinado, mas as piscadelas dos jesuítas já deixam transparecer que a tradicional colaboração entre os dois poderes está prestes a retomar o caminho interrompido com a unificação da Itália.

3. Os felizes anos 30 e o novo código penal

E chegamos aos felizes (e ferozes) anos 30. São anos de dualismo institucionalizado: Estado e Igreja, *Duce* e Rei, Binda e Guerra, Croce e Gentile, exército e milícia, tribunal comum e tribunal especial, força e persuasão.

Pode-se sentir a atmosfera de persuasão (intelectual, pictórica, arquitetônica, estilística etc.) a partir de uma mostra organizada na época em Milão – por encomenda – por alguns intelectuais, que (após mostra sobre os Medici) se especializaram nessas composições histórico-floreais "estilo Staglieno".

Quanto à força, esses são os anos do tribunal especial, da OVRA*, do assassinato dos irmãos Rosselli, do martírio de Gramsci na prisão, da legislação anti-hebraica, do "gulag" nas ilhas para muitos opositores do regime e do exílio para outros.

---

15. *La Civiltà Cattolica*, LXXVIII, 15 de setembro de 1927, 1854, pp. 480-9.
* Polícia política do regime fascista, criada em 1927 por Mussolini. [N. da R.]

Mas são sobretudo os anos em que os "intelectuais-juristas" criarão as únicas jóias que – como obras de arte – sobreviverão ao fascismo: os códigos de procedimento e de direito penal. Falemos deste último.

A idéia pode ser resumida pela seguinte frase de Mussolini: tudo no Estado, nada fora do Estado ou contra o Estado. É um conceito que, traduzido na linguagem da efetividade, soa assim: *nada contra, acima ou sem quem detém o poder*. O selo desse *slogan* é precisamente a pena central do código (o fuzilamento), introduzida também para os crimes comuns contra o patrimônio e as pessoas. Mas essa ampliação podia provocar alguns contratempos. Vejamos como os nossos dióscuros Alfredo e Arturo esforçam-se para superá-los.

É claro – como afirma Carlo Cattaneo – que, quando o legislador introduz a pena de morte para crimes políticos, sente automaticamente a necessidade de estendê-la também aos crimes comuns, porque do contrário pareceria uma lei criada apenas para defender o poder político. Por outro lado, é óbvio que, se para introduzir a pena de morte para os crimes contra o rei e o chefe de governo fora suficiente falar da absoluta "necessidade", não se podia usar o mesmo motivo para os crimes comuns, pois seria como confessar que durante o "regime" a criminalidade estivesse aumentando. *O que fazer?* Nossos dióscuros resolverão o problema declarando que, sob o fascismo, a criminalidade diminuíra nitidamente e que a pena de morte se estendia também aos crimes comuns porque o Estado tinha o supremo direito de vida e de morte sobre todos os membros da sociedade para a proteção do bem comum. E assim, com Hegel e o hegelianismo, de um lado, e, de outro, com a ajuda de Santo Tomás – que Alfredo Rocco cita longamente no seu relatório ao Rei –, supera-se mais essa dificuldade. Portanto, com orgulho poderá afirmar que a pena de morte não só é "legítima", "necessária", é índice de progresso, segue a tradição, mas é também um sinal da "reconquista da virilidade"[16] dos italianos.

---

16. *Lavori preparatori del nuovo Codice penale italiano*, Roma, 1933, V, parte I, pp. 67 ss. Cf. também *Gazzetta Ufficiale*, 26 de outubro de 1930, nº 251.

Quanto à parte formal, temos que convir que tal "virilização" do código foi realizada no mais absoluto estilo democrático e no respeito de todos os procedimentos tradicionais. O projeto foi submetido ao exame da magistradura, das universidades e do conselho da ordem dos advogados, sendo que a grande maioria deu sua aprovação. Também o supremo tribunal de justiça e *todas* as cortes de apelação do reino foram favoráveis. Entre as universidades, algumas foram expressamente favoráveis: Bolonha (rel. Stoppato), Catânia (rel. Lanza), Messina (rel. Mineo), Pádua (rel. Manzini), Pavia (rel. Battaglini); outras foram favoráveis com a afetação jesuíta do "estado de coisas": Camerino, Gênova, Milão (Universidade Estatal e a do Sagrado Coração) e Nápoles. Foram contrárias: Palermo (rel. Carnevale), Parma (rel. Berenini) e Urbino (rel. Sabatini). Quanto às ordens de advogados e procuradores, *só* a de Lucca votou contra a lei[17].

A grande maioria, portanto, votou a favor. E houve "mestres" que publicaram longos artigos para demonstrar que tal solução era correta (Crifó, Carlo Saltelli, Giuseppe Maggiore, Raffaele Garofalo, Arturo Rocco, Vincenzo Manzini). Muitos outros, que não citamos, tiveram que dar essa "prova" de vassalagem para poder assumir a cátedra. É preciso dizer que "os intelectuais de cátedra" – precisamente nos felizes anos 30 – foram todos obrigados por Mussolini – ao que parece por sugestão de G. Gentile[18] – a prestar o juramento de *devoção* "à pátria e ao Regime Fascista"[19]. Todos esses novos "garibaldinos" (eram pouco mais de mil) juraram, com exceção de Ernesto Buonaiuti ("segundo precisas prescrições evangélicas [...], creio que seja proibida qualquer forma de juramento")[20], G. Levi della Vida, Giuseppe

---

17. *Ibid.*, III, parte I, pp. 277 ss.
18. G. A. Borgese, *Golia-Marcia del fascismo*, Milão, Mondadori, s.d., pp. 335 ss.
19. Decreto-lei régio de 28 de agosto de 1931, n.º 1.227, *Disposizioni sull'istruzione superiore* (publicado na *Gazzetta Ufficiale*, em 8 de outubro de 1931, n.º 233).
20. F. Parente, "Ernesto Buonaiuti", in *Dizionario biografico degli italiani*, cit., XV, p. 118.

Antonio Borghese e, entre os historiadores de direito, Francesco Ruffini e Edoardo Ruffini[21].

Quanto aos intelectuais que se opuseram a esse conformismo "mortífero", deve-se citar apenas o nome de Paolo Rossi – ainda jovem advogado, que será professor de direito penal somente após a queda do fascismo, além de deputado e presidente do tribunal constitucional. Ele escreverá um livro informado, inteligente e, considerando-se o período, muito corajoso contra a pena de morte: *A pena de morte e sua crítica* (Gênova, 1932). Outro nome a ser citado é o de Aldo Casalinuovo que, em 1935, publicará um ensaio[22], no qual, além de citar várias vezes Paolo Rossi, concluirá com a condenação absoluta da morte como pena.

Mas não podemos terminar esse *excursus* sem mencionar o exercício de suprema acrobacia jurídica de Francesco Carnelutti, num artigo de 1931 (*A pena de morte no direito público*)[23], em que tentará demonstrar que a pena de morte não passava de uma *expropriação de utilidade pública*. É o ápice do "tecnicismo jurídico" e também da degradação civil.

---

21. Ainda não se realizou uma pesquisa para se saber ao certo quantos e quais professores se recusaram a se submeter ao juramento de fidelidade ao fascismo. G. A. Borghese (*Golia-Marcia del fascismo*, cit., *ibid.*) afirma que foram "somente treze"; Renzo De Felice (*Mussolini il duce*, I, *Gli anni del consenso 1929-1936*, Turim, Einaudi, 1974, p. 109) diz que foram dezenove, entre os quais Piero Sraffa (economista) e Edoardo Ruffini (historiador de direito) constam da lista dos que se *demitiram*. E. Buonaiuti, G. Levi DellaVida, C. De Sanctis, V. Volterra, M. Carrara, L. Venturi, B. Nigrisoli, F. Luzzato foram *dispensados do cargo* (o que é exatamente a mesma coisa!); A. Rossi, C. Vicentini, G. Errera, F. Ruffini e F. Atzeri Vacca foram *licenciados a pedido*; V. E. Orlando e A. De Viti De Marco foram *licenciados por idade e por tempo de serviço*; P. Martinetti *aposentou-se por comprovado motivo de saúde*. Todas essas medidas foram tomadas entre 20 de outubro de 1931 e 5 de fevereiro de 1932. G. A. Borghese, que lecionava no exterior, foi declarado *demissionário* por medida de 29 de outubro de 1934. (Esse problema é absolutamente ignorado por *Intellettuali e potere. Storia d'Italia*, IV, Turim, Einaudi, 1981.)
22. A. Casalinuovo, *Il problema della pena di morte*, Catanzaro, Tipo Editrice Brusia, 1935.
23. *Rivista di diritto pubblico*, 1931, 24, parte I, pp. 349-55.

4. O vento da liberdade

Com a queda do fascismo, a pena de morte desaparece gradualmente. Em 10 de agosto de 1944, é abolida nos casos de crimes previstos pelo código penal comum, com exclusão dos delitos fascistas e dos crimes de colaboracionismo[24]. Há um refluxo, com o decreto substitutivo de 10 de maio de 1945, com o qual a pena de morte volta a ser admitida nos casos de graves crimes de roubo. Finalmente, com a nova Constituição, a pena de morte desaparece:

> Não é admitida a pena de morte, a não ser nos casos previstos pelas leis militares de guerra.

Parece-me que o melhor comentário que se pode fazer ao artigo 27, parágrafo 4, que determina a abolição da pena de morte[25], é o que Calamandrei dizia sobre a liberdade:

> A liberdade é como o equilíbrio atômico: basta que seja quebrado numa pessoa, ou seja, num átomo da sociedade, para que, dessa quebra infinitesimal, se desencadeie e se propague uma força destruidora, capaz de devastar o mundo.[26]

5. A calmaria depois da tempestade

Aquele vento de liberdade, que aparentemente iria revolver e subverter tudo, logo acabou. Os muitos artigos da Constituição republicana (2, 13, 27 § 3: "As penas não podem consistir em tratamentos contrários ao sentido de humanidade e *devem tender à reabilitação do condenado*") assu-

---

24. Decreto legislativo substitutivo de 10 de agosto de 1944 (publicado na *Gazzetta Ufficiale*, 6 de outubro de 1944).

25. Para a discussão, cf. *La Costituzione della repubblica nei lavori preparatori dell'Assemblea costituente*, VIII, *Commissione per la Costituzione*, sessão de 12 de dezembro de 1946, Câmara dos Deputados, Roma, 1976, pp. 1.906-8.

26. F. Ruffini, *Diritti di libertà*, introdução e notas de Piero Calamandrei, Florença, La Nuova Italia, 1975 (reimpressão anastática), p. LVI.

miram um sentido de zombaria e escárnio. O direito penal e processual ainda constituem "técnicas da coação". A pena ainda continua a ser, não educativa, mas aterrorizante. Mais uma vez faltou um salto de qualidade. A prisão perpétua substituiu novamente a pena de morte e, outra vez, nos encontramos com uma pena que já no século XIX todos haviam julgado "bárbara", "uma agonia insuportável", "uma morte lenta e progressiva".

Em vez de condenar à morte imediata, condenamos ainda à morte em câmara lenta. A república voltou a combater violência com violência. E, seguindo a melhor tradição italiana, a luta contra o crime se transformou em "luta política". O Código Rocco – filho predileto do antigo regime – que parecia destinado a desaparecer, levado pelas lufadas revolucionárias da Constituição, perdeu, nesses anos, uma ou outra pluma, mas continua vivo; aliás, depois dos últimos "enxertos" revitalizantes, recobrou força, e parece eterno. Tanto que no ano passado [1981] comemorou-se em Bolonha não sei se o primeiro cinqüentenário de sua promulgação (1931-1981) ou os mais de trinta anos de sua "adoção" pela república[27]. Foi uma cerimônia muito interessante, não só pelos ilustres "especialistas" que dela participaram, mas porque se evidenciou a estranha simbiose entre um código monárquico e fascista que *more uxorio* conviveu, por mais de 30 anos, com um parceiro republicano e democrático. Creio que é um fato único na história.

Toda classe política sempre criou seu próprio código penal. Assim fizeram os revolucionários franceses em 1791, Napoleão em 1810, Vitório Emanuel I em 1815 (para citar somente a Itália), Carlo Alberto em 1839, Vitório Emanuel II em 1859, Humberto I em 1889, Vitório Emanuel III em 1931. Os únicos que recorreram à *adoção* de um código de origem diferente (na verdade, oposta) foram os democráticos republicanos.

---

27. *Il Codice Rocco cinquant'anni dopo*, com a participação de G. Bettioli, F. Bricola, M. A. Cattaneo, P. De Felice, G. Fiandaca, E. Gallo, P. Marconi, P. Nuvolone, T. Padovani, D. Pulitanò, E. Resta, M. Romano, in *La questione criminale*, VII, janeiro-abril de 1981, 1, Bolonha, Il Mulino, 1981.

Não é o caso de citar aqui os diversos diagnósticos de tal convivência. Alguns acreditam que a razão encontra-se na "perfeição" do código (como o ministro Cassinis afirmara sobre o código piemontês de 1859), outros expressaram-se com o mesmo respeito dedicado pelos judeus às tábuas do Sinai, outros sentenciaram (Padovani) que "o código Rocco tornou-se, queiramos ou não, o 'novo' código do nosso país" (vamos chamá-lo, nesse caso, "Novo código penal da república"). Apenas um (Ettore Gallo) teve a estranha idéia de propor que talvez fosse o caso de formular um novo código com base nos princípios constitucionais. Mas evidentemente era um nostálgico sobrevivente.

Hoje a moda científica é a "decodificação" como (errando) dizem os que pretendem dizer "descodificação" ou "descodicização"[28]. E falar de legislação "paralela" não passa de um *revival* dos mais desgastados, pois significa simplesmente fazer a Itália voltar à época de decretos, editais, constituições, *specialia*, fóruns separados etc.

A tendência é realmente essa, como demonstram alguns fatos menores, mas importantes, ocorridos precisamente neste ano. A volta da inauguração do ano judiciário pelos procuradores-gerais, com a presença de todos os juízes que, "como gatos cobertos de pelica", estão a ouvi-los e a pompa com que a televisão transmitiu a cerimônia ("inúteis artifícios para impressionar a imaginação", dizia Pascal, *Pensamentos*, 235). É o que demonstra também a "dissimulação honesta" a que devem recorrer os advogados que tiveram de voltar a empregar a adjetivação afetada que parecia superada: ao "*ilustríssimo* tribunal", ao "*supremo* tribunal de recursos" e (até mesmo) ao "*soberano* tribunal constitucional" (mas *soberano* não é só o povo?). Pequenos indícios de costume, sem dúvida. Mas eles demonstram como a Itália começou a utilizar de novo a velha fórmula que sempre guiou a violência legal: *ou consenso ou repressão*.

---

28. Para um esclarecimento semântico cf. Umberto Eco, "Codice", in *Enciclopedia*, III, Turim, Einaudi, 1978, pp. 243-81.